凡夫心语

蒲致龙　著

文化发展出版社
Cultural Development Press
·北京·

图书在版编目（CIP）数据

凡夫心语 / 蒲致龙著. — 北京 ：文化发展出版社，2025. 4. — ISBN 978-7-5142-4634-6

Ⅰ. I267

中国国家版本馆CIP数据核字第2025KS6157号

凡夫心语

蒲致龙　著

责任编辑：孙　烨　　　　责任校对：侯　娜
责任印制：杨　骏　　　　封面设计：邓小林
出版发行：文化发展出版社（北京市翠微路2号　邮编：100036）
发行电话：010-88275993　　010-88275711
网　　址：www.wenhuafazhan.com
经　　销：全国新华书店
印　　刷：三河市中晟雅豪印务有限公司

开　　本：787mm × 1092mm　1/16
字　　数：260千字
印　　张：16
版　　次：2025年4月第1版
印　　次：2025年4月第1次印刷

定　　价：89.50元
ISBN：978-7-5142-4634-6

人生浅悟（序）

熬过了漫长寒冷的冬天，迎来了阳光明媚的春天。转眼间，干枯的树枝披上了绿装，冬天与我们渐行渐远。岁月在不知不觉中走过了一个又一个年轮，时间不会为谁停留一分一秒，而人唯一能做的就是牵着它的手，跟随它平静而自然地前行。

什么叫人生？人生就是一个时间概念，它包含了过去、现在和未来。许多人去过佛教圣地，会发现寺庙大殿里通常有三尊佛：一尊叫过去佛，一尊叫现在佛，一尊叫未来佛。这三尊佛有一个特点，现在佛是放在中间的，而且在格局和体量上都要大一些。为什么现在佛最大还居中？其实这是一个暗示，过去佛和未来佛都是现在佛的化身。什么叫过去？它是完成了的现在；什么叫未来？它是现在的延续。当下才是生命中最重要的一刻，活好了当下，就活出了人生。

在自然界，不是所有的种子都会发芽，不是所有的芽枝都会开花，不是所有的花蕊都会结果，不是所有的果实都会香甜。只要发过芽、开过花、飘过香、结过果，就是最美的风景。人类亦然，人的能力有大小，水平有高低，学识有深浅，对整个社会而言都微不足道，但每个人的存在成就了历史，每个人的努力创造了未来，正如《庄子》所言："无用之用，方为大用。"

一生中，岁月静好只是片刻，一地鸡毛才是常态。即使世界偶尔薄凉，内心也要繁花似锦。不要羡慕任何人的生活，谁家的锅底没有灰？不是别人风光无限，而是他们的不堪没有给别人看。有人说：人生5%是快乐，5%是痛苦，90%是平淡。我们应该关注95%的快乐和平淡，而不是纠结5%的痛苦。

灵魂丰盈的人，在经历生活的苦难之后依然保持对生活的热爱，在遭受社会的磨砺之后依然拥抱社会，在岁月的煎熬中始终保持一颗宁静的心灵和一个乐观的态度。知世故而不世故，历圆滑而不圆滑，处江湖而不江湖。在繁华里自律，在落魄时自励，在尘埃里自尊，在痛苦里自愈。

人一旦躺进了悠闲的温床，就容易失去努力的目标和奋斗的动力。再有精气神的人，闲得太久也会颓丧；再有远大目标的人，长期不努力也会迷失方向。废掉一个人最快的方法，就是让他闲着。宋代哲学家朱熹曾说："不奋发，则心日颓废；不检束，则心日恣肆。"懒散的人生消磨的是心智，耗费的是机缘。事业不是土地，成功也不是土豆，播种不一定有收获，但不播种一定没有收获。

有人抱怨，现在的人越来越现实。我以为，没有柴米油盐，何谈琴棋书画？腹中饥肠辘辘，哪想风花雪月？身上衣不蔽体，岂有诗和远方？一个内心干净的人，并非不食人间烟火，不染世俗，而是灵魂有净土，心里有良知，言行有道义，有所为有所不为。无须太在意别人的眼光，茫茫人海中，我们只是沧海一粟，没那么卑微，也没那么伟大。活给自己看，笑容才灿烂。

上天对每个人都是公平的，不会把所有好事或坏事都集中到一个人身上。争到地位未必赢得人心，拥有财富未必享有健康，有了声名未必有好名声。如果醉心于名利地位，即使得到了，若德不配位，名不副实，会引起非议甚至埋下祸端。做人不一定要风风光光，但一定要堂堂正正；做事不一定要尽善尽美，但一定要问心无愧。淡然于心，从容于表，优雅自在地生活。

有人说：不结婚晚年没有伴，结了婚不一定活到晚年；结婚不要孩子担心无人养老，有了孩子不一定给你养老；不拼命工作没有钱花，太拼命未必有命花；有些路不走不甘心，走了却遍体鳞伤。满桌佳肴，你得有好牙；腰缠万贯，你得有命花；风景如画，你得走得动。人生就是这样，无论怎么选择都有遗憾。既然如此，那当初的选择就是最好的。不后悔过去，不焦虑未来，过好当下每一天，其他的都不要想，想也没有用。

国学大师南怀瑾先生说："真正的修行不在山上，不在庙里，而在社会中。我们每个人都在修行中生活，也在生活中修行。”人生就是一个不断修行、不断感悟、不断成长的过程，不要提着灯笼找火把，到自身之外去觅仙拜佛。饿了吃饭困了睡觉、心无挂碍顺其自然就是修行之道，看淡得失、随遇而安就是修行之果。这个世界我们只能来一次，百年之后，没有你也没有我，拼搏一生带不走一砖一瓦，执着一生带不走一丝爱恨情仇。人生际遇或喜或悲，或聚或散，或富或贫，或贵或贱，数年之后，终会回归。企业家史玉柱说：“人生中得到的是正数，失去的是负数，最后正负相加，其实还是零。每个人都如此。”淡看人生荣辱得失，一切犹如过眼烟云。有钱了把日子过好，没钱了把心情过好。人生本来就是减法，来日方长并不长，健康地活着，平淡地过着，开心地笑着，适当地忙着，就很好。

年轻时，曾延颈鹤望命运的波澜，现在才发现，人生的最高境界，是内心的淡定与从容；做事时，曾梦寐以求外界的认可，现在才知道，人生是自己的，与别人毫无关系；聊天时，曾针锋相对非得争个高低，现在才醒悟，赢的是口舌之快，输的是朋友感情；激情燃烧时，曾狂热追逐想要的东西，现在才明白，照顾好自己，世界才属于你。一路走来，曲曲折折，磕磕绊绊，有错过，有失望，有痛苦，有遗憾，但更多的是快乐和收获。这些经历让我看清了许多，也懂得了许多，相信所有的努力都不会被辜负，所有的美好都会如约而至。

我已步入古稀之年，必须承认，属于自己的时代已经结束了。当年曾经熟悉和喜欢的东西，有的正在被快速前进的时代淘汰或淡化。有谁能想到，微信支付让小偷下岗，电子商务使超市冷清，美团外卖令餐厅减少。接下来，网络发展会不会使邮局萧条？AI兴起会不会使就业更难？人口减少会不会使中小学锐减？我想，不论社会发展多快，只要一息尚存，就必须与时俱进。否则，就会被时代抛弃。

站在历史的角度看，一代人有一代人的历史使命；站在生命的角度看，一代人有一代人的生命周期。人就像植物一样，一茬又一茬，岁岁年年花相似，年年岁岁人不同。每个人都有自己的高光时刻，不管多么风光无限，多么风流倜傥，那都是曾经。你的经历就算讲得声情并茂，也只能感动自己，别人未必愿意听。再看看历史上那些大人物、大事件，如今也只能待在教科书或博物馆里。这些都是正常的，也是合理的，这就是社会的发展和进步。其实，我们就是从前那群蹲在街角晒太阳的老人，如今只是换了个地方。好在我们还能偶尔睁开眼睛看看、竖起耳朵听听、开动脑筋想想。

撰写《凡夫心语》的想法很简单，就是趁着自己还能看得见、听得清、想得到的时候，把对社会的关注、对人生的感悟、对道德的呼唤、对人性的思考，通过一篇篇短文表达出来。书中那些淡然若水的话语，是经历人生风雨后从内心悟出来的。当然，既是凡夫之言，就难免见识浅薄、失之偏颇甚至有谬误之处，未必都正确。但确实有那么一些话、那么一些事曾经感动过我、点亮过我、改变过我，甚至现在还在影响着我。于是就记录下来，本来是写给自己看的。如果你能喜欢，那就是意外的惊喜。

是为序。

蒲致龙

2024年初冬于北京

contents 目 录

谀我者吾贼也

从前，有个财主买了一匹好马，请三个女婿作诗赞美。大女婿先说：“水面置金针，丈人骑马到阴山。来去数百里，金针尚未沉。”财主连连叫好。二女婿念道：“火上放鹅毛，丈人骑马到余姚。来去数千里，鹅毛未被燎。”财主听罢大喜。三女婿比较愚钝，急得直拍马屁股，马被拍得放了个屁，他灵机一动念道：“马儿放个屁，丈人骑马去会稽。来去数万里，屁门还未闭。”财主听后哭笑不得。

据考证，拍马屁源于元朝文化。蒙古族百姓牵马相遇时，通常要拍拍对方的马屁股，摸摸马的膘，随口夸几句，以博得马主人的欢心。后来有人不管是好马劣马，一味地说奉承话。再后来，人们就用“拍马屁”来讽刺谄媚奉承、讨好别人的行为。

《荀子·修身》中讲：“非我而当者，吾师也；是我而当者，吾友也；谄谀我者，吾贼也。”意思是中肯批评我的人，是我的老师；真诚赞赏我的人，是我的朋友；阿谀奉承我的人，是我的仇人。《韩非子》里记载了两则有关阿谀奉承的故事：一则说的是楚国大将子反嗜酒如命，在晋楚鄢陵之战中，口渴求饮，侍从竖毂阳奉酒啜饮，还曰“非酒也！”子反连饮数杯深醉不醒，导致楚师大败，被楚王斩首。另一则说的是春秋时期晋国大臣文子，嗜好声色玩物，一小吏投其所好，献媚取宠，进一步助长了文子的恶习，最后被晋王驱逐出官。

现实生活中，有的人对领导阿谀奉承、谄媚讨好毫无底线，说的恭维话令人作呕。为什么此风屡禁不止？这只能说明拍者和被拍者是一根绳上的蚂蚱，拍者得到了自己想要的名利地位，被拍者得到了感官的舒适和心灵的慰藉，各有所图、各有所得，所以才配合默契，拼命互动。有些拍马屁是在两个人之间进行的，拍得再恶心，再不堪入耳，也无伤大雅，因为两个人私下的拍与被拍，属于被窝里放屁——独吞。有些马屁是拍在大庭广众之处，就会破坏政治生态，污染社会环境。

对领导实事求是地夸赞，大家都能接受，就是稍微有点过分也能理解。但有些人违背客观事实，凭空捏造成绩，张口就说假话，甚至张冠李戴，把别人的成绩甚至集体的功劳说成是领导个人的，进行毫无底线的谄媚吹捧，有时拍得太夸张，连被拍者也脸红尴尬。真正有能力、得民心的领导，是不需要别人拍马屁的，因为他的所作所为，是为大多数人谋利益，自然会赢得民众的口碑。真正有能力、得民心的干部，也没有必要拍马屁，因为他始终为群众着想，关心他们的疾苦，维护他们的利益，凭自己的本事出政绩、赢民心、求进步。这些人都具有“不唯书、不唯上、只唯实”的精神。

官场上阿谀谄媚之风危害极大。在拍马屁者的心里，只有自己的地位和利益，根本不在乎民族复兴、事业成败和群众意愿。有的领导在谄媚者无底线的吹捧下，产生了错觉，真以为自己与众不同，无所不知，无所不能，无所不会，因此变得狂妄自大，目中无人，嚣张跋扈，引起群众反感。有的领导不能保持清醒头脑，失去了判断是非的能力，在马屁声中昏昏然飘飘然，被谄媚者牵着鼻子走，最后深陷泥潭不能自拔。历史的经验教训告诉我们，有些毫无底线的吹捧，会危害革命事业，损害党和政府的形象，也会使自己身败名裂。马屁文化是最可怕的负能文化，它会造就出一批唯唯诺诺 、无所作为的奴才，一批徇私枉法、胡作非为的贪官。

马屁拍得越响、越过分，往往背叛得越快、越彻底。这样的事情历史上不乏其例，比较典型的是民国初年四川督军陈宧。1915年，深得袁世凯信任的陈宧受命主政四川，临行前拜见袁世凯，众目睽睽之下，先是“伏地九叩首”，后双膝挪到近前，俯首去吻袁世凯的脚，并说：“大总统如不明岁登极，正位中国，陈宧此去，死都不回。”对于民国总统，却行大清觐见皇帝的跪拜礼，又行欧洲中世纪唯教皇才能接受的吻脚礼，还说你要不当皇帝，我就死在外边不回来了。但仅仅时隔一年，陈宧就宣布反袁，别人通电反袁，反的是帝制，捍卫的是共和，表明自己出于公义。而陈宧还加了一条，宣布代表四川人与袁世凯个人断绝关系。袁世凯看到通电后当即气晕，凄然道：“人心怎么变到如此地步啊？”这就是人性的弱点，当局者迷，总以为谄媚者表达的忠心是真的，是发自内心的，是永远不变的。伊拉克原总统萨达姆的共和国卫队，都是宣誓要效忠总统的铁杆军人，他也把最后的希望寄托在这支军队身上。但当敌人打进来时，共和国卫队作鸟兽散。萨达姆临死前哀叹：“我被部下出卖了。”所以，标榜自己永远绝对忠诚的人，是非常值得怀疑的。

忠于某人某事业，是因为对方身上寄托着自己的人生价值或社会理想，并且坚定地认为这种价值和理想是正当乃至神圣的。

一只乌鸦飞到树梢上准备品尝侥幸得到的一块奶酪。此时跑来一只狐狸，用甜美的话语夸奖乌鸦：“亲爱的乌鸦，你长得太美丽了，细长的脖子、明亮的眼睛、漂亮的羽毛、小巧的嘴巴，想必你还有一副美妙的歌喉吧，请高歌一曲，你就成了百鸟之王啦！”乌鸦从来没有被这样夸过，此时被狐狸吹捧得晕头晕脑。于是，它扯开嗓门，“呱”地叫一声，奶酪掉了下来，狐狸捡起一溜烟地跑了。

道之简理至深

最近读了一本书，名为《大道之行——中国共产党与中国社会主义》。该书作者站在时代的高度，运用马克思主义的世界观和方法论，审视中国经济、政治、文化、社会等方面亟待解决的问题，认真思索中国的当下与未来，充满了真知灼见。

为了准确理解书中阐述的观点，我先查阅了什么叫“大道之行”。“大道之行也，天下为公”出自西汉礼学家戴圣编著的《礼记·礼运》中的一篇散文，是为阐述儒家思想中“大同”社会的基本特征和古人追求“天下为公”的理想社会而作。意味隽永，启人深思。

我进而查阅了什么叫“大道至简”。“大道至简”出自老子的《道德经》“万物之始，大道至简，衍化至繁”。太极只有两色，却暗含天地之道。大道理都是极其简单的，简单到一两句话就能说明白，“真传一句话，假传万卷书”。大道至简，返璞归真，是宇宙万物发展之规律，是中华文化之精髓，不仅被道家和儒家所重视，也是人生的一种境界。

最深刻的真理往往最简单、最普通。比如，一百多年来，中国共产党的理论随着形势和任务的变化，不断发展丰富，但无论怎样变化，始终不变的是北京中南海新华门内那五个金光灿灿的大字："为人民服务。"这五个字是中国共产党所有理论的起点和终点，也是中国共产党人永远的出发点和归宿点，集中表达了中国共产党的初心和使命，诠释了中国共产党代表谁、为了谁、依靠谁的根本问题。"为人民服务"这五个字最早出现在1944年毛主席发表的著名演讲《为人民服务》中。他把党的高深理论和初心使命概括为五个字，简单明了，浅显易懂，不论是领导干部、知识分子，还是工人农民、军人学生，一看就明白。所以，简单往往比复杂更有价值，能把复杂问题简单化，才是真正的大智慧。故，庄子曰："朴素而天下莫能与之争美。"

有一个"朴素定理"，意思是如果一个人或一件事，让你觉得眼花缭乱，那么大概率是错的、假的或低劣的，最了不起的人和事，都简洁而优雅。在乔布斯家里，只有一张爱因斯坦的照片、一盏蒂芙尼桌灯、一把椅子和一张床。他说："我喜欢极简生活。"他把这种极简也带到了工作中。1997年，他回到苹果公司，一上任就砍掉了70%的项目和90%没有特色的产品，发明iPhone4时，他只有一个要求："把最复杂最强大的功能最简单化。"结果iPhone4开创了全球智能手机时代。越是高级的东西越简单，这就是乔布斯的设计理念。简到极致，便是大美。越简单的东西，智慧含量越高。

大道至简，人生亦简。作家马德说："你若澄澈，世界就干净；你若简单，世界就难以复杂；你不去苟且，世界就没有暧昧；你没有半推半就，世界就不会为你半黑半白。"简单是人生的最高境界，如果一个人能始终保持淳朴本性，他就是这个世界上最完美的人。关于人生，有两句话说得很有道理。第一句是意大利雕塑家米开朗琪罗说的："美就是净化过剩的过程。人生要想活得美，就得删繁就简，去掉多余的东西。"第二句是我国漫画家蔡志忠说的："每块木头都可以成为一尊佛，只要去掉多余的部分。”

1999年，美国人丽莎·茵·普兰特经多年研究和实践，出版了《简单生活》一书，被翻译成30多种文字，创下惊人的销售业绩。她说，简单生活不是贫苦、简陋的生活，是经过深思熟虑之后，一种丰富、健康、和谐、悠闲的生活。“简”不是物质的贫乏，而是精神的自在；不是生命的空虚，而是心灵的纯净。人生之“繁”出于“惑”，以“仁”抗拒诱惑，以“智”解除困惑，不惑才是人生由繁入简的标志。弱水三千，只取一瓢饮；人生百态，当从一而终。

有智慧的人都喜欢大道至简，功名利禄不趋之若鹜，富贵荣华不为之所累，清纯似儿时的天真，朴实如父辈耕耘的沃土，只有心情平静的人方能看见“斜阳照墟落，穷巷牛羊归”的悠闲，听闻“荷风送香气，竹露滴清响”的天籁，感受“空山不见人，但闻人语响”的空旷。陶渊明就是这样的人，所以他能吟出“采菊东篱下，悠然见南山”的绝句。欧阳修也是这样的一个人，所以他在谪居时仍能悠然自得地写出《醉翁亭记》。

把复杂弄简单是本事。爱迪生让助手测量梨形灯泡的容积。助手拿着标尺细心测量，然后又运用一大堆数学公式计算，3个小时过去了，还没有算出来。爱迪生进来后，往灯泡里倒满水，递给助手说：“你把水倒入量杯，答案就出来了。”助手一拍脑门：“原来这么简单啊。”最有效的方法，往往是最简单的。

把简单弄复杂是找事。把一件事情搞复杂很容易，只需要不断添油加醋，可要把它弄得简洁明白却很难，需要熟悉每个环节之后才能取舍。弄清楚什么重要、什么不重要，什么有用、什么没有用，什么舍弃、什么保留。每一次取舍的背后，都是对事物本质的再次探索，也是对能力和判断的考验。高手之所以是高手，功夫就在这里。

天地之道，简易而已。人生犹如一场戏，大幕一旦拉开，不管你如何怯场，都得演到结尾。在这个过程中，生活容不容易，就看你怎么过。你要求越多，压力越大，也就越不容易。反之，你要求越少，压力越小，也就越容易满足。江山明月，本无常主，得闲便是主人；大道至简，活在当下，知足便能常乐。

人的一生，注定要经历很多事。红尘路上，有朗朗的笑声，也有委屈的泪水；有成功的喜悦，也有失败的沮丧，每一段经历都很珍贵。心灵坚强缘于艰难困苦的磨砺，生命丰盈缘于内心深处的善良，生活美好缘于始终保持一颗平常心。生活简单让人从容洒脱，想法简单让人平和宁静，做事简单让人轻松愉快。因为简单，才深悟生命之轻；因为简单，才洞悉心灵之静。

大道至简，悟在天成。

诱惑犹如罂粟

什么叫诱惑？诱惑就是引诱、迷惑、吸引、招引，是存于世上的一种奇怪的东西，人会为之疯狂而不能自已。诱惑之事，古今中外概莫能外，它之所以一直存在，是因为人性具有贪婪、好色、虚荣等弱点，别有用心的人以名利、地位、金钱、美色等为饵，引诱你做出失德乱纪违法的事，然后抓住你的把柄，牢牢控制你，以达到他不可告人的目的。简单说，就是坏人使用各种手段引诱好人干坏事。

马克思在《资本论》中写道，资本“如果有百分之十的利润，它就保证到处被使用；有百分之二十的利润，它就活跃起来；有百分之五十的利润，它就铤而走险；为了百分之一百的利润，它就敢践踏一切人间法律；有百分之三百的利润，它就敢犯任何罪行，甚至冒绞首的危险。”[1]一百五十多年前，革命导师就已经揭示了资本被利润所诱惑，以牺牲道

[1] 《马克思恩格斯文集》第五卷，第871页。这段话是马克思对托·约·登宁《工联和罢工》一书中观点的引用（《工联和罢工》1860年伦敦版，第35—36页），而非马克思原创。

德、挑战法律、蔑视人性为代价，敢冒天下之大不韪甚至上绞刑架也在所不惜。

人生漫长，前行路上并非全是坦途与鲜花，时常会遇到荆棘与陷阱，而形形色色的诱惑，便是这样的荆棘与陷阱。诱惑如有毒罂粟，明知有害却让人难以抗拒；诱惑如梦中仙子，美艳绝伦让人魂牵梦萦不能自已；诱惑如蜿蜒赤蛇，悄无声息缠绕上来让人无法脱身。诱惑是一种暗藏利刃极具杀伤力的隐形武器，可以使人失去理智，迷失方向，走向毁灭。随着社会经济的发展，诱惑手段之高明、攻势之猛烈比历史上任何时候都要复杂严峻。

美国建筑师詹姆斯·勒菲斯特曾写过一篇叙事文《做得对做得好——天知地知》，传入中国后，由福建省特级教师林润生改编为《钓鱼的启示》，被选入小学五年级语文课本。文章记叙了主人公11岁时发生的一件事：鲈鱼捕捞开放日的前一天傍晚，儿子随父亲去海边钓到一条罕见的大鱼。由于离捕捞鲈鱼开放时间还差两个小时，父亲要儿子把鲈鱼放回去。儿子有点不舍，但还是遵从父命把鱼放回海里。这事虽然不大，却给儿子留下了一生都无法忘却的记忆。文章最后写道："在人生旅途中，我不止一次地遇到了与那条鲈鱼相似的诱惑人的'鱼'。当我一次次地面临道德抉择的时候，我就会想起父亲曾告诫我的话：道德只是个简单的是与非问题，但是实践起来却很难。"为了避免掉入诱惑的陷阱，除了受道德、法纪约束外，还需要毅力、勇气和智慧，以及非凡的定力和强大的内心。

许多人看过电视连续剧《神探狄仁杰》。据史书记载，狄仁杰历经唐高宗、唐中宗、唐睿宗三朝，以其卓越的治国才能和高超的政治智慧在中国历史上留下了深远影响，特别是他成功破获了许多大案要案疑案，被誉为中国古代的福尔摩斯。但鲜为人知的是，少年时的狄仁杰，不仅才华横溢，而且长相英伟。有一年去京城考试，途中投宿一家旅店。店主夫人年轻新寡，对狄仁杰心生爱意。狄仁杰对她说：“行前有位老和尚说，我将来会名冠天下，但须切记‘戒之在色’。我不能以一生的前途换取片刻即逝的男女之欢。我继而请教，‘喜欢佳人美色乃人之常情。色欲这种事，事前人人都知自爱，事后也知追悔，但当欲心炽盛时，一切后果都会抛诸脑后，以为偶尔无伤，下不为例，所以每一个下次均作如是想，如此便会沉沦下去。有什么方法能浇熄爱欲之火，不令其延烧呢？’老和尚告诉我三种办法：一者，见一切女作亲想，老者若母，长者若姐，少者若妹，幼者若女；二者，见一切女作怨想，她引诱我犯淫、失节，是害我的美女蛇；三者，见一切女作脏想，她外表下都是肮脏的屎尿脓血。这正如我此刻所想，就什么念头都没有了。”少妇听罢，跪谢他的教诲和劝诫。后来，这位少妇果然坚守妇德，还受到朝廷的褒奖。

历史上因经不住诱惑而导致国灭家破人亡的事例不胜枚举。《三国演义》中讲：貂蝉乃王允之义女，行时风摆杨柳，静时温文尔雅 ，有倾国倾城之貌。王允以其美色作诱饵，使用连环计，让弄权作威的董卓死于有勇无谋的义子吕布之手。再比如，春秋战国时，越王勾践兵败被俘，一面卧薪尝胆，发愤图强；一面施美人计，将西施、郑旦献给吴王夫差，使其沉湎美色，荒废朝政。待时机成熟，突袭吴国，迫使夫差自刎。还比如，公元前229年，秦将王翦率兵攻赵，赵王派李牧、司马尚迎战。秦国自知强攻无望，便用重金贿赂赵王的宠臣郭开，贪婪成性的郭开经不住诱惑，诬陷李牧、司马尚谋反，赵王不察真相将其杀害。秦军趁机进攻，赵王被俘，赵国灭亡。

古人云：“治常生于敬畏，乱常起于骄纵。”明智者知畏敬畏，谨小慎微，因而一生无恙；愚蠢者无知无畏，贪得无厌，必然陷入深渊。最佳的生活方式并非盲目追求外在的地位和财富，而是内心的恬静和快乐，让自己安然，让家人安宁，让同事安心，让社会安定。诱惑再凶猛、再诱人，只要常怀敬畏，言有所戒，行有底线，也是可以抵御的。特别是位高权重之人，要经常想一想红军长征途中那堆篝火、那座雪山、那片草地、那条大渡河上的铁索，想一想长津湖战役中那3个宁可冻死也不后退的“冰雕连”，想一想上甘岭阵地上那面弹痕累累的旗帜。还有伟人在西柏坡的那场著名演说，革命领袖在胜利前夜的预言和忠告。

当硝烟散尽的时候，各种诱惑使人变得丧失自我，物欲横流使人变得自私贪婪，灯红酒绿使人变得强取豪夺，追名逐利使人变得无情寡义，道德沦丧使人变得残忍冷漠。不缺钱的总说自己缺钱，缺德的从不说自己缺德。难道人世间的崇高都被先烈们带走了？难道生活的美味佳肴真的麻醉了我们的魂魄？如果先烈们泉下有知，看到他们的后代变得如此龌龊，如此贪婪，如此堕落，如此无耻，他们在走向战场时还会不会慷慨悲歌？会不会觉得死得其所？

香港企业家李嘉诚说过一句话：“人的价值，在遭受诱惑的一瞬间被决定。”人生最重要的功课其实只有一门，就是对各种诱惑的取舍。已故作家陆幼青在《生命的留言》里写道：“所谓成功者，是指他们拒绝了很多真的诱惑；所谓失败者，只缘他们相信了很多假的诱惑。”每个人都生活在充满诱惑的时空里，无论是有心还是无意，你身边的诱惑无时不在，无处不在，稍有不慎，就会一失足成千古恨。所以，要时刻谨记：心不动于利禄之诱，目不眩于五色之惑；不可之处绝不可，自律之时必自律。

千万别瞎折腾

对于个人发展来说，不折腾既是一种度德量力的智慧，也是一种自知之明的清醒。这里所说的不折腾，就是不盲目蛮干，不急于求成，脚踏实地一步一个脚印往前走。现在的大学毕业生，跳槽特别频繁，有的毕业才两年，就已经换了三四家公司，最后折腾得找不到工作，难道这么多企业就没有一家适合你发展的？人才合理流动可以激发人的创造力，也可以使社会资源得到更合理的配置。但是，面对这样一群稚气未脱的“频繁跳槽者”，必定存在着某些必须修正的因素。知识和财富需要积累，人生体验和工作经验也需要积累，而积累就需要一定的时间和精力才能完成。在毛毛虫蜕变为蝴蝶之前，必须经过一段漫长的化蛹期。而一个职场新人要转变为专业人士，势必要经过一个磨炼期，此时只有忍耐、辛苦、打磨，才能为日后腾飞储蓄所需要的素质和能力。

要想干出点名堂，仅仅有想法和激情是远远不够的，需要有实力和能力做支撑，一旦超出这个范围，大概率会一地鸡毛。巴菲特投资为何能成功？就在于他始终坚持在个人的能力范围内做投资，而不为外界喧嚣的市场所动。

有人说："年轻就要折腾，本身就穷，说不定折腾对了，还能一夜暴富。"这是典型的认知偏差，错把事物都归类在既定的模式中，把成功归因于机会和运气。要在现代社会取得成功，不仅需要人脉与资源的大量积累，还需要评判风险、预估失败、止损方法。有一位大学生应聘进入一家互联网公司，两年间因表现不错连升两级，月薪由8000元涨到30000元。他因此变得飘飘然，以为今天的成就不是因为公司提供的平台和资源，而是自己素质过硬、能力出众。于是辞职创业，但不久项目就夭折了，把几年积攒的工资全搭了进去，还欠了一屁股债。明明比别人起点高、发展好，却被自己折腾没了。对于家境贫寒的人来说，首先考虑的不是成功，而是生存，然后在保持稳定生存的基础上，再想以后的发展。

也有一些中年人，在一个固定模式中过得太久，加上家庭和事业已经稳定，觉得生活乏味，想换一种活法。殊不知，自己的年龄已经经不起折腾，一旦折腾，注定险象环生。比如，在感情上，不要节外生枝，要珍惜身边人，一念之差就会毁掉原本幸福的家庭；在职业上，要有自知之明，懂得知难而退，别好高骛远，这山看着那山高，家庭的重任容不得冒险；在钱财上，要时刻提醒自己天上不会掉馅饼，盲目投资做发财梦，别为了几个钱，把心情折腾坏了，把身体折腾垮了，把家庭折腾散了。《佛家禅语》中讲："我执，是痛苦的来源。"人若固执于追求不切实际的目标，喜欢瞎折腾，最后痛苦的是自己。

对于年长的人来说，昨天过去了就永远变成昨天，任何人都不可能再回到昨天。有人说，到了50岁以后，宜清闲，不宜急进；宜藏锋，不宜露势；宜口纳，不宜激辩；宜淡出，不宜雄起。不要再为过去的不如意、不称心、不满足和所谓的壮志未酬而遗憾，更不能心血来潮意气用事，企图东山再起重振雄风。人生字典里没有"容易"二字，看似容易的事情，若真上手去做，就会发现其中的繁杂与困难，若毫无章法地折腾，根本不可能达成所愿。人生走到这一步，无论是身体还是精力都大不如以前，属于自己的时代已经结束了，安稳平静的生活就是最大的幸福。若恣意妄为，弄不好会把原有的东西都折腾没了，包括身体。

我有时想，人到底是为了生活而工作，还是为了工作而生活？许多人一辈子都在忙碌着、折腾着，忘记了享受生活本该有的美好。不辜负生活，不亏待自己，不是一掷千金的挥霍，也不是灯红酒绿的奢侈，更不是颐指气使的骄横。而是在厨房做一份可口的饭菜，在商场买一件心爱的东西，在影院看一场喜欢的电影，在公园和熟人散步聊天，在街店与朋友喝几杯小酒。享受生活是最基本的乐趣，只是许多人在忙忙碌碌和不断折腾中把自己忘了。有人说：当你为了将来而省略生活中应有的享受时，生活就打了九折；如果牺牲了亲情和爱情，生活就打了七折；如果放弃了快乐和健康，生活就打了对折。再富足的生活、再亲密的感情、再充裕的时间、再健康的身体、再和睦的家庭，都经不起打折。

人还是要理智一点，不要贪大求多，简单生活就好。其实，简单并不简单，它是一种生活态度、一种精神境界、一种释然顿悟、一种恬淡寡欲。舟循川则游速，人顺路则不迷。人生在世，要遵循规律，顺其自然，在喧闹繁华的尘世里享受家庭的温馨，在熙熙攘攘的社会里感悟亲情的甜蜜，这比瞎折腾要强得多。

正负能量辨析

正能量和负能量是两个相对的概念，在物理学和心理学领域有着不同的含义和应用。在物理学中，源于英国物理学家狄拉克的量子电动力学理论，正能量指高于零点能的能量，负能量指低于零点能的能量；在心理学中，最早出自英国心理学家理查德·怀斯曼的专著《正能量》，正能量指健康乐观、积极向上的个体情感或社会行为，负能量则被用来形容消极、压抑的情绪或环境。

前些年，“正能量”这个词不时见诸媒体。但近年来出现的频率似乎没那么高了，甚至有网友质疑这个词。因为有的自媒体打着弘扬正能量的旗号，杜撰故事，歪曲事实，以达到自己的目的；有的人生造新词，让负面的东西看起来积极向上，如失业不叫失业，叫动态就业；缺钱不叫缺钱，叫消费降级；穷人不叫穷人，叫待富人群，等等。这种“伪正能量”，罔顾事实，信口雌黄，玩弄文字游戏，只会带来怨气，产生的社会负面影响比负能量更大。

正能量说白了就是一种“正向思维”方式，凡事要向积极的方面想，有助于改善情绪，提振士气。心理学上讲，在困难时期培养积极的心态是一种有效的应对机制，但积极的心态必须根植于现实才能有效。人的情绪是复杂的，每一种情绪都有它存在的意义。根据进化心理学，人类的基本情绪是为了应对远古祖先面临的生态挑战进化而来的。负面情绪可以帮助和指导人们的行为及快速行动，关键时刻还会起到自我保护的作用。比如，恐惧能使人意识到身处险境，并唤醒神经系统，开启"战或逃"的准备；惊奇是为了清空大脑中残留活动的记忆，以应对意想不到的刺激，促使人们去探索新事物；愤怒是为了在对手面前显示出强烈的攻击性，当危险降临时，敦促人们果断采取行动。再比如，厌恶的功能是拒绝任何可能有毒的刺激，帮助人们避免摄入对身体有害的东西；悲伤的目的是降低人的活动水平，将注意力集中在自己身上，并寻求支持以摆脱抑郁。如果我们只欢迎积极情绪，把悲观或恐惧等情绪拒之门外，用虚假的快乐强迫自己或他人变得积极乐观，终有一天，这些积累的消极情绪会猛烈爆发出来，对身心健康、人际关系乃至社会稳定造成伤害。正如奥地利心理学家西格蒙德·弗洛伊德所说："未被表达的情绪永远都不会消失，它们只是被活埋了，有朝一日会以更丑恶的方式爆发出来。"

日本心理治疗师詹妮弗村山，将"伪正能量"形容为一种表面积极、其实否认或压抑真实感受的状态。出于社会文化等原因，很多人坚信"焦虑是不好的，乐观是积极的""哭是软弱的，笑是勇敢的"。所以，在面对消极情绪时，会下意识地想摆脱这种局面，让自己和他人开心。但是，如果把只能快乐、不能痛苦作为一种要求，压抑实际体验到的消极情绪，不仅不能让人真正感到快乐和幸福，反而会损害身心健康。一个正常的人就应该有喜怒哀乐等各种情绪，感受悲伤、恐惧和愤怒等消极情绪，并以适当的方式释放出来，会使人轻松舒缓，更有韧性和自控力。

人们之所以反感"伪正能量"，还因为这是一种变相的完美主义，它告诉人们"生活中不能有失败，失败是可耻的，是不能被原谅的"。可事实上，失败不仅是成功之母，也是构成人生必不可少的要素。失败甚至多次失败，为人们提供了更有力有效的成长机会。生活中要提防的不仅是失败，还有遇到困难和麻烦就退缩的“乌龟心态”。“伪正能量”不仅不能激励人们，反而会放大对失败的恐惧，阻碍前进的步伐。毕竟有苦有甜、有笑有泪才是真实的人生。

负面情绪是每个人都无法避免的，强迫自己隐藏这些情绪，只会导致情感压抑、审美疲劳甚至精神麻木，并逐渐厌倦这种单一的所谓正能量情感表达。同时，社会上存在着不少虚假的、夸大其词的所谓正能量宣传，特别是近年来网络上出现的“跪求体”“哭晕体”“吓尿体”“碾压体”等，使人们对有些正能量信息产生怀疑，甚至引发逆反心理。

罔顾事实的所谓正能量信息，容易让人对现实危险和潜在风险产生误判，盲目乐观，过分自信，忽视危机的存在，做出违背客观现实的不理智甚至冒险决策。所以，倡导人们关注和表达社会问题，可以起到公众监督和提醒作用，便于精准研判风险隐患，及时预报预警，将损失降到最低。

生活是一门平衡的艺术，人们需要正能量的激励，也需要负能量的提醒。只要能引发思考，释放糟糕情绪，激发人的斗志，就是正能量。近年来，也正是由于西方的疯狂打压，反而令华为科研人员奋发图强，一举扭转了被封锁的现状。

正能量的确能给人提供战胜消极情绪的动力，但不代表无视困难和问题。过度甚至虚假的正能量宣传，还会让人产生一种错觉，似乎整个社会都是完美无瑕的 ，每个人的生活都是幸福美满的。但仔细观察，实际情况并非如此。不然国家为什么要花费那么大精力、人力、财力、物力去扶贫，为什么要进一步深化改革解决面临的困难和问题？真正有害的，不是对社会真相的透视与认知，而是对社会真相的无视与遮蔽。正视问题，解决问题，才是一个正常社会最基本的样子。所以，应该鼓励人们表达真实情感，哪怕并不是那么正能量。

思危思退思变

美国著名心理学家戴尔·卡耐基在励志经典《人性的弱点》中写道："人要想好好生活，就得学会思危、思退、思变。"中国有句谚语："鸟三顾而后飞，人三思而后行。"2007年热播剧《大明王朝1566》里的主要人物，全身而退的只有吕芳和杨金水。当时，各利益集团的主要人物几乎全部卷入了那场政治旋涡中，都没有逃脱君臣宿命，只有吕芳带着装疯的杨金水远避他乡。这和吕芳的"三思"为官理论有很大关系。在剧中，吕芳告诫冯保，做官要思危、思退、思变：看到危险就要躲开，这叫思危；躲到没人注意的地方，这叫思退；退下来要反思以前哪儿错了？今后怎么办？这叫思变。"三思"何止做官，人生的不同境遇和阶段，都需要用"三思"来应对。

思危，可以有备无患。《三国志》中讲："明者见危于无形，智者视祸于未萌。"明智的人在危险还没成型时就能预见到，智慧的人在灾祸尚未发生时就有所察觉，提早想好对策，将危险化解在萌芽状态。《左传》中也说："居安思危，思则有备，有备无患。"懂得居安思危的人，即使在安定的环境中也会提高警惕，思考可能潜在的隐患和风险，提前做好应对准备。人无远虑必有近忧，意外和明天永远不知道哪个先来，有多少意外都来得悄无声息，让人毫无准备，造成了惨痛的教训。一个人若没有忧患意识，便会沉溺于安逸之中，不仅会对“即时快乐”上瘾，还会让自己处于危险状态。孟子曰：“生于忧患，死于安乐。”过去是好的，今天是好的，不代表永远都是好的。海尔总裁张瑞敏的生存理念就是“永远都要战战兢兢，如履薄冰”。没有危机感就是最大的危机。当懒散怠惰成为习惯，就已经成为生活中那个被温水煮的青蛙了。

我赞成一句话：成事思危。一般官宦之家盛不过三代，但自曾国藩之后，曾家代代有英才。因为曾国藩深谙其中的道理，虽身居高位，却依旧教导子侄福不多享，势不多使，勤俭持家。他说：“不愿代代享富贵，但愿代代出英才。”克勤克俭，耕读传家，曾氏家族才得以百年不坠。《红楼梦》中的元春香消玉殒后曾托梦留下一首诗：“身后有余忘缩手，眼前无路想回头。”但贾家后人一味仰仗祖宗福荫，既不修德也不立业，将家族一步步逼到绝境，最终“落了片白茫茫大地真干净”！做人即使一帆风顺、前程似锦，也要慎言谨行、保持警觉，以便在危机来临前及时应对和化解。

思退，可以收放自如。人一辈子会遇到各种各样的人和事，有时需要主动做出一些让步和妥协，才能达成自己的目标。适时的退让和适当的妥协，不是软弱无能，甘愿认输，而是韬光养晦，匍匐前进。一个聪明的人，一定会在巅峰之际，理性权衡，适时退场。否则，没事也可能变得有事。特别是当一个人大权在握时，容易锋芒毕露，得意忘形，会让人嫉妒和怨恨，甚至埋下祸端。若能审时度势，收敛锋芒，放低姿态，就会避免灾祸。退，还有一个目的，就是不让自己总是生活在“众星捧月”之中，每天“觥筹交错”，自觉从纷繁复杂的应酬中解脱出来，保持恬淡和冷静。《菜根谭》中说：“处世不退一步处，如飞蛾投烛、羝羊触藩，如何安乐？”言语上让人一步，行为上留有余地，不在无须冒进的地方逞血气之勇，换一种思维方式，退一步海阔天空，忍一时风平浪静。

我还赞成一句话：无事思退。这既是一种睿智和成熟，也是一种修行和策略。凡是无事思退、有事知退的人，都是有格局、有理智、头脑清醒的人。《道德经》中说：“功遂身退，开之道也。”凡事须有度，特别是当事业到了一定程度、人生到了一定高度时就要思退，因为高处不胜寒，低处纳百川。汉朝初年，汉高帝刘邦登位后论功行赏，各路将领争抢军功，只有张良不语。张良被尊为帝王师，运筹帷幄之中，决胜千里之外，论功应为百官之首。刘邦问他：“你自择齐地三万户，可否？”张良一揖到底：“臣以三寸之舌为帝王师封万户列侯，此布衣之极，张良足矣，愿弃人间事，欲从仙人游。”张良选了个仅有万户的留县，受封为留侯。李白在《侠客行》中云：“事了拂衣去，深藏身与名。”张良不恋权位，功成身退。了解汉朝历史的人都知道，那些开国功臣的下场都很悲惨，唯有张良得以善终。人世浮沉，红尘善变，思退是给欲望做减法，为生命留后路。

思变，可以与时俱进。玻璃大王曹德旺说：“贤者预变则变，智者遇变则变，愚者见变不愿变。”世上唯一不变的，就是一切都在变。多一分主动变通的思虑，便会少一分措手不及的窘迫。《孙子兵法》云：“兵无常势，水无常形，能因故变化取胜者，谓之神。”懂得变化、把握变化、驾驭变化是取胜的关键。爱尔兰剧作家萧伯纳说：“明智的人使自己适应世界，而不明智的人只会坚持让世界适应自己。”我们虽然改变不了环境，但可以改变自己。生活处处有死角，懂得及时变通，便会别有一番天地。《道德经》中写道：“曲则全，枉则直，洼则盈，敝则新，少则得，多则惑。”委屈能保全，弯曲能伸直，低洼能盈满，破旧能翻新。少索取反而会多收获，多索取可能血本无归。汉武帝是奶娘带大的，感情深厚。一次，奶娘犯下大错，本以为汉武帝会念旧情饶恕她。怎料龙颜大怒，要将其处死。奶娘求助太中大夫东方朔。东方朔如此这般给她交代一番。行刑之日，东方朔大声说："老太婆，虽说你对皇上有养育之恩，但如今皇上已经长大，还需要你喂奶吗？"原本在气头上的汉武帝听到后，想起幼时与奶娘的相处，心生不忍，下令赦免。如果奶娘一味求饶，就是东方朔帮忙，不仅会使龙颜大怒，还会牵连东方朔。思变正是东方朔的高明之处，曲中求全，迂回变通。

我更赞成一句话：有事思变。一个人之所以会遇到困难和问题，说明自身的能力遇到了挑战，若不改变思路，寻找新的办法，仍按原来的路数应对，不仅无功，还可能会出现新的问题，新旧困难交织在一起，使矛盾升级甚至激化，陷入更加被动的局面。《周易·系辞上》中曰："日新之谓盛德，生生之谓易。"世界日新月异，社会复杂多变，只有不断更新自己的思维、认知和能力，跟上形势的发展，才能顺应潮流，与时俱进。德国哲学家叔本华说："世上最大的监狱，是人的思维意识。"懂得思变的人，不拘泥固执，不墨守成规，不囿于现状，不沉溺于触手可及的欢愉，而是时刻洞察生活中潜藏的汹涌暗流，变通趋时，把握机遇，作出正确的判断和选择。时代抛弃你，从不会提前打招呼，要想站稳脚跟，有所作为，就必须思变，走出舒适区，掌握主动权。高人一筹，快人一拍，先人一步，优人一着，才是精进之法、取胜之道。

人性的善与恶

如果人性本善，为什么有人会杀人放火犯下极端暴行？如果人性本恶，为什么有人不惜牺牲自己帮助他人？究竟是什么促使人们去伤害或帮助他人？宋代王应麟在《三字经》中写道：“人之初，性本善。性相近，习相远。”意思是人生下来时本性都是善良的，性情也很接近，只是由于成长过程中所处的环境和条件不同，性情才有了好坏差别。美国心理学家阿比盖尔·马什在《人性中的善与恶》中对此进行了分析，认为人的大脑中杏仁核的初始设置都是从善如流，但若出现变异，就会把英雄变成魔鬼。奥地利精神分析学家弗洛伊德也说：“人的一半是天使，一半是魔鬼。”医学博士、现代作家冯唐在《了不起》一书中对此阐述得更详细：“人性很复杂，最坏的人也有善良的一面，最好的人也有邪恶的一面。在魔鬼的内心有天使的灵魂，在天使的背后潜伏着魔鬼的骚动。在它们的角逐中，天使获胜，则人的行为向善；魔鬼获胜，则人的行为向恶。”

人都有两面性，一面给自己，一面给世人。世上没有十全十美的人，即使伟人、圣人、贤人、哲人也不例外。被称为“千古第一完人”的曾国藩，也并非真正的“完人”。刚入仕时，为官清廉，刚正不阿。自从做了京官，总有人整他。于是，他开始研究官场潜规则，把收入的60%用来送礼，同时也收礼，不仅官至直隶总督，家族也成了晚清巨富。即使被左宗棠赞为“谋国之忠，知人之明，自愧不如元辅；同心若金，攻错若石，相期无负平生”，即使被毛主席称为“地主阶级最厉害的人物”，即使被蒋介石誉为“曾公乃国人精神之典范”，曾国藩也没能跳出晚清官员“三年清知府，十万雪花银”的魔咒。毫无疑问，被后人推崇的《曾国藩日记》，绝对不会写为了感谢推荐之恩，送给军机首辅大臣穆彰阿一幅价值连城的古代名画；也不会写同治三年江南乡试，送给主考官6000两银子；更不会写升任直隶总督后进京面圣，送出1.4万两白银。所以有人说，贪婪和虚荣是人的共性。从某种角度看，这种共性成就了不少人，也毁灭了不少人。在成就和毁灭中，有人平步青云，有人穷困潦倒；有人成了英雄，有人为此丧命；有人名垂千古，有人遗臭万年。

莫言在杂文《我们的恐惧与希望》中写道：“几十年来，真正对我造成伤害的还是人，真正让我感到恐惧的也是人。”正是因为受了太多的冷箭，莫言才对人性看得非常透彻。在他的很多作品中，一直试图用亲身经历告诉世人，永远不要低估来自身边人的恶意，因为人性里永远存在丑陋的一面。这个世界最浅薄的关系就是你没有遂他的意，他就忘记你所有的好。人性就是这样：不记千般好，只记一时错。在你无用时，那些你曾帮过的人，那些你不曾设防的人，或许就会成为压倒你的最后一根稻草。你若不加以防备，便会让自己在痛苦中呻吟。

当你对别人有用时，他表现的人性就是善良的。千百年来，人们一直在讨论：人性是本善还是本恶，迄今为止也没有定论。但可以肯定的是，人性的本质一定是自私的。一旦人性沾染了利益，就会发现，当你对别人无用时，脸是最难看的，话是最难听的，事是最难办的，世道是最险恶的。可有朝一日你飞黄腾达，能让别人跟着沾光了，这些人马上就会换副嘴脸来拥护你。这不禁让我想到了作家马伯庸说过的一句话："人性从来都是趋利避害的，可以背叛忠义仁德，但绝不会背叛利益。"有茶有酒，高朋满座；无权无势，何来知己。很多时候，你的价值就是你的一切，你所处的位置决定了他人对你的态度。因此，与其在无名时期善待别人，不如自己挣扎向前。当有一天你强大了，就会发现身边全是笑脸。

当你对别人无用时，他表现的人性就是自私的。日本作家东野圭吾曾说："这世上有两种东西不可直视，一是太阳，二是人心。"人心最难猜，也最经不起考量。倘若和利益牵扯在一起，人心的阴暗面会被无限放大。人际关系复杂而微妙：在你风光时，很多人会跟你称兄道弟；在你落魄时，他们就会狠狠地踩你几脚。为了自身利益，这些人可以出卖朋友，背叛良心。所以，不要把人性想得太美好，否则受伤的只能是自己。

当你触碰别人利益时，他表现的人性就是恶毒的。莫言在《檀香刑》中讲了一个故事，主人公叫孙丙，是猫腔班主，一生爱扮帝王将相，唱忠孝仁义。在特殊时期，为了唤醒人们的爱国心，他组织义和团聚众抗德，惊动了朝廷，也惹恼了德国人。巡抚袁世凯怕德国人不再扶持他，就亲临高密乡抓捕孙丙，给他用最痛苦的檀香刑，并射杀给孙丙送行的人。袁世凯在利益面前，可以用同胞的血讨取列强欢心，用百姓的命换取功名利禄，其残忍程度远超禽兽。

莫言在《红高粱家族》中写道："人都是自私的，只要能满足自己的欲望，什么事情都能做得出来。"法国启蒙思想家伏尔泰也说："人是可以变得无情的，当他们想要某样东西的时候，或者不愿失去某样东西的时候，都会不择手段。"人是一种利己动物，自私和贪婪是骨子里带来的天性。在利益面前，永远不要低估人性的丑恶。天真过头的人，一定会被现实打脸。始终对人性深处的幽暗保持警惕，同时用尽全力强大自己，你才会有足够的实力，抵御人性中的恶意。

老子在《道德经》中写道："天下皆知美之为美，斯恶矣。皆知善之为善，斯不善已。”天下没有绝对对立的东西，看似矛盾的东西实则相因相生，美丑是这样，善恶也是这样。一念起福泽百世，一念落恶从心生。人们常说要与人为善，真正的善良，无须刻意而为，而是源于一颗慈悲柔软的心，是骨子里散发出来的乐善好施。真正的善良，是“上善若水”，水是什么？是海纳百川，是宽容谅解，别人伤害了你，该宽恕的就宽恕，该放下的就放下，该忘记的就忘记。人生苦短，生命有限，满腹怨恨，何来美好。当你面向阳光，就看不到阴影。人一生追求的是快乐和幸福，而决定快乐的是豁达，决定幸福的是心态。如果被怨恨控制了心灵，就是拿别人的错误惩罚自己。何况冤冤相报何时了？人生漫长，还有很多事等着你去做呢。

看《狂飙》悟“三观”

当今社会流行一个热门词，叫“三观”。何谓“三观”？即世界观、人生观和价值观。正确的世界观直接影响人生观和价值观，而高尚的人生观和价值观是净化世界观的清新剂，三者辩证统一、相互作用。“三观”对人生至关重要，它决定了一个人的认知、思想、行为、判断和决策。不少人对“三观”的认识是概念化、碎片化的，但不管你清不清楚“三观”的真实含义，承不承认“三观”的重要作用，都已经自觉或不自觉地形成了自己的一套“三观”。比如，有的人说错了话，做错了事，产生了误会，甚至走上了歧途，却不知道错在哪里，其实根源就是“三观”出了问题。人与人最大的差别，本质上也是“三观”不同。英国作家毛姆在《月亮与六便士》中写道：“什么是‘三观’不同：你敬畏天地，他崇拜权威，这是世界观不同；你努力是为了理想的生活，他努力是为了做人上人，这是人生观不同；你站在良知一边，他站在赢者一边，这是价值观不同。”毛姆的话简单明了、浅显易懂，形象地描绘了“三观”不同的本质。

2023年1月，央视开年大戏《狂飙》刷爆全网。从一顿年夜饭开始，很多人一步步坠入深渊。从最初的并肩同行，到最后的物是人非，有的人放弃底线，有的人坚守初心，有的人走投无路，有的人如梦初醒。纵使长夜难明，仍有人舍命燃灯；即便风吹雨打，仍有人勇毅前行。二十年间，无论是人性的复杂，还是世事的变化，一切似乎都应了那句话："人性并不是非黑即白，它存在许多灰色地带。"而剧中隐藏的八个真相，更是将现实和人的"三观"剖析得淋漓尽致。

关于社交圈子。我认同一个观点：一个人能走多远，要看他与谁同行；一个人走向何处，要看他被谁指点。很多时候，你选择的队友所进入的圈子，很大程度上影响着你的人生走向。老默坐牢时，安欣劝他好好改造，好好做人，他出狱后也一直记着安欣的嘱咐，本想本分过日子，却因为遇到了高启强，一次次被利用，最终成为杀手，毁了自己，正如作家王朔所说："猪到死都不明白，手拿尖刀杀它的人，和给它一日三餐的人是什么关系。"与什么样的人结伴，就会成为什么样的人；进入什么圈子，就会拥有什么样的人生。真正值得深交的朋友，就像太阳一样，不仅给你带来光芒，还会温暖你的生命。而那些消耗你的人，会干扰你的磁场，让你做出错误的选择，最终拖垮你。贾平凹说："朋友圈子其实就是你人生的世界。"一个干净的圈子，几个靠谱的朋友，过着安稳的日子，就是最好的生活。

关于控制欲望。人的眼睛是黑的，心是红的，若眼睛红了，心就变黑了。从鱼贩到黑恶势力老大的高启强，从学霸到毒贩的高启盛，从禁毒队长到迈向逃亡路的杨建，从正义走向堕落的张彪，他们最初踏错步的时候，或许也受过良心的谴责，但当他们一次次把良心切掉喂野心的时候，便注定要在错误的路上越走越远。做人有尺，行事有度，物极必反，什么都想要的人，往往什么都得不到。欲望若不断膨胀，野心就会无限放大，终有一天会吞噬自己。学会自律，控制欲望，是人生的必修课。无论何时何地，都不要忘记：你在凝望深渊时，深渊也在凝望你。

关于家庭教育。古希腊哲学家柏拉图说:“一个人从小受的教育把他往哪里引导，决定他后来往哪里走。”李有田贪婪自私，为了利益不择手段，游走于各方势力之中，没完没了地算计。而他的儿子李宏伟仗着父亲是村主任，横行霸道，狂妄自大，自私自利。在李宏伟的做事风格里，多处可见李有田的影子。高晓晨年幼时学习成绩优异，乖巧懂事，可后来在家庭的影响下，却成长为一个嚣张跋扈、不计后果的小混混。父母的样子，就是孩子的样子。真正的教育，离不开父母“三观”及格局的代代相传。

关于人脉关系。常言道:“酒不饮不知其浓，人不涉不知其险。”人与人之间最怕的就是高估了感情的力量，高估了人心的善良，高估了关系的牢靠。老默跟随高启强多年，最后女儿被当作人质，自己被无情牺牲。杨建曾经是安欣出生入死的兄弟，孟钰也曾和安欣差一点步入婚姻的殿堂，可在最后关头，他们却产生了伤害安欣的念头，只为换取自己的稳妥。所以，永远不要高估你与任何人的关系，永远不要低估人性的复杂。有时候，期望值越高，失望越大；期待越多，失去越多。在任何关系里，爱恨随意，亲疏随缘，不强求，不纠缠，不亏欠，是保全自己的最好方式。

关于坚守善良。亚马逊创始人杰夫·贝佐斯在普林斯顿大学的毕业典礼上讲过一段话:“善良比聪明更难，聪明是一种天赋，而善良是一种选择，选择比天赋更重要。天赋与生俱来，但选择颇为不易。如果一不小心，你可能被天赋所诱惑，这可能损害到你做出的选择。”身边的人一个个选择与恶为伍时，安欣却始终守着心底的那份善良，即使孤身奋战也从不退缩。甚至在非常艰难的时候，依然选择提灯照亮别人。二十年里，他经历了兄弟、师父、徒弟一个个离世，看尽了世间各种各样的险恶，但他依然怀着一颗赤子之心坦荡地活着。常听人说，大家都这样做，所以我也这样做。事实上，出淤泥而不染，濯清涟而不妖，才是最大的善良。你选择什么，就会得到什么；你付出什么，就会拥有什么。人活一辈子，善良只为活得踏实和心安，而好运自有它降临的方式。

关于及时止损。许多人都有这样的体验：一条路走错了，以为前面有拐弯处，可最后发现走进了一条死胡同。一件事做错了，以为睁一只眼闭一只眼就过去了，可最后发现将错就错的结果是无药可救。杨建在逃亡之前明明有自首的机会，可他在马涛的怂恿下，带上枪走上了绝路。安欣在表彰大会上有段台词讲得很深刻："每个人都会犯错误，这个时候我们特别需要重启人生、重做选择，他这个时候特别需要有一个人伸出手帮他一把，让他重新选择。所以，我们应该好好地想一想。"想一想初心，想一想家人，想一想朋友，想一想当年的自己。有句老话说得好："既入穷巷，就应及时掉头，不可等一世消磨，悔之晚矣。"及时止损，是人生的最大智慧，也是自救的最好方式。走错了路，不要犹豫，放下不甘，全身而退，才会有新的开始。

关于做人底线。剧中的很多人守不住底线，为了金钱权力放弃了原则，最后都自食恶果。生活有所敬畏，才不会为所欲为；做人有了底线，才会有更多的路可走。一个人若心地明亮，即便身处黑暗，也会有光照进来。一个人若走向邪恶，即便立于阳光下，也会被黑暗吞噬。行走于世间，可以卑微如尘土，不可扭曲如蛆虫。不管处于何种境地，都要始终牢记：恬淡寡欲，就会少些贪婪；勿有嗔念，就会心境平和；安分守己，就会知足常乐；少些抱怨，就会处之泰然。

关于人生之路。故事临近尾声时，张彪看着准备离开的安欣，突然叫住他："安欣，大胆地往前走吧！"一生中，每个人都会走一段艰难的旅程，或有人相伴，或孤身前行。无论如何，人生的路只能自己走，谁也代替不了。无人依靠时，就靠自己；大路不通时，就走小路。夜再黑，天也一定会亮；路再远，总有一天抵达。人生就是无数个选择的总和，无论你选择什么，你走的每段路、处的每个人、做的每件事，都藏着你的"三观"，会影响你的命运，带你走向不同的人生。

驴是怎么死的

驴耕田回来疲惫不堪地喘着粗气，狗跑过来看它。驴向它诉苦："老朋友，我太累了，明天想歇一天。"

狗在墙角遇见了猫："伙计，我刚才去看驴，这位大哥太累了，它说想歇一天。也难怪，主人给它的活儿太多太重了。"

猫转身对羊说："驴抱怨主人给它的活儿太多太重，它想歇一天，明天不干活儿了。"

羊对鸡说："驴抱怨活儿太多太重，不想干了。唉，也不知道别的主人对他的驴是不是好一点儿。"

鸡对猪说："驴不想给主人干活儿了，想去别的人家看看。也真是，主人让它干那么多又重又脏的活儿，还用鞭子粗暴地抽打它。"

晚饭前，主妇给猪喂食，猪上前一步说："主妇，我向你反映一件事。驴的思想最近很有问题，它嫌主人给它的活儿太重太多太脏了，还说要离开主人到别处去。"

饭桌上，主妇对主人说："驴想背叛咱们，你准备怎么处置它？""对待背叛者，杀无赦！”主人咬牙切齿地说完，就找人把驴杀了。可怜一头勤劳的驴，就这样被传言和主人的情绪“杀”死了。

这个故事告诉我们，群居守口，独居守心，不要什么事都跟别人抱怨发牢骚，避免给自己带来麻烦；也不要轻信流言蜚语，避免做出错误的判断；更不能让情绪失控，避免害人伤己。有一首打油诗挺有意思：“凡有人处皆有鬼，惹是生非全在嘴；谨言慎行守住心，方保一生不后悔；是非功过对与错，看透悟清不说破；装聋作哑无仇人，守口如瓶祸事少。”

传言俗称小道消息，是人际交往中非正式沟通的一种形式，也是一种社会现象，对人们的政治生活和精神生活起着特殊的作用。在现实社会中，传言就像写在水面上的字，不会持久但传得飞快。古人曾有“三人成虎”“一犬吠影，百犬吠声”的说法，在如今的社交媒体时代，谣言的发散式传播让“三人成虎”效应更加明显。当一则耸人听闻的小道消息频繁出现在同学群、同事群、亲友群，同时被多个网友转发到朋友圈，并在短视频平台被几十万人点赞，恐怕很多人都会信以为真，有些人甚至成为谣言传播者而不自知。这些传言，有添油加醋的，有捕风捉影的，有凭空捏造的，有“起哄架秧子”的，有“看热闹不怕事大”的，也有坏人趁机阴险抹黑和恶毒攻击，混淆是非，误导视听，诽谤诋毁他人，危害社会稳定。近年来，这一手段被运用到现代战争中的舆论战和心理战中，敌对双方散播虚假信息，以达到扰乱人心、动摇意志、制造混乱的目的。

中国现代思想家胡适曾说过：“人性最大的恶就是，恨你有，笑你无，嫌你穷，怕你富，人与人第一次见面，就打量对方的身份和身价，然后再选择是给对方跪着，还是让对方跪着。”莫言也说：“永远不要告诉别人你过得有多惨，因为80%的人漠不关心，19%的人幸灾乐祸，剩下1%的人，他们心有余而力不足。”这个世界有多少个人，就有多少种人。再优秀的人，也会有苦衷；再坚强的心，也会有脆弱。不要轻易向别人展现你的脆弱，能救赎你的只有自己。很多时候，你说的是心里话，别人听的却是笑话，甚至把你的痛苦当成故事讲给别人听。有一则寓言：有只小猴子受伤了，就告诉了森林里的所有动物。于是，大家纷纷来看它。每次有客来访，小猴子都展示自己的伤口。不久，小猴子因伤口多次暴露感染而亡。

《礼记》中写道："喜、怒、哀、惧、爱、恶、欲，七者弗学而能。"这七种情绪是与生俱来的，区别就在于每个人的表现方式不同，或淡定从容，或冷静克制，或怨天尤人，或歇斯底里。拿破仑说："能控制情绪的人，比拿下一座城市的将军更伟大。"蜀汉名将张飞，不是在战场上慷慨赴死，而是被自己的情绪"杀"死了。听到关羽被害，他悲痛欲绝，以酒解闷，醉后鞭打士兵。部下范疆与张达忍无可忍，趁他醉酒将其刺杀。网上有个故事：一条饥饿的蛇爬进木工房寻找食物。当它穿过地上的锯子时，身体被划伤。它愤怒地转过身，一口咬住锯子，嘴被锯子割得鲜血淋漓。蛇愈发愤怒，红着眼睛冲上去，用力把锯子缠住，结果被活活锯死了。蛇至死都不明白，害死它的不是锯子，而是自己的情绪。

能干的人并不是没有情绪，只是不被情绪所左右。"怒不过夺，喜不过予"，源于内在的自信与魄力。喜怒形于色的人，与其说是坦率，不如说是缺乏内心的历练。林肯做美国总统时，陆军部长向他抱怨受到一位少将的侮辱。林肯建议他写一封尖酸刻薄的信作为回敬。信写好准备寄出时，却被林肯拦住了："写信是为了解气，不是为了寄出。"有了负面情绪，需要疏导发泄，林肯的办法不妨一试。

中国古人的境界更高一筹。宋代范公 在《过庭录》中写道："尔曹但以责人之心责已，恕已之心恕人，不患不到圣贤地位也。"意思是用责备别人的心来责备自己，用原谅自己的心去原谅别人。若达不到这么高的境界，就找一件事倾泻自己的情绪。清代作家李渔的办法是写字："予无他癖，唯有著书。忧籍以消，怒籍以释。""扬州八怪"之一的郑板桥是画竹，画完后心情舒坦了，画艺也越发纯熟。没有人天生就懂得控制情绪，真正聪明的人，是时刻留意不要让自己栽在坏情绪中。

真正能成大事的人，不会一味地逞强，也不会因愤怒失去理智。战国时的尉缭，颇有军事才能，深受秦王重用。可尉缭却在私下诋毁他："秦王面相不好，缺乏仁德。"说完这句大逆不道的话后，他既后悔又害怕，准备出逃却走漏了风声。秦王震怒，意欲杀之。冷静后想：我争的不是面子，不是一时之气，而是尉缭的才能，是六国的统一。于是，秦王既往不咎，尉缭深受感动，一心辅佐秦王完成了统一大业，还留下了后世兵家尊崇的军事名著《尉缭子》。

古人云："莫大之祸，皆起于须臾之不能忍，不可不谨。"人生若锱铢必较，祸患就会伺机而生。很多时候，所谓的"争"，也是一念之间的"容"。延安时期的毛主席，容下咒骂自己的农民，得到的是人民群众的拥护和爱戴；三国时期的曹操，容下暗通袁绍的将领，得到的是官兵的感恩和忠心；清朝时期的张之洞，容下丑化自己的画家，得到的是画家的臣服和百姓的称颂；宋朝时期的吕蒙正，容下讥讽自己的朝臣，得到的是同僚的敬佩和皇帝的赞誉。老子有言："水善利万物而不争。"人要学习水的品格，用不争来渡人渡己。不争，既不是糊涂，也不是懦弱，而是放大自己的格局，成就自己的人生。

大悲不言，是做人的成熟；大喜不诺，是做事的智慧；大怒不争，是处事的格局。俗话说：不说是非的人，不会出错；懂得包容的人，不会惹祸；谨言慎行的人，不会伤人。若如此，做事清醒，做人通透，一定会活出人生的春意盎然、鸟语花香。

不要考验人性

一只花瓶有多坚固，恐怕只有打碎了才知道。然而那个时候，花瓶已不再是眼中的美景，只剩一堆玻璃碴子。人性如花瓶，是经不起考验和试探的。

一对年轻夫妻感情很好，但妻子仍不放心丈夫的忠诚，就请闺密出马考验丈夫是否花心。在一个中秋月圆之夜，妻子“出差”在外，闺密“偶遇”丈夫，于是，闺密与丈夫双双中招，睡到了一张床上。结果夫妻离异。

一个房地产老板想感激一位部下对公司的突出贡献，打算奖励他一套房子。他让部下在本公司开发的小区里任选一套。结果部下选了一个大套。这让老板很不爽。他改变主意，送他一个小套。房子送出去了，部下却辞职了。

听朋友讲过他一位女同学的故事，觉得这位女生的经历是何其荒诞与悲凉。她年轻时曾经有过三次恋爱，却用自以为是的小聪明，亲手葬送了自己的幸福，如今单身的她追悔莫及。

第一次是她的初恋。他们是大学同学，男孩清瘦俊朗、朴实乐观，对她的关心无微不至。就在他们开始谈婚论嫁时，她突然想考验一下即将成为丈夫的他。于是，就让父亲出面，用50万元的条件让他离开。这是多么俗套的情节，但在现实生活中屡屡发生。男友出身农村，家境贫寒，父亲患病无钱治疗，弟弟刚读初中。他最终没经得住考验，收下了这笔“分手”费。于是，她和他再没有见面。

第二次恋爱与第一次差不多，最后也是因为用钱试探，男方没有接受，也没再见她，换了手机号，带着尊严去了外地。

第三次恋爱，男方家底殷实，对于她父亲的试探有些轻蔑地接受了，但随即用这些钱买了几件名贵的饰品送给她。后来他们结婚并有了孩子，再后来她发现丈夫有外遇，而且不止一个。他们离婚了，她带着孩子再也没有找到合适的男人。上门提亲的倒不少，但她明白，人家看好的不是一个带着孩子的母亲，而是那个掷钱如土的家庭背景。

每个人都希望有一个美好的未来，在追求幸福生活的过程中，必定会经受很多考验，也会发出很多考验，这些考验是对人生的负责，无可厚非。但请记住，千万不要刻意考验人性，尤其是在被考验者深陷困境时，拿被考验者的软肋作筹码。这样的考验本身就荒诞且不道德，更毫无意义。荣获1903年诺贝尔生理学或医学奖的丹麦著名医学家尼尔斯·利伯格·芬森，晚年想培养一个接班人，在众多候选者中，他选中了一个叫哈里的年轻医生。但芬森担心这个年轻人不能在枯燥的医学研究中坚守。助理乔治建议，让芬森的朋友假意出高薪聘请哈里，看他会不会动心。被芬森断然拒绝，他说：“不要站在道德的制高点俯瞰别人，也永远别去考验人性。哈里出身贫民窟，怎么会不对金钱有所渴望。如果我们一定要设置难题考验他，一方面给他一个轻松的高薪工作，另一方面希望他选择拒绝，这就要求他必须是一个圣人。”最终，哈里成了芬森的关门弟子。若干年后，哈里成为丹麦著名的医学家。当他得知芬森当年拒绝考验自己人性时，老泪纵横："假如当年恩师用巨大的利益做诱饵来评估我的人格，我肯定会掉进那个陷阱。因为当时我母亲重病急需医疗费，我的弟弟妹妹也等着我供他们上学。如果那样，我就没有现在的成就了。"

人都有七情六欲，境界高的人可以通过学习感悟，明心见性，自觉约束内心那些不好的东西，但这种人有多少？大部分人之所以能和其他人和谐相处，更多的是受到法律、制度、道德和约定俗成的认知所约束。心理学上有个"破窗效应"，意思是如果有人打坏了一块窗户玻璃，而这扇窗户又没有得到及时维修，别人就可能受到某些暗示性的纵容，去打烂更多的玻璃。在公众资源分配上，一旦出现不公平，整个信任系统就会崩溃。比如救助站每天只能接待50个人，即使你今夜挨冻受饿，救助站也轻易不敢破例，因为一旦开了口子，所有难民就会蜂拥而至，甚至导致群体性事件。电影《当幸福来敲门》里有一个片段，男主人公带儿子在救助站排队，第一次因为名额满了，父子俩只能住在厕所；第二次好不容易排上最后一个名额，却因为有人插队，这将导致父子俩再次流落街头。为了捍卫自身权益，男主人公不惜斗殴，向救助站证明自己是按规矩排队的。

企业的许多制度都是围绕人性来制定的。老板虽然相信有忠诚的好员工，但数量不会多。为了保证公司发展，就需要制定符合实际、兼顾人性的规章制度。比如考勤制度，每个人必须遵守，不遵守就要处罚。对于提前上班推迟下班，并做出突出贡献的优秀员工，可以给予奖励。比如绩效制度，老板不指望员工拿很少的钱做很多的事，但必须制定明确的绩效制度，奖罚分明。生活中亦是如此，人除了自己的父母和最亲近的人外，是绝对利己相对利人的。譬如你心急如焚地排队买车票，不会有人因为你着急而主动让票。了解了人性，才知道换位思考，说话办事才能从利他的角度出发，赢得更多的人脉资源。

人非圣贤，皆有弱点，没有完美，只有适合。如果一个人总想试探夫妻感情有多深，同学情谊有多真，哥儿们义气有多铁，久而久之，就会让彼此的感情生锈，蒙住昔日的光泽。人性本就有善有恶、矛盾复杂，是经不起考验的。若执意要试探，无异于挖掘人性的黑洞，其结果必然是你不想看到的。如果对某人有疑问，可以沟通，避免误解；可以大度，不必计较；可以视而不见，听而不闻。既然当下相处融洽，就不必自找麻烦，即便遇人不淑，交友不慎，但总能于心无悔。

给别人留位置

2022年5月26日，美国哈佛大学第29任校长劳伦斯·巴科在2022届毕业生典礼上致辞。大意如下。

同学们，今天对你们来说，能走到这里靠的不是一个人的力量，没有人能独自完成任何事情。因此，请全体起立，对你们的家人和朋友，以及所有帮助你走到这一特殊时刻的人们致谢！

由于疫情和全球供应短缺，产生了诸多不便。就比如今天这里的折叠椅并不充足，几乎半数人不得不坐在地毯上。我讲这些，是因为这可能是你们人生最后一次没有座位了。很快，你们就从一所名校获得学位，会经常有人邀请你坐下来，或分享意见，或参与事务，或贡献才能。你们最终可能会坐在董事会的椅子上手握大权，也可能会站在这里参加毕业典礼祝贺另一届哈佛毕业生。

别人给你腾出空间，并给你找一个座位，你对此怎么看？同学们，比起大多数人，你们改变社会的机会更多，能够给别人的机会也更多。无论你凭借在哈佛所受的教育从事何种职业，都请一定谨记：谦逊、善良、关怀他人，在珍惜自己幸运的同时，留一个座位给别人，确保你接受教育的机会不仅成就你一个人的人生。那样，你才能继续感受到你今天感受到的骄傲和快乐。

一段时期，哈佛大学校长的演讲传遍世界，受到来自不同国家、不同民族、不同肤色人的热捧。当然，我也是其中之一，这不仅因为他2019年3月访问中国时，在北京大学发表演讲获得广泛赞誉。我想，在人生旅途中，大家都会遇到很多机会，这些机会往往来源于他人的帮助。当我们因此获得成功时，既要感恩帮助过我们的人，还应该多给别人留机会。瑞典沃尔沃总部有2000多个停车位，但早到的人总把车停在远离办公楼的地方。有人问："你们的泊位是固定的吗？"他们答："我们到得比较早，晚到的同事或许会迟到，所以我们把离办公楼比较近的车位留给他们。"以同理心替他人着想，推己及人的关怀背后，是一个人良好的修养。

有一则寓言：一只狼发现有个山洞，许多动物每天都由此通过，它想利用此洞捕获猎物，就把洞的另一端堵上了。第一天进来一只羊，它扑上去，可羊从侧面一个小洞逃走了。懊恼至极的狼把这个小洞也堵上了。第二天来了只兔子，它又没抓到，因为兔子从一个更小的洞口逃走了。于是，它只留下一个进口，把大大小小所有的出口都堵上了。第三天进来一只老虎，狼无路可逃，毫无意外地进了老虎的肚子。狼堵住了所有的出路，同时也堵住了自己的退路。人亦如此，利不可赚尽，事不可做绝。你今天给别人留位置，明天别人就会给你搬凳子；你今天给别人留退路，明天别人就会给你留后路。

为他人留位置，是一种礼貌和善良。作家余秋雨在撰写《追寻德国》时，为了深入了解德国，去社区租房子。房东是一位老人，在商谈租房事宜时，余秋雨不小心把玻璃杯碰到地上摔碎了，他连忙道歉。老人说："不要紧，我再拿一个过来。"余秋雨随手把碎玻璃扔进垃圾袋。一会儿老人进屋就问："玻璃杯碎片呢？"余秋雨说："我扫完放在门外了。"老人翻看垃圾袋后黑着脸说："房子不租了。"余秋雨很诧异："怎么突然不租了？"老人说："因为你心中没有别人。"老人把全部垃圾倒出来，将玻璃碎片装入一个袋子，并写上"里面是玻璃碎片，危险！"他对余秋雨说："无论做什么事，都要想到他人，尽可能给别人提供方便。"这件事让余秋雨记了一辈子。

为他人留位置，是一种胸怀和远见。1997年，受金融危机影响，一位日本商人找到汽车玻璃大王曹德旺，他是福耀集团玻璃的供应商，希望曹德旺能从他那儿多进些浮法玻璃，不然滞销在仓库损失会很大。大家都以为曹德旺会趁机压价，可曹德旺不仅没有压价，反而增加了进货。他说，别人遇到困难，能帮就帮一把，帮别人就是帮自己。金融危机过后，浮法玻璃价格上涨，但这位日本商人给曹德旺的价格一直没变。

为他人留位置，是一种境界和气度。美国前总统克林顿的妻子希拉里写了一本自传，一位脱口秀主持人说："她不可能卖得好，我敢打赌，如果超过一百万，我把鞋子吃下去。"过了一段时间，希拉里的自传畅销了一百多万册。后来这位主持人真的吃下了鞋子，只不过吃的是希拉里特意为他定做的鞋子形状的蛋糕。孰能无错？留一点宽容给别人，自己也会因为宽容了别人，散去心中的阴霾，收获淫雨后的骄阳。这就叫予人玫瑰，手留余香。

给他人留位置，是一种情商和智慧。有一次，齐白石和张大千受邀到徐悲鸿家做客，酒足饭饱后，齐白石乘兴挥毫，画了一幅荷花送给廖夫人。张大千应廖夫人之请，在画上添了几只小虾。可张大千只顾尽兴，没注意虾的节数，不是多画几节就是少画几节。且不论文人相轻，如果换成别人也许就直接指出错误，以彰显自己学识不凡。齐白石却悄悄拉了拉张大千的衣袖，小声说："大千先生，不论大虾小虾，身子只有六节。"张大千听后，感激齐白石没有让他难堪。之后又画了水纹和水草，把节数不准的虾身一一遮掩。

留个位置给别人，这个位置，可能是一声问候，可能是一个搀扶，可能是一次倾听，可能是一个宽容。哪怕是争论时一句恶语没有破口而出，对方也会立减锐气，消了无名之火；哪怕是面对一双期盼的眸子，吞咽下刻薄的话语，也会让善良绽出笑靥，让自己收获尊敬。人们常说世风日下，人心不古，扪心自问，自己做得怎样？

网上有篇短文叫《凡事不可做尽》，说的是一位木匠手艺精湛，口碑很好，但性情执拗。做好家具不上漆，要留给专做油漆的匠人。做好门不装门钉，要留给专门装门钉的人。做好柜子不装把手，东家问他，这对你来说不是举手之劳吗？他说：“这是祖上传下来的规矩，凡事不可做尽，得给别人留口饭吃。”

人与人之间都是相互的。有人问上帝：“天堂和地狱有什么不同？”上帝带他去参观。只见地狱里一群人围着一大锅肉汤，却饥肠辘辘，瘦骨嶙峋。每个人都有一只可以够到肉汤的长勺，但过长的手柄让他们无法吃到嘴里。在天堂，同样的长勺和肉汤，人们却红光满面，因为此处人人都懂得喂食他人。

福不享尽有余德，事不做尽有余路，话不说尽有余地，势不用尽有余力。今天余地给别人，明天受益是自己。生活中，如果你不肯留下一棵小草，一定会失去一片绿色；如果你不肯留下一片树叶，一定会少了茂密的阴凉；如果你不肯留下一缕阳光，一定会错过蔚蓝的天空。留一杯清水给饥渴，喝成甘甜；留一枚硬币给急切，化成温暖；留一个微笑给陌路，定格美好；留一点温情给世界，留下馨香。

什么叫有文化

在中国古语里，“文化”一词中的“文”，本意是指花纹、纹理，“化”是指改变、教化。“文”与“化”并联使用，最早见于战国末年的《周易》：“观乎天文，以察时变；观乎人文，以化成天下。”意思是观察天道运行规律，以认知时节的变化；注重人事伦理道德，用教化推广于天下。两千多年来，“文化”一词随着历史的发展和社会的进步，内涵不断丰富，外延不断拓展。在现代，文化是相对于经济、政治而言的人类全部精神活动及其产品，既包括世界观、人生观、价值观等具有意识形态性质的部分，也包括自然科学和技术、语言和文字等非意识形态的部分。文化是人类社会特有的现象，由人创造又为人所特有。对个体而言，它能帮助人认识真善美，提升文明素养，促进自身全面进步；对集体而言，它具有引领风尚，教育人民，服务社会，推动发展的功能。

在现实生活中，人们常说没文化真可怕，褒贬一个人也常常用有没有文化来评价。那么，这里说的文化是什么？是学历、阅历，是智商、情商，还是品德、地位，抑或其他什么？

网上有篇文章，写的是一位空姐亲身经历的故事。因为是空姐，在飞机上经常会遇见大咖和明星，但都没有给她留下太深的印象。有次她遇见了刘诗诗。乘客离开机舱后，空姐在整理头等舱时，发现刘诗诗座位上的毯子叠得整整齐齐，座椅干干净净，用过的拖鞋被装入专用袋。坐头等舱的人，一般都是有钱或有身份的人，但走前叠毯子、整理座椅的人很少，偶尔遇到一次，空姐感动了半天。

看过一个故事，一个女孩陪妈妈逛街时，遇到一位流浪歌手。听完一曲后，女孩把五角硬币扔进歌手的帽子里。妈妈却蹲下身子，将两个硬币放进帽子里，并微笑着向歌手点头致意。女孩说，妈妈没有念过多少书，但这一举动让她十分震撼。多年后，每当回忆起来仍感动不已。

著名戏剧家夏衍临终前，躺在病床上疼痛难忍。秘书说："我去叫大夫。"正当他出门时，夏衍睁开眼睛，艰难地说了一句："不是叫，是请。"随后又昏迷过去，再也没有醒来。

上述三个故事让我想起了白岩松的一句话："一个人有没有文化，并非看他的学历有多高。有学历的人，不一定有文化；没学历的人，不一定没文化。"上过多年学，读过很多书，拥有很高学历，走遍世界各地，与有没有文化有时完全是两码事。著名作家梁晓声在浙江绍兴文理学院讲课时，曾用四句话概括文化："根植于内心的修养，无须提醒的自觉，以约束为前提的自由，为别人着想的善良。"

根植于内心的修养。人的修养是通过后天的学习与修为而获得提升，从而达到内化于心、外化于行、知行合一的境界。我们平时听到顶级的一句表扬人的话：这个人真有修养！有修养，是有文化的最基本特质。在古代，基础教育是《三字经》《道德经》等经典，这些书对人格的塑造与现代教育不同。现代教育基本是应试教育，重功利轻修身，有的人虽然学了不少书本知识，却连最起码做人的基本修养和礼节礼貌都没有，只能说这种教育是不完整的，培养出来的学生人格也是不健全的，或者说知识素养尚可，人文素养缺乏。被誉为“中国近代绘画之父”的徐悲鸿，有一次正在画展上评议作品，一位农民模样的人上前对他说：“先生，您这幅画里的鸭子画错了，雌麻鸭尾巴哪有那么长？”原来徐悲鸿展出的《写东坡春江水暖诗意》，画中麻鸭的尾羽长且卷曲如环。此人告诉徐悲鸿，雄麻鸭羽毛鲜艳，有的尾巴卷曲；雌麻鸭毛为麻褐色，尾巴是很短的。徐悲鸿不问对方身份，不问来自何处，虚心接受批评，并诚挚地向他表示感谢。

无须提醒的自觉。一位出国旅游的朋友讲了一个见闻：有一次，他在挪威首都奥斯陆的公交站等车，排在他前面的小男孩去买饮料，这期间又来了两个人，男孩回来后径直站到了队伍的后面。他招呼男孩到前面来，男孩却摇头说：“我刚才脱离了队伍，如果再排在那里，是不符合规则的。”朋友感慨地说，规则意识在这个孩子的脑海里已经根深蒂固。古人云：“君子畏天命，畏大人，畏圣人言。小人不知天命而不畏也。”人生在世，无处不在各种规则中，有的是明文规定，有的是良序公俗。心中没有敬畏的人，做事没有底线，言行没有所止。心存敬畏的人，言有所思，行有所止，知道什么该做，什么不该做。《人民日报》曾刊登过一个真实的故事：周末，侄儿跟定居澳大利亚的叔叔去雪梨海域捕鱼。可每次网拉上来，叔叔都将大部分鱼虾扔回海里。侄儿不解，叔叔解释：“符合规定尺寸的鱼虾才可以捕捞。”侄儿说：“这里没有人管呀。”叔叔说：“不是什么事都要别人来提醒和督促的。”

以约束为前提的自由。自由不是为所欲为、不受限制和约束，想说什么就说什么，想干什么就干什么，而是无害于社会和他人自由，以善良和公正为前提。自由不仅意味着想从束缚中解放出来的欲望，还意味着担负遵守公德良俗和尊重他人的责任。我在国学大师季羡林的散文集《留德十年》里看到这样一个情节：二战后期，苏联红军包围了柏林，百姓生活陷入困境。德国的冬季十分寒冷，为了生存，一些居民进山砍柴。当时的德国行政管理名存实亡，一切都处于无政府状态。战争结束后，人们惊讶地发现，全国居民只砍枯藤和朽木，没有发生一起乱砍滥伐事件。季老感叹，任何时候都不能破坏规则，已经深入到德国人的骨子里，即使处于无政府状态中也不会改变。美籍华人作家林达在《历史深处的忧虑》一书中写道：有一次，他陪同国内来的朋友游览美国大峡谷，朋友拿着空可乐罐就要扔进大峡谷。林达急忙制止："这是违法的。"号称世界上最自由的美国，其实处处不自由，在大街上拿着打开的酒瓶是违法的，家长打哭闹的孩子是违法的，在办公室讲黄段子也是违法的。英国哲学家约翰·穆勒说："约束是自由之母。个人的自由，须以不侵犯他人的自由为自由。"敬畏规则才会有公平正义，敬畏规则就是敬畏人类自己。

为别人着想的善良。你善待别人，别人就会善待你。比如，开车路过水洼处，减速慢行，避免把水溅到行人身上；喝完矿泉水的空瓶子，倒空拧紧，方便回收者收集；坐公交车，主动给老弱病残孕让座；用完厕所冲洗干净，便于后来者使用；遛狗拴上绳子，避免伤害或吓到路人；家庭垃圾分类装好，倒入不同的垃圾桶；人多之处不大声喧哗，保持肃静；外出购物买票，自觉排队守序，等等。这些事虽然很小，甚至不值一提，但能体现一个人的素质。中国历史上最白痴的皇帝当属晋惠帝司马衷。有一年大旱，百姓只能吃草根啃树皮，这位久居深宫不知民间疾苦的皇上，竟然问"何不食肉糜"这种让人瞠目的问题，晋朝灭亡也就是必然的了。晚唐有一位节度使叫韩简，他倒清楚自己没有文化，所以尽量少说话，免得被人笑话。但又觉得自己在这个位置上没有文化确实不行，于是，就请了一位先生教自己读《论语》。仅学了一天，就觉得自己有文化了，第二天给同僚说，自己知道"三十而立"，并说古人太不容易了，三十岁才能站起来。同僚们被他弄得哭笑不得。

杨绛先生说：“文化再高，高不过善良；容貌再美，美不过良心。”真正有文化的人，不在学识深浅，不在地位高低，不在身份贵贱，不在财富多少，不在容貌美丑，在于耳聪能听到心声，目明能透视心灵，慈悲能内化于心，善良能外化于行。

命和运谁来定

那首被无数歌手翻唱的《爱拼才会赢》曾激励了无数人。“三分天注定，七分靠打拼。”传达了满满的正能量，强调了努力的重要性。也有人提出“七分天注定，三分靠打拼”，依据的是加拿大作家马尔科姆·格拉德威尔在《异类》中的观点，作者认为，由于与生俱来的优势，才取得了成功。

有人信命，从基因分析，确实不同的基因类型会表现不一样。比如，某人有绘画天赋，被发掘出来后可能会成为画家；某人天生好嗓子，经专门培训可能会成为歌唱家。然而，大概率是平庸地做着自己不是那么有天赋的事情。古人云：命由天定，运由己生。表示“命”是与生俱来的，而“运”则是人一生的行程。这句话也阐述了人能把握的只是“运”，而与生俱来的天分和条件则是不可改变的，合而为一就是命运。

在美国旧金山湾有一个面积不足 0.1 平方公里的小岛，叫阿尔卡特兹，它还有一个广为人知的名字叫恶魔岛。20世纪30年代到60年代，岛上曾经有一座最高安全级别的联邦监狱，关押的几乎都是十恶不赦的罪犯。不少好莱坞电影人以这个岛为背景或原型，创作了不少越狱作品，如《勇闯夺命岛》《逃出亚卡拉》等。最让人唏嘘的或许不是那些试图逃离的囚犯，而是安心服刑的人。电影《阿尔卡特兹的养鸟人》中的罗伯特·斯特劳德就是其中之一。该片根据真人真事改编，斯特劳德在1909年因谋杀罪被判12年有期徒刑，在麦克尼尔岛服刑期间，又因为谋杀狱卒被改判死刑，后获威尔逊总统特赦改为终身监禁。按照判决，他既不能参加狱中集体劳动，也不能和其他囚犯交流。或许正是绝望催生了意想不到的改变。1920年6月的一场暴雨后，斯特劳德捡到一只奄奄一息的小麻雀，他在囚室中为麻雀搭了窝，并用濡湿的面包喂它，从此开始养鸟，一发而不可收。最多的时候，他在牢房里养了150只金丝雀，甚至被狱方允许通过邮件对外出售。1927年，他还找到了治疗金丝雀出血热的药方，并在著名的鸟类期刊上发表论文，1933年出版了专著《金丝雀的疾病》。

斯特劳德的一生，不可谓不可悲，总共被囚了54年，其中40年单独囚禁，14年被关押在阿尔卡特兹。但斯特劳德的一生又比不少人幸运，养鸟和研究鸟几乎成了他的人生意义和精神支柱。这个恶魔岛上的“鸟人”，穷尽一生回答了三个问题：时空的限制能阻碍人的兴趣培养吗？不能；人会改变吗？会的；人活着有意义吗？有的。人的一生无论长短，都应该让生命充实丰盈有意义。

人生不要被别人控制，决定命运的是自己；不要被安逸控制，决定成功的是奋斗；不要被金钱控制，决定幸福的是知足；不要被仇恨控制，决定快乐的是豁达。有的人遇到不如意、不顺心，就怨天怨地怨命运。面对生活的困境，与其抱怨不如释怀，做出成绩实现自己的价值。有一则寓言：小鸡对母鸡说：“妈妈，今天别下蛋了，带我出去玩。”母鸡道：“不行。”小鸡说：“你已经下了很多蛋。”母鸡说：“如果不下蛋，主人就该杀我吃肉了。”存在是因为创造价值，淘汰是因为丧失价值。有作为才能有地位。

马云在一次演讲中说："我第一次见到李嘉诚，还有后来的比尔·盖茨和巴菲特，感觉这些人不得了。跟他们熟悉后，发现这世上的人都差不多。但他们有三个共同点：第一，乐观自信；第二，永不抱怨；第三，超常坚持。没有这三点，他们是走不远的。"压力不会自动转化为动力，只能转化为病历，真正的动力源于内心对于快乐和兴趣的追求。所以，从某种意义上说，命运是由人的心态决定的。拥有一个良好的心态，可以使人乐观向上，战胜困难，获得成功。对于悲观的人来说，任何方向的风，都是逆风；对于乐观的人来说，即使暴风骤雨，心里也是晴空万里。

院子里种了两根竹子，一根做笛子，一根做晾衣竿。晾衣竿抱怨："我们长在一个院子，我天天日晒雨淋，你却被人宠爱？"笛子说："因为你只挨了一刀，而我却经历了千刀万剐。"人何尝不是如此，古今中外那些成功人士，都不是天降馅饼砸中的，而是在历经千辛万苦之后才获得的。如果屈从于命运的安排，就会不思进取、消极懈怠，也就不可能改变自己的命运。如果不信天，不信地，不信神，不信命，抓住机遇，努力奋斗，就能改变自己的命运。勤奋者出众，懒惰者出局。所以人们常说，要把命运掌握在自己手中，正如《国际歌》中唱的："从来就没有什么救世主，也不靠神仙皇帝，要创造人类的幸福，全靠我们自己。"

金庸在《书剑恩仇录》中写道："情深不寿，强极则辱，谦谦君子，温润如玉。"人这辈子，无须过度求满，凡事过犹不及，应当适可而止。怒不过度，衣不过暖，利不过贪，食不过饱，行不过快，劳不过累。"岁月"两个字，写起来简单，听起来幽远，经历的却是荆棘坎坷、凄风苦雨。走过人生漫漫长路，蹚过时光涓涓细流，能依然保持一颗纯真的心，才是美好的岁月；能看透人情冷暖，习惯人生悲喜，看淡成败得失，不惧人间生死，才是人生的巅峰。

人生旅程如同一幅绚烂的画卷，有两个境界交织其中，给予生命深刻的内涵和意义，这两个境界就是知道和知足。知道自己想要什么，知足自己拥有的。有的人在创业中实现了自身价值，有的人在科研中得到了内心宁静，有的人在社会活动中找到了奋斗目标。然而，对于理想目标的渴望，常常会让人陷入不断追逐的循环。这时，知足便成了另一个重要的境界。在这个境界中，要学会在物质丰富的同时，注重精神的满足；在追求成功的同时，不忘记欣赏沿途的风景。不断追求“知道”和“知足”的平衡，能使人愈加坚韧和淡定，体验更为丰富和更有意义的人生。

北宋宰相吕蒙正出身贫寒，年轻时与后来的北宋政治家寇准一起在破窑里读书，曾三次入相，兼任太子的老师。相传太子赵恒年少时，游手好闲，不思进取。吕蒙正就写了一篇被后世称为千古奇文的《破窑赋》，以自己从贫贱到富贵的经历，并列举了历史上诸多名人所经受的磨难，说明只有经历过苦难沧桑和大起大落的人，才能感悟到天道无常和人情冷暖，才能体会到命运沉浮与人生无奈。太子读后深受教育，认真读书，后来成为宋真宗。宋真宗好文学，善书法，《励学篇》：“富家不用买良田，书中自有千钟粟。安居不用架高楼，书中自有黄金屋。出门莫恨无人随，书中车马多如簇。娶妻莫恨无良媒，书中自有颜如玉。男儿欲遂平生志，五经勤向窗前读。”就出自他手。

有人想胜天，但多数胜不了天，能胜天也大都靠的是“运”。马有千里之蹄，无人不能自往；人有凌云之志，非运不能腾达。有的人虽然“满腹经纶”，但“白发不第”到老也当不上官；有的人虽然“才疏学浅”，却“少年登科”，年纪轻轻就当了大官，这就是人们常说的“命”。天道无常，顺境逆境都是人生常态，应坦然面对现实，欣然接受“命”，积极改善“运”。

命运到底是什么？形象点说，就是走到十字路口，你选择向东，他选择向西，选择没有对错，结果却截然不同。但无论选择向东或向西，走到生命的哪个阶段，都应该喜欢那一段的时光，完成那一段的使命。顺生而行，不永远沉迷过去，不狂热期待未来，即使遭遇再大的不幸，能够解决一切困难和问题的前提是活着。无论多么痛苦、多么悲伤、多么艰难，只要活着就有希望。文学家丰子恺在《无宠不惊过一生》中说："不乱于心，不困于情。不畏将来，不念过往。不滞于物，不殆于心，思而罔顾，行而桀黠。如此，安好。"这是一种心态，也是一种智慧，更是一种境界。

每个人都有潜在的能量，只是很容易被习惯所掩盖，被时间所迷离，被惰性所消磨。你是你的敌人，只有你才能打倒你；你是你的上帝，只有你才能拯救你。据我观察，好命运的人都有几个共同点：乐观，永不颓废；善良，宅心仁厚；坚持，百折不挠；自省，常思己过；诚信，赤诚待人；宽容，温良恭俭；感恩，寸草衔接。人生在世，说到底就是做人和做事：做人，要厚德载物，问心无愧；做事，要尽力而为，不留遗憾 。谋事在人，成事在天，或者说听天命尽人事。尽人事，就是尽一切人力所能为；听天命，就是能否成功就看天了。这里的天指的是天时地利，万事存在太多的变化和未知，没有人能把控一切，只能尽最大努力做好力所能及的事，能否成功，顺其自然。

有的人常常把寿命和命运联系在一起。那么，人活多大岁数才算命好？看完下面的内容，你或许心理会平衡：中国自公元前221年的秦始皇到1912年的末代皇帝溥仪，2132年间共有408位皇帝，平均年龄39岁，只有53位皇帝活过60岁。如果你年过六旬，你的寿命就超过了355位皇帝。如果你年逾古稀甚至八十有余，头发不多但能遮顶，牙齿不坚但能咀嚼，腿脚不灵但能行走，还有什么不满足的？

要建立边界感

瑞士心理医生尼克·布莱泽写了一本书，叫《建立边界感》。什么是边界感？就是对界限的判定和重视程度。每个人都有边界，当别人跨越自己的边界或试图突破别人的底线时，就是人们常说的“越界了”“受不了了”。一个人的边界，会随着时间的推移和个人的成长逐渐完善。无论是自己的心理边界、亲友的关系边界、日常的社交边界，都需要精心维护，自觉恪守。拥有边界感，才能拥有舒适的人际关系；缺乏边界感，会带来无尽的烦恼和痛苦。作为成年人，要建立清晰的边界感，这不仅是对自己的保护，也是对别人的尊重。

法国作家安托万·德·圣·埃克苏佩里在短篇小说《小王子》中写道：“世界上只有一种真正的奢侈，那就是人与人的关系。”人生在世，真情难得，关系愈近，愈要讲究距离和分寸。感情再深，若无视尺度，频频越界，关系就会亮红灯；交情再好，若随意透支，挥霍无度，情感账户也会归零。不拿关系做筹码，不用人情下赌注，是一个人最大的明智。

别仗着关系好，便频频越界。心理学家曾奇峰说：“悬崖的边界很清楚，所以我们不会靠得太近。但是水的边界比较模糊，所以经常会淹死人。人与人之间的一切麻烦和冲突，都起源于无意中突破了界限。”生活中，我们常以为彼此关系稳如泰山，于是便频频越界。殊不知，每一次的临渊试探，都会加速一段关系的沉沦。人与人交往的大忌，就是拿关系做筹码，无视边界，不知所止。美剧《初来乍到》中，杰西卡租的房子到期，闺密哈妮邀请他们一家到自己家暂住。但杰西卡一家的表现毁掉了两个人的友谊。清早起床，杰西卡躺在客厅沙发上看电视，她的三个儿子，有的趴在地毯上自顾自地看书，有的把门框当单杠锻炼身体，有的把瓜子皮扔得遍地都是 。更有甚者，一口气吃光了哈妮全家的早餐。哈妮忍不住抱怨："你们还真把这当成自己家了。"没想到杰西卡大言不惭："是啊，家人之间不存在麻烦，不需要感谢。"杰西卡的一再越界，让这段友谊最终破裂。心理学上有个"超限效应"，指在高度且持续不断的刺激下，会引起心理上的极度厌烦，进而产生逆反情绪。很多人就是这样，以为关系铁，就肆无忌惮地闯别人的禁区。殊不知，过近的距离会让边界变得模糊。该靠近时靠近，该回避时回避，既给对方留空间，也给自己留余地。只有亲疏有度，熟不逾矩，关系才能常在常亲。

别以为交情深，便随意透支。生活中常遇到这样的人：深夜发消息，只为让你在某拼团活动上"砍一刀"，不帮忙便指责你"不够意思"；花钱能办成的事，却四处找人帮自己说话，如果遭到拒绝就说你"没人情味"；为满足一己私利，把身边人当"冤大头"随意压榨，稍有怠慢就说你"不念旧情"。自以为交情深，便肆意索取，使劲糟蹋。有位同学讲过自己的一段经历：他买了辆车，本以为能给生活带来便利，可自从本家婶子知道后，每次返乡都让同学给自己预留座位，即便有大巴也不坐。碍于亲情，同学很难拒绝，但这成了她索取的借口。逛街走不动了，不管同学是否方便，也打电话让他去接；回老家时，拉米拉面拉油拉菜，压得两个后轮都瘪了。同学在一次深夜加班后，婶子让他去车站接娘家的一个亲戚，一气之下，他拉黑了她。

别觉得是子女，便横加干涉。父母与子女相处时，即使关系再密切，过多地干涉和唠叨，也会让孩子厌烦和不悦。孩子小的时候，由于对父母的依赖性高，就是烦了也硬着头皮听。孩子大了，有自己的思想和主见，父母的唠叨就会惹孩子烦。年龄的差异使两代人认识事物和处理问题的观点不尽一致，作为父母要有自知之明，不要过多管孩子的事情，更不要插手干预儿女的生活或替他们做决定。

有人说："人与人之间的情感就像存款，是有一定限额的。一旦透支，彼此之间的感情就会转淡，甚至就此了断。"但总有一些人为了自己方便，打着"故人之情"的幌子，做着"道德绑架"的事。无形中不仅拔高了相处的成本，还贬低了自己的身价。待到人情货币挥霍一空时，再好的关系也难以为继。美国管理学家史蒂芬·柯维在《高效能人士的七个习惯》中写道："你必须把每一次人际交往，都看成在他人情感账户中存款的一个机会。"只取不存，关系终会渐行渐远；有取有存，情谊才能天长日久。你滋养我一分，我润泽你三分，投桃报李，礼尚往来，关系才能历久弥新。

俗话说，距离产生美。亲密有间，保持距离，是尊重对方独立人格的觉悟。与人相处，心不至窄处，事不至绝处，人不至极端，才能通达人情。真正舒服惬意的关系，是和而不同、慕而不攀、亲而有间。

和而不同，敢于坚守自己。电视主持人白岩松说："我可以不同意你的观点，但我永远捍卫你说话的权利 。"每个人的成长经历、思维方式不同，对人对事的看法也会不同。要学会求同存异，不否定他人的看法，不掩饰自己的观点，坦诚相待，才能舒心自在。

慕而不攀，真诚欣赏他人。好的关系是可以相互滋养成全的，只羡慕不攀比，只欣赏不妒忌。人生起伏无常，成败时有发生，他人有成就时，真诚以掌声祝贺，自己顺遂时，也欣然接受别人的赞赏，这便是最通透的活法了。

亲而有间，懂得保持距离。国画大师黄永玉曾说，他和国学大师钱钟书的住所不到200米，但只去过他家两次，即使捎带礼物也会提前打电话，把东西放在门口。钱钟书也是如此，见面前先打电话询问黄永玉是否方便。正是这种界限感，才让彼此感情愈加深厚。

中国现代思想家胡适曾说："人与人之间，一定要懂得恪守分寸。不冒犯，不打扰，这样才能不造成麻烦，才能维持良好的关系。"感情淡才能长久，过分亲近就快要分手了。弘一大师说得更好："君子之交，其淡如水；执象而求，咫尺千里。"人生途中，乍见之欢，不如久处不厌。

不能让人难堪

做人，谁都不完美；做事，谁都难周全。因此，与人相处应该相互尊重，相互包容，彼此善待，不要让人为难，更不能让人难堪，凡事都要留点余地，这既是一种修养、一种尊重，也是一种善良、一种温情。

孔子曰："己所不欲，勿施于人。"自己不喜欢、不想要的东西，不要强加于人；自己喜欢、想要的东西，也不能强加于人。战国时期的思想家庄子笔下有一则"鲁侯养鸟"的故事：有鸟自海上来，栖息在鲁国都城郊外。鲁侯以为是"神鸟"，令人将其捉回供养在鲁国宗庙里，每天都有乐师为它奏乐，有仆从喂它山珍海味。鸟儿被乐声震得惶恐不安，不敢进食，几天就死了。鲁侯以为"己所欲"就是"鸟所欲"，用愉悦自己的方式来愉悦"神鸟"，反而把"神鸟"吓死了。

《菜根谭》里说："处世让一步为高，待人宽一分是福。"一个有修养的人，一言一行绝不会让人难堪，总是于细微之处照顾他人的感受，维护他人的尊严。古人云："知人不必言尽，言尽则无友；责人不必苛尽，苛尽则众远。"不让别人难堪，就是不让自己尴尬；给别人留面子，就是给自己挣面子。有人说，人生的真正成功，不在于凭运气抓了一手好牌，而在于抓到烂牌依然能把它打好。同理，与人交往也不在于遇到的全是君子，而在于遇到小人时，依然能保持“让一步宽一分”的胸怀。

古语云：“与人为善，天地皆宽。爱人者，人恒爱之；敬人者，人恒敬之；自轻者，人必轻之。”人生最好的状态，就是身在低处不自卑，看得起自己；身居高位不傲慢，看得起别人。鲁迅先生曾说：“勇者愤怒，抽刃向更强者；怯者愤怒，却抽刃向更弱者。”没本事的人遇到不如意，在领导面前大气都不敢出，回到家中却对父母瞪眼，向妻儿吼叫。而真正的强者，绝不会仗势欺人，更不会为难弱者。“已识乾坤大，犹怜草木青。”一个人见识越广，本事越大，越对生活报以温情，对弱小心存敬畏，这份根植于内心的善意，能化坚冰为春水。

日常生活中，有的人总爱打听别人的隐私。心理学家研究发现，喜欢询问别人隐私的人，往往有着强烈的控制欲，总想通过获取他人的隐私来控制对方。但是，谁愿意被别人控制？每个人心中都有一个不想为外人知道的角落，隐藏着不便透露的秘密。喜欢窥探别人的隐私，是缺乏修养不尊重人的行为，往往令人不快甚至恼火。个人隐私除了一些不为人知的经历、痛苦、伤疤外，还包括女性年龄、婚姻状况、经济条件、工资薪酬等。西方有“女不问年龄，男不问收入”的说法。只要是别人不愿说的私事都算隐私，都应该受到尊重和保护。

清代著名画家、书法家郑板桥，20岁考取秀才，40岁中举人，44岁成进士。有一次游莱州云峰山，晚间借宿山家，主人是一位自称“糊涂老人”的老翁。虽为山间茅屋，室内竟有一尊质地细腻、刻镂精良的古砚。因知郑板桥之名，老翁请他题字刻于砚背。郑板桥取“糊涂老人”之名，留下了传世墨宝“难得糊涂”，随后取出一方印，落款上印：“康熙秀才、雍正举人、乾隆进士。”因砚台较大，砚面尚有余地，郑板桥便说：“老先生似应写一段跋语。”老翁思忖片刻，便写下：“得美石难，得顽石尤难，由美石转顽石更难，美于中顽于外，藏野人之庐，不入富贵之门。”之后也取一方玲印，轻盖于落款处，只见印上赫然写道：“院试第一、乡试第二、殿试第三。”郑板桥大惊，不觉黯然成愧。他虽进士出身，却未及殿试之准。感于此，便再次提笔补写道：“聪明难，糊涂难，由聪明而转入糊涂更难；放一着，退一步，当下心安，非图后来福报也。”老翁看后赞曰：“真乃高士也。”归来不久，郑板桥便挂印弃官，从此以书画为生。有人说：外智而内愚，实愚也；外愚而内智，大智也。说的正是郑板桥的“难得糊涂”。

真正的强者往往是不露锋芒，正如上述故事中的老者一般，虽然表面平凡甚至“糊涂”，其实是敛藏锋芒，大智若愚。相反，那些有点小才就四处炫耀、蔑视他人者，不是智慧而是愚昧。掩己之长，敬人之才，是一种守之以谦的处世态度；发觉别人窘迫，选择视而不见，是一份难得的体贴；遇到别人难堪，默默转身离去，是深到骨子里的善良。生活中最难做到的事，不是为人处世的精明，而是收敛自己的聪明。有时候，揣着明白装糊涂，是有修养的表现。

朋友讲过他外婆的一个故事：有次外婆到朋友家做客，走时朋友送外婆上车。那天风很大，外婆眼角余光霎时闪过一团黑漆漆的东西，扭头一看，只见朋友正在捡掉在地上的假发套。外婆即刻扭头。事后有人问：“你当时笑了吗？”外婆说：“想笑也得憋着。让人难堪，太伤感情。”生活中每个人都会遇到尴尬，也都想尽力掩饰，如果不考虑他人的感受，当众嘲笑或揭穿，会让人更难堪。正如俄国作家契诃夫所说：“有教养不是吃饭不洒汤，而是别人洒汤的时候别去看他。”

清代教育家李毓秀在《弟子规》中写道：“人有短，切莫揭；人有私，切莫说。”无论是谁，都不乐意自己的失误、失态或隐私被当作乐子，更不愿意把自己的缺点堂而皇之地晾给别人看。曾看过一个暖心的故事：一个家境普通的女孩上大学时，父亲给她买了一双大牌运动鞋。她兴高采烈地去报到，却不知自己的这双鞋并非正品，甚至连字母都拼错了，当然这些都是后来才知道的。令她感动的是，同寝室的几个同学没有一个人点破她，甚至有人担心她发现后难堪，主动收起了自己的正牌鞋。几个月后，她无意间看到了广告，才知道自己脚上的这双鞋是假的。她说，从内心感谢同学们维护了自己的尊严。俗话说："智者思而后言，愚者言而后思。"一个人真正的高贵在于他内心的善良，看穿不揭穿，看破不说破，关系才不会破裂。如果随心所欲，口无遮拦，让人难堪，就会失去友情甚至得罪人。

我有次去饭店吃饭，临桌有位老人准备结账，摸遍全身也没找到钱，很是着急。餐厅经理过来问："大爷，怎么了？"老人说："我兜里的50元钱不见了。"经理故作惊讶："刚才有位客人捡到50元钱交给我。是您掉的吧。"随即从钱包里抽出50元给了老人。我看得很清楚，那是经理自己的钱。我当时想，不如直接免了饭钱，何必那么麻烦。但仔细琢磨，觉得经理做得很好，他懂得给老人留体面，我瞬间对这位经理肃然起敬。有位年轻的母亲在网上分享一段亲身经历：有一天她带孩子打车回老家，孩子大概饿了，不停哭闹，可当着男司机的面哺乳太难为情。正当她为难时，司机把车停到路边，转身对她说："你喂孩子吧。"说完就下了车。一个有教养的人，懂得体察别人难言的心思，用善良和真诚化解对方的难堪。所以有人说：教养不是自己想做之事，而是自己应做之事。真正有教养的人，懂得尊重他人的感受，在细节处设身处地为对方着想，从不会将别人置于难堪的境地，更不会把快乐建立在别人的痛苦之上。这种无微不至的教养，折射出的是一个人的素质，展现出的是一个人的品格。

人人都有一张嘴，但未必都能管好自己的嘴。很多人在评价别人时往往有很高的"造诣"，言之凿凿，句句真切。有位姑娘在网上说：她最怕逢年过节回老家，七大姑八大姨轮番上阵，说你这么大岁数了还没有男朋友，是不是要求太高，有的甚至怀疑她有病。她难堪至极，既无法解释，也不能翻脸，下决心以后逢年过节再也不回来了。美国作家弗·司各特·菲茨杰拉德在《了不起的盖茨比》中有一句话：“每当你想批评别人的时候，要记住，这世上并不是所有人都有你拥有的那些优势。”很多时候，你认为轻而易举，别人却困难重重；你认为不足挂齿，别人却觉得事关重大。虽然大家同在一片蓝天下，但每个人的世界是不同的。所以，知人不评人，方为人上人。

日本作家稻盛和夫说：“人性最大的丑陋不是自私，也不是贪婪，不是虚伪，也不是狂妄，而是为难他人，尤其是获得了某种利益和权利后，想尽办法为难他能够为难的人。”有的人为了显摆自己，在同学聚会、朋友餐叙等场合，故意炫富秀权，以此压低别人，抬高自己。教养的最高境界是懂得尊重别人，让人舒服，特别是对于他人的尊严，绝对不能践踏，一旦触及底线，谁都会翻脸。生活中，能帮人就帮一把，不能帮也不要给人难堪，更不能制造麻烦为难别人，这是做人的原则和底线。

尊重个体差异

茱莉亚·达尔是美国著名辩论家，有人向她请教如何说服别人时，她回答："我们唯一能和别人达成一致的事，就是无法在任何事上达成一致。"看过一则寓言：画中有个被赋予生命的人，因为自己身着白衣，就希望所看到的一切都变成白色。于是，原本绚烂多彩的画面，也就变成了一片空白。

人类是世界上最具有多样性的物种之一，每个人都是独立的个体，无论是外貌、性格还是兴趣、才能，都有自己的特点。在社会中，人与人之间离不开各种思想、认知和价值观的碰撞，遇到不同的人就试图改变对方，不仅徒费心力，也会让生活怨怼丛生。尊重差异，包容差异，接受差异，运用差异，不仅能促进人际关系的和谐，有助于发挥人的主观能动性和创造性，也会为多元化的社会建设奠定基础。

据史书记载，三国时期蜀国重臣法正很有才干，直言善谏，但也有意气用事、心胸狭窄的缺点。有人建议诸葛亮奏报刘备"抑其威福"。诸葛亮则从大局出发，认为法正尽心辅佐刘备，不必因小过而束缚其施展才干。

毛主席非常重视发挥下属的内在潜力和主动性、创造性。战争年代，他给前方将领的电报，很多都写有“望酌情机断行之”“临机处置，不要请示”等。而蒋介石在指挥作战的电文里却充满了“务必”“限于”等严厉词句，甚至强调“倘有延误，决按军律从严惩处，不稍宽待”。古人云，将在外君命有所不受，战场形势瞬息万变，需要当机立断，如果对一线将领统得太死，势必会束缚他们的手脚，不敢负责，贻误战机。唐朝著名诗人陈子昂曾提出用人四忌：“好贤而不能任，能任而不能信，能信而不能终，能终而不能赏，虽有贤人，终不可用矣。”毛主席与蒋介石可以说是这“四忌”的两个相反典型。

爱因斯坦曾说：“每个人都是天才。但是，如果你以爬树的能力来评判一条鱼，那么，那条鱼终其一生都会认为自己愚蠢无能。”每个人都有长处和个性，长处是人独具的鲜明特征，个性是区别人与人差异的主要标志。人们往往对个性鲜明的人看不惯，觉得是刺儿头，不听话，不好管。如果一个单位只有一种声音，所有人都一个秉性，会是什么情况？一般来说，有能力的人往往个性都比较强。所以，包容个性，宽容个性，有利于发挥人的聪明才智和创造能力。

人与人走到一起不容易，有的强势，有的随和；有的厉害，有的温顺；有的计较，有的大度。就像土豆跟西红柿，本来不是一类蔬菜，却走在了一起，土豆变成薯条，西红柿变成番茄酱，从而成了绝配。这个世界从来不存在完美的人和事，过于完美的感情，只发生在童话世界里。人与人之间的情谊需要彼此包容、尊重和理解，在生活的磨合中，潜移默化地改变不合适的彼此。一个人即使穷其一生，所见也不过是世间一隅。假如你从小就生活在山洞里，某天突然遇见一个洞外人，会视其为异类，并要求对方跟你一起钻木取火。直到走出山洞，才发现自己是这个世界的极少数。有人说，整天想改变别人的人，即使得偿所愿，也就是拉了一群人陪他坐井观天。

学会接受和欣赏差异，是一个人迈向更高层次的开始。建筑师王澍受命从事旧楼改造，他认为自己的建筑理念前卫，常与人发生激烈争论，导致项目难以开展。直到他外出调研回来，才打消了纠正同事的念头，感慨地说：“世界是多样的，我也只是其中一样。”此后20多年，王澍身上少了唯我独尊的脾性，代之以谦逊包容的胸怀。2012年，王澍成为首位获得有建筑学界诺贝尔之称的“普利兹克奖”的中国籍建筑师。

《庄子》中说：“子非鱼，焉知鱼之乐？”你不是我，如何理解我的悲伤和快乐？汝之蜜糖，彼之砒霜，人活一世，各有各的苦，各有各的甜。事情没有发生在自己身上，自然能云淡风轻地指点江山，这种说教与其说是关怀，不如说是在人家伤口上撒盐。处境不同，很难理解他人的想法；位置迥异，无法明白他人的做法。没有别人的经历，不知他人的痛苦，不清楚事情的原委，就别轻易下结论，更别用自己的标准要求他人。每个人都有自己做人做事的原则，可以不认同，但是要尊重。

一天，燕子和蝙蝠吵了起来，燕子认为日出代表早晨，日落代表夜晚，但蝙蝠的观点与之相反。双方争得不亦乐乎，谁也说服不了谁，就一起去找猫头鹰评理。猫头鹰说：“你们的生活习性完全相反，如何能得出一致的观点呢？”人类亦然，看问题的立场和角度不同，认知和观点自然不同。腰缠万贯的人，难以认同穷人的消费观；身陷贫困的人，也难以理解富人的选择。那就各持己见，不必强融，既不为难他人，也别勉强自己。

德国哲学家康德说：“请接受任何一个独立灵魂的存在，哪怕有些你并不认可，但也尽可能试着去理解。”美国股神巴菲特在《做你自己》一书中也写道：“一个人应当时刻尊重他人，尊重不同的观念。一个人总要尝试去理解对方的立场，这是道义使然，也是智慧使然。站在对方的立场看问题，可以让我们的胸怀更宽广。”一个人最大的愚蠢，就是不愿直面社会的复杂性，在停止自我更新的同时，还要求别人和自己一样。我曾加入过多个微信群，发现许多上了岁数的人，喜欢以过来人自居，用自己的人生经验要求别人，但凡意见不同，就与人家争论不休，甚至出言不逊。“橘生淮南则为橘，生于淮北则为枳。”很多时候，你深以为然的人生至理，放在别人身上却不尽然。一味要求别人复制自己的人生，不仅帮不到对方，反而会暴露自己的狭隘。理解别人是一种素质，尊重差异是一种修养，包容不同是一种境界。

被打翻的茶壶

从前，有个人得到一件珍贵的紫砂壶，非常喜爱，甚至晚上睡觉都要放在枕边。某天夜里，他熟睡中一个翻身，把茶壶打翻了，壶盖掉到地上。惊醒后，他十分懊恼，心想壶盖没了，留着壶身何用？一气之下，抓起茶壶扔到窗外。天亮后，却发现壶盖掉在棉鞋上，没有丝毫损坏。他又恼又悔，心想茶壶没了，留着壶盖何用，便一脚把壶盖踩得粉碎。出门抬头一看，昨晚扔出窗外的茶壶，竟然挂在树枝上。他后悔不及，欲哭无泪。这个故事让人感叹，既替茶壶主人惋惜，又觉得他是自作自受，明明有两次挽回的机会，但他缺乏理智，意气用事，只能错失生活的美好。

仔细想想，谁的人生没有失手“打翻茶壶”呢？工作中，受到一点委屈，一气之下拍桌子走人，一时又找不到工作，陷入了经济危机；生活中，火爆脾气一点就着，情绪冲动中做出错误决定，待冷静后悔之晚矣。急则有失，怒则无智。有句话说得好：人在愤怒时智商为零，此时做任何决定都是最愚蠢的。很多时候，草率决策，贸然行动，只图一时快意，往往会导致遗憾和后悔。

五代时，冯道与和凝同朝为官，感情甚笃。一天，冯道穿了一双新买的靴子去拜访和凝。巧的是，和凝两天前让仆人也买了同款的靴子。和凝问冯道："你的靴子多少钱？"冯道抬起右脚说："五百。"和凝听后转身对仆人就是一巴掌："一样的靴子，竟然跟我说一千！"这时，冯道又抬起左脚说："这只也是五百。"和凝一下愣住了。

有时亲眼所见不一定是真相，不要着急，冷静下来，也许会有新的转机。千万别让愤怒和暴躁冲昏了头脑，冲动之下的鲁莽行为，极有可能造成无法弥补的过错。早年在美国阿拉斯加，有位太太因难产去世留下一个婴儿，丈夫既要工作又要照看孩子，生活十分艰难。于是，他买了一只极通人性的狗，上班前给孩子喂饱，让狗在家照看孩子。一天，他下班后发现满地是血，冲进卧室，只见那只狗卧在床边，满嘴鲜血冲他大叫，孩子却不见踪影。他断定是狗咬死了孩子，一怒之下把狗打死了。随后，他听到床下传出微弱的哭声，趴下一看，孩子蜷缩在床下。他意识到自己可能犯了错，起身循着血迹往里走，在厨房发现一只被咬死的狼。

一念天堂，一念地狱；一念天使，一念魔鬼，什么都是一念间。2018年，重庆市万州区一辆公交车坠江，15条人命丧江底。后来网上视频显示，一名妇女因坐过站，用手机击打司机的头部和肩部，司机急打方向盘，导致公交车撞倒护栏坠入江底。车上有一对年轻夫妇带着两个孩子外出玩耍，他们原本该有一个欢乐的周末，却因为一个女恶魔的疯狂举动，一家4口瞬间失去了鲜活的生命。如果说这起事故除了沉痛，还带给我们什么教训，那就控制情绪，忍住冲动，关住魔鬼。再就是希望车上能有人挺身而出，按住那个女人，悲剧就不会发生。有网友气愤地说，把这个女人做成塑像，让她跪在桥头，向江底的15个冤魂忏悔自己的罪行。

情绪失控的人到底有多可怕？一对夫妻发生争执，妻子一气之下发动车辆，丈夫担心妻子出事，跑到车前阻拦，谁料愤怒的妻子竟然猛踩油门，将丈夫当场撞死。网上有一个视频，杭州萧山一名母亲当街用脚狠踩两岁的女儿，孩子疼得在地上打滚，路人上前劝阻，但母亲情绪失控，仍然殴打不止，原因仅仅是孩子吐了一口香肠。遇到不能控制情绪的父母，对孩子来说就是一场灾难。当孩子独立意识开始萌芽后，面对大人的斥责不再逆来顺受，会“狡辩、顶嘴”。大多数父母无法忍受孩子的“忤逆”，脾气暴躁的家长会对孩子大打出手。2020年，海南一位父亲嫌孩子不听话，开口就骂。孩子还了两句，父亲情绪瞬间爆发，上前一脚把孩子踹翻在地，操起身边顺手的物件猛打孩子。孩子几次尝试想爬起来，但都没有成功，父亲还骂孩子装死。十分钟后，孩子仍旧没有动静，他才连忙把孩子送到医院，这时孩子已经没有生命体征。最终这位父亲受到了法律的惩罚和一生无尽的悔恨。

孩子爱顶嘴并不是个别现象，有调查显示，孩子6岁后就有了独立意识，会表达自己的不满，有70%的孩子会顶嘴，同时对应的就有70%的父母会生气。家长发现一直听话的孩子开始反抗自己，觉得权威受到了挑战，有一种失去控制的恐慌感，第一反应就是压制孩子，情绪暴躁的父母会本能地打孩子。莎士比亚说：“谁能够在惊愕之中保持冷静，在盛怒之下保持稳定，在激愤之间保持清醒，谁才是真正的英雄。”失去理智的行为会付出惨重的代价，多给自己冷静和清醒的时间，事情才会有回旋的余地。

澳大利亚心理学家罗纳德说：“暴风雨般的愤怒，持续时间往往不超过12秒，爆发时可以摧毁一切，但过后却风平浪静。如果控制好这12秒，就能排解负面情绪。”聪明的人都是先处理心情，再处理事情；先稳定心态，再分析事态。有一个真实的故事：几位矿工在井下作业，突然矿灯熄灭了，矿工们手忙脚乱地到处找出口。班长说：“不要动，都坐下来，感受风的流动。”于是，矿工们都安静下来。时间不长，他们就顺着风向找到了出口。

一位中国女作家在美国纽约街头遇见一位卖花的老太太，穿着破旧，身体虚弱，但脸上洋溢着祥和快乐的神情。女作家挑了一束花说："你看起来很高兴。""为什么不呢？一切都这么美好。""你对不幸真能看得开。"女作家随口说了一句。老太太的回答令她醍醐灌顶："耶稣在星期五被钉上十字架时，是全世界最糟糕的一天，可三天后就是复活节。所以，当我遇到不幸时，我就会等待三天，一切就恢复正常了。"有时候，我们急于求成，迫切想得到答案或结果。然而，有些事情是需要时间的。等待三天，或许会看到更多的细节和可能性，也会让问题得到更好的解决；或许能避免因冲动而做出错误的决定，不致后悔和造成不必要的损失。

人在情绪失控时，理智和智商会骤然下降，很容易犯错。想发火时，别急着说话，冷静一会儿，或暂时离开让你生气的环境。遇事不顺时，不要轻易做决定，给自己留一点缓冲的时间，调整好状态，再解决问题。生活就像一场拳赛，越是心浮气躁，越容易自乱阵脚，而失去理智的判断都是不正确的。遇事先放一放，让火气降一降，让情绪缓一缓，给正确处理问题留出时间。

我赞成一段话：一个人如果连自己的情绪都控制不了，即便给他全世界，早晚也会毁掉。当你成不了心态的主人，必然会沦为情绪的奴隶。

争论不如共情

现代著名作家林语堂在《风声鹤唳》中写道："不争，乃大争。不争，则天下人与之不争。"不争不是理亏，不是糊涂，而是一种智慧。所谓高情商，不只是彬彬有礼、左右逢源、灵活处世，更体现在与人相处时不争论、不抬杠、不揭短。杨绛先生在《我们仨》里写过一段亲身经历：她和丈夫钱钟书因为一个法语发音在轮船上争了起来，互不服气，于是，找了一个法国人进行公断，结果杨绛是对的。后来她回忆："我虽然赢了，却觉得无趣，很不开心。"

有句话说："欲为大树，莫与草争。"有一年，美国某地召开作家峰会，几乎所有人都在炫耀自己的作品，有的争得面红耳赤，只有一个衣着朴素的女士安静地品着咖啡，微笑着细心倾听。她身边一位作家喋喋不休地吹嘘自己的几十部作品，最后被问及有几部作品时，女士微笑道："我只写了一本书。"询问书名，她只答了一个字：《飘》。那位作家立即羞愧得无地自容。这位女士就是玛格丽特·米切尔，用自己的谦逊和微笑向世人展现了她收敛光芒的人格魅力。

美国科学家富兰克林曾说："如果你老是自以为是地抬杠、反驳，或许偶尔能获胜，但那是空洞的胜利，因为你永远得不到对方的好感。"人生在世，不可能活成一座孤岛，都需要别人的支持和帮助。聪明的人懂得抬人，相互成全，路会越走越宽；愚蠢的人习惯争论，彼此互损，只会举步维艰。唐代诗人韩愈在《幽兰操》中讲："合作如兰，扬扬其香；采而佩之，共赢四方。"合作如兰花，芳香四溢；若为己用，便可共赢。人与人之间都是相互的，你给人搭轿，人为你铺路；你让人难堪，人给你添堵。张信哲在受邀参加撒贝宁主持的《开讲啦》节目时，有观众问："网上说你是'过气'歌手，你会不会抓狂？"张信哲很尴尬。撒贝宁替他圆场："大家都知道乔丹在球迷心中是'神'一般的存在，但是要让乔丹现在去跟二十几岁的小伙子拼NBA总冠军，并不科学。'过气'只是一个时间状态，并不意味着一个歌手会被遗忘，而是永远被歌迷记在心里。"现场掌声雷动，张信哲热泪盈眶。一个不会欣赏别人的人，也一定不被别人尊重。

罗振宇在《奇葩说》中说："当代社会，最重要的能力是表达能力。"一个高情商的人，深谙得理也饶人之道，懂得给人让路，自己才会有路可走。怼天怼地怼众生，不是风趣，是没有教养。人与人相处讲究的是舒服，不争论，不抬杠，彼此包容，互相欣赏，才能使彼此关系进入良性循环。

当一个人始终要在言语上胜过别人的时候，他说话的目的就不再是为了沟通，而是为了战胜别人，这是情商最低的行为。王蒙在小说《雄辩症》中塑造了一个特殊病人。他去看病，医生请他坐，他说："你要剥夺我不坐的权利吗？"医生给他倒水，他质疑："不是所有的水都能喝，这水若掺有氰化钾，就绝对不能喝！"医生解释："水是干净的，没毒。"病人反驳："我诬陷你放毒了吗？"医生叹口气换了一个话题："今天天气不错。"病人继续抬杠："这儿的天气不错，不代表全球的天气都好，北极还在下雪。"病人对医生的话始终反驳、对抗，医生根本没办法与他正常沟通，最后无奈地对他说："我治不好你的病，你走吧！"病人为了跟医生抬杠，连来医院的初衷都忘了，这就是典型的"杠精"。爱抬杠的人，无论你从什么角度、用什么方法给他讲道理，他都有一套歪理邪说对付你。他不是为了解决问题，也不是求证对错，只喜欢通过打压别人获得快感，赢才是他想要的结果。富兰克林说："争辩和反驳或许能给你带来暂时的胜利，但你无法透过表面的胜利得到对方的好感和尊重。"

有人的地方就有江湖，而江湖最复杂的就是人际关系。有的人因为没有处理好关系，从一见如故走到形同陌路；有的人擅长与人交往，即便立场不同，也能处成莫逆之交。其中的差异，就在于处世格局和智慧不同。格局大的人，永远会让人容人；智慧高的人，永远会助人敬人。大智者谦和，大善者宽容。只有以宽厚之心待人，理解别人的苦楚，体谅别人的难处，才能赢得别人的敬重。《资治通鉴》里记载了一个故事：唐代宗时期，升平公主常与驸马郭暧争吵，一个是当朝公主，一个是将门虎子，互不相让。一次，郭暧口不择言："你以为你父亲是天子就能轻视我们家吗？我父亲还不屑做天子呢！"郭子仪得知儿子说了如此大逆不道的话，立刻押着儿子去向唐代宗请罪。唐代宗非但没有怪罪，还宽慰战战兢兢的郭家父子："不痴不聋，不作家翁。儿女闺房中说的气话，何必计较！"事后，唐代宗告诫女儿，郭家父子战功卓著，屡次救朝廷于危难，你虽是公主，也不可骄纵。唐代宗此举，让郭子仪一家感激不已，对朝廷更加忠心耿耿，立下了不少战功。

中国人的关系哲学中，有一条叫"人敬我一尺，我敬人一丈"。不与他人争长短，既给对方留了面子，也给自己留下余地。越是优秀的人，越懂得对人以礼相待。国学大师季羡林有一次去教育家陈岱孙家拜访，陈先生送他两本《陈岱孙文集》。季羡林连忙起身双手接过，并连声道谢，恭敬得像一个小学生。事后有人问季羡林："您是校长，何必对谁都这样恭敬呢？"季羡林回答："他们都这样尊重我，我更要尊重他们。"品行高尚的人从不会因为身份、地位的不同而差别对人，他们明白尊重别人，就是庄严自己。

美国成人教育之父戴尔·卡耐基说："一个人的成功，15%靠自身努力，85%取决于良好的人际关系。"人与人相处要学会欣赏别人，才能让自己变得优秀。互踩的螃蟹，即便有八只脚也爬不出小小的竹篓；相互拉扯的猴子，即使树高百尺也能攀上去。被收入《四库全书》的清代王士祯著的《渔洋诗话》中，记载了一个诗坛逸事：很多诗人对苏轼《题惠崇春江晚景》中的"竹外桃花三两枝，春江水暖鸭先知"赞不绝口，认为是点睛之笔。有个叫毛奇龄的诗人不喜欢苏轼，每当别人夸赞时，都会大煞风景地反问："鹅也先知，怎只说鸭不说鹅？"毛奇龄就是现代的"杠精"，你再有理，结果都会输。

人这一生，能遇到是缘分，能说到一起是幸运。不是所有人都有相同的认知，观点不同才是常态。人成熟的一个重要标志，就是不与人争得面红耳赤以证明自己观点的正确。如果人家不理解、不接受，就不要勉为其难强加于人。杨绛先生说："一路走来，我并不优秀，但我善良不虚伪，有话直来直去，做人坦坦荡荡。我不聪明，但我肯定也不傻，很多事情我看得明明白白，只是不想计较，更不愿意去争论。"在大海里玩过的人，不会在意池塘里的是非。复旦大学女教授陈果说："不要和任何人争辩，哪怕别人说一加一等于七，你都要笑着说你是对的。心大了，事就小了；心宽了，烦恼就没有了。余生短暂，不要和任何人计较，因为和任何人计较，自己先不快乐。"生活是用来快乐的，不是用来争辩的，那样会错失美好，给生命留下遗憾。

有的人与人争辩，之所以很难达成共识，是因为捍卫的不是真理，而是自己的面子。有一个"不值得定律"，大意是没必要的话不值得争辩，没意义的事不值得纠缠，没品德的人不值得交往。对别人的不同意见和误解，不妨置之一笑，让时间和事实去印证。

放下跷起的腿

作家杨建勋发表了一篇文章《把你跷起的腿放下》，讲述了一个亲身经历的故事。2004年5月2日，新散文网站在柏林禅寺举行文学笔会，安排与会人员在寺里吃住。之前，组织者介绍了禅寺的规矩：吃饭时不能说话，不能弄出声响，吃多少要多少，不能剩下。用餐时，偌大一个斋堂，200多人吃饭，听不到有人说话，也听不到咂嘴的声音，偶尔只能听到筷子与碗的磕碰声。当时杨建勋刚出版了第一本书，举手投足间意气风发，对禅寺规矩没有引起重视。突然，一位僧人低沉而严肃地说："施主，请把你跷起的腿放下。"整个斋堂庄严肃穆，每个人都正襟危坐，他这才意识到自己得意忘形，赶紧放下跷起的腿。这是杨建勋吃饭时听到的唯一一句话，这句话让他记了许久，也想了许久。为什么整个用餐期间，没有手机的响铃声，没有人的议论声？平时开会，会场上手机铃声此起彼伏？宴会厅里，敬酒碰杯声此起彼伏？刹那间，他感到了禅寺的庄严与肃穆，感到了信仰的力量。从此，他每到吃饭时，都会注意自己的腿是否又跷起来了，还会想到毒辣的阳光、晶莹的汗水、黝黑的脊背，感到每口饭菜是那样地香甜，偶然一粒米掉在桌上，他会毫不犹豫地捡起来放进嘴里。妻子说，我看你回来后有了佛心，下一次去，记着把孩子带上。

杨绛先生曾说："人总是在忘乎所以的时候马失前蹄，因此总归得有些持重的心性。"持戒而行，才能行稳致远。教养这东西藏也藏不住，装也装不出，它是一个人的本能。姿态傲慢者，常常眼高于顶，举止轻浮。心怀尊重者，往往恭敬谦卑，让人如沐春风。

1995年格莱美颁奖晚会，一众当红歌星前往会场。突然，一个小女孩挤出围观人群，拿着签字本冲到歌星们面前。因为是现场直播，安保人员不便撵走小女孩。歌星们一一接过签字本，抵着小女孩的后脑勺签完字后，继续匆匆前行。而作为当晚最大牌的明星——迈克尔·杰克逊走近女孩，单膝跪在对方面前，签完字后将本子递到女孩手里，并给她一个温馨的微笑，然后起身缓缓离去。第二天，迈克尔下跪为女孩签字的照片成为各大报纸的头版，记者评论："他用歌声征服了评委，却用尊重折服了世界。"

把跷起的腿放下，就是恭敬和尊重别人。俄国十月革命胜利后，英国著名作家萧伯纳前往苏联考察，在大街上遇到一个小女孩，两人玩得很开心。分别时，萧伯纳问小女孩："小姑娘，知道今天跟你玩的人是谁吗？"小姑娘答："不知道。"萧伯纳说："你回家告诉妈妈，今天跟你玩的是著名作家萧伯纳。"小姑娘听了撇撇嘴，回敬他："你回家也告诉你妈妈，今天跟你玩的是苏联小姑娘玛沙。"萧伯纳为之一震。孩子单纯幼稚，头脑中没有世俗的等级观念，萧伯纳为自己以名人自居深感内疚。后来他写了一篇文章反省自己，并告诫人们交往要相互尊重，平等待人。生活中常会遇到这样的人，虽然没有看到他跷腿，但从其言谈举止中，能感受到自视清高、傲慢无礼甚至居高临下。一个人要想赢得别人的尊重，首先要尊重别人。

把跷起的腿放下，就是同情和体谅他人。美国励志电影《叫我第一名》里有一个情节：校长在开学典礼上讲话时，一名学生频频打嗝，同学们哄堂大笑。班主任恼羞成怒，叫他立刻离开。校长却叫住他："你为什么一直打嗝？"学生委屈地说："我患有妥瑞氏症 ，会不受控制地扭动脖子和发出奇怪的声音。"校长点点头："那你需要我们为你做些什么？"学生流泪回答："我只想被当作普通人一样看待。"校长让学生回到自己的座位，继续自己的演讲。多年后，一位获得全美十佳教师的年轻人拜访行将退休的老校长，他感激地对校长说："当所有人认为口吃的人不可能做老师时，我想到您曾对我的理解，便一路坚持到今天。"

把跷起的腿放下，就是收起傲慢和偏见。作家刘慈欣说："无知和弱小不是生存的障碍，傲慢才是。"1956年某个晚上，美国佛罗里达州执勤警察布莱克，拦下一辆轿车检查驾照，看到后排坐着一位黑人，当即连人带车一起扣留。在他看来，黑人都是没有教养的人，夜间出行肯定不是好人。黑人向布莱克解释自己是一位钢琴家，需要立刻赶赴下一场演出。布莱克嘲笑道："黑人如果能成为钢琴家，我就能成为美国总统了。"无奈之下，黑人只好用看守所的座机拨通了一个电话。很快，布莱克接到时任国务卿的电话，命令他立即放人。而被他拘押的黑人，是曾在白宫演出的钢琴家唐·谢利。我们见过满臂文身的人搭救落水的孩子，也见过西装革履的男人当街家暴；见过一贫如洗的乞丐慷慨捐款，也见过腰缠万贯的名人偷税逃税。有些事情并非如你所想，有些真相并非如你所见。把跷起的腿放下，就是收起偏见，放下傲慢，走出自我的狭小，包容世界的多元。

把跷起的腿放下，就是消弭唯我独尊的优越感。自视甚高的人，活在自己的一亩三分田里，看不到山外有山，人外有人。懂得放低姿态，才不会因骄纵而惹人生厌，不会因傲慢而止步不前。年轻时的乔布斯，有着所有天才的"通病"，经常骂跟不上他思路的员工，开会时脱掉皮鞋把脚搭在桌子上。后来，他被自己亲手创立的公司扫地出门。有人劝他："未经打磨的天才更接近魔鬼，只有当你的眼里能装下别人，你才能将自己的天分发挥到极致。”11年后，乔布斯重返苹果公司，一改往日傲慢无礼的形象，每次产品研讨会上，下属有问题可直接提问，有不同意见还会被邀请面谈。从唯我独尊的独裁者到温和耐心的领导者，乔布斯完成了自我蜕变，把苹果公司打造成世界著名企业。

已故中国人民大学教授葛晨虹在《中国古代的风俗礼仪》中写道，在日常生活和工作中，要养成“坐如钟，立如松，行如风，卧如弓”的良好礼仪习惯，它是一个人内在修养和精神面貌的外在表现。文明优雅、充满活力的姿态，不仅使人的形象更佳，而且有益于健康。无论是生活还是工作中，都要做到坐有坐相，站有站相，走有走相，举止端庄，温文尔雅，养成良好的行为姿态，既文明又健康。

道声谢不费劲

多年前，我带团去欧洲考察，当地人总把“please，thank you ”这类礼貌用语挂在嘴边，无论是点餐还是买票，都会说一句 “please”，这俨然成为一种习惯。甚至爸妈给儿子递水时，也要说声“thanks”。2019年，我去台湾旅游，听到最多的一句话也是“谢谢”。到饭店吃饭，服务员会对你说“谢谢”；到超市购物，收银员会对你说“谢谢”；乘坐出租车，驾驶员会对你说“谢谢”，不管走到哪里，都很容易听到这两个字。刚上岛时我有些不习惯，各种谢谢搞得我晕头转向，不知道下一句是“谢谢”还是“抱歉”。后来我仔细琢磨，台湾与大陆同祖同宗，中华民族历来就是礼仪之邦，文明礼貌是中国人的传统美德。孔老夫子2000多年前就主张以礼治国，以德服人。战国末期的思想家、教育家荀子曾在《荀子·修身篇》中写道：“人无礼则不立，事无礼则不成，国无礼则不宁。”春秋时期的政治家、军事家管仲也提出“礼义廉耻，国之四维”。他们都主张谦恭礼让、与人为善的人文思想。“谢谢”二字言简意赅，它表现的是一个民族的基本礼仪，体现的是一个人的礼貌修养，往大一点说，也是维护和谐社会的基础。

某外卖平台对12万名骑手进行问卷调查：你最想对客户说什么？得票最高的三句是：请及时接电话、请把收餐地址写正确、请收餐时说声“谢谢”。前两个很正常，后一个却出人预料。有网友反驳：“我花了钱为什么要说‘谢谢’？”令人欣慰的是，大多数网友都说应该道谢。由此想到一件陈年旧事。那是2018年秋天，我和妻子、小妹陪年近耄耋的老母亲去陕北，以实现她多年想回舅舅家的心愿。到延安后，我无论是对宾馆服务生、饭店服务员、出租车司机还是景点解说员，临别时都道声“谢谢”。小妹问我：“大哥，这几天您怎么老把‘谢谢’挂在嘴边？”我说：“道声谢不费劲，这是对别人劳动的赞赏，也表示对他们服务的满意，同时还体现了一个人的基本素质和教养。”之后几天里，小妹也“谢谢”不离口了。

据我观察，喜欢把“谢谢”挂在嘴边的通常有三种人：

情商高的人。现在流行一种说法：女孩谈恋爱，一定要约男朋友去饭店吃一顿饭，不是嘴馋想吃好的，也不是考验男朋友是否慷慨大方，而是看他对服务员的态度。如果他对服务员态度不好，一副大爷姿态，那可要当心了，婚后大概也会将这种态度用在你身上。一声“谢谢”看似客套，却显露出对他人的尊重。没有人天生该对谁好，说声“谢谢”，让别人感觉得到了认可，也把价值留给自己，与这种人交往如沐春风，心情愉悦。我多次参加婚礼，每次都看到酒店门口有专人登记亲朋好友送的礼金。我想，这肯定是主办方待以后人家办喜事，再封一份厚一点的礼金送给人家。收下小礼，是不拂面子；还上厚礼，是珍重情谊。钱财不如人品重要，利益没有情义值钱。

家风好的人。家风是塑造一个人品德的重要环境，父母是教育孩子的第一老师。良好的家风、优秀的父母，不但能塑造出孩子优秀的品格，也能培育出良好的修养和谦恭的礼仪。2020年疫情初期，网上有一个感人视频，一个小男孩坐在父亲的摩托车上路过垃圾桶时，看到一位拾荒老人，他让父亲停车，跑过去把手中的空瓶子递给老人。一转身看到老人没戴口罩，立马转身跟家人要了只口罩，帮老人戴好后才离开。2023年，浙江宁波一对夫妇刚从工地干完活，急着赶去学校接孩子，由于来不及换衣服，二人身上全是灰尘，他们担心会让孩子丢脸。没想到，孩子在知道他们的顾虑后说："我爸妈不偷不抢，有什么好丢人的。"家风承载着世代相传的气质沉淀，蕴含着不可估量的精神财富，润物细无声，在无形中滋养了家庭的每个人。家风优良，能让家庭成员骨子里浸入善意与温柔，从而培养出一个知书达理的好孩子。

懂感恩的人。常说"谢谢"的人，都有一颗感恩的心，在享受别人付出的同时，也带给对方愉悦。有感恩之心并知恩图报，是天底下最富有、最快乐的人。据史料记载，时任民国大总统、大元帅的孙中山先生，在患病住院期间，对医护人员态度和蔼，说话客气，尊重有加。每当接到护士送来的药品，总是微笑着说声"谢谢您"，敬诚之意溢于言表。1925年，孙中山已是癌症晚期，弥留之际，当护理人员为他搬掉炕桌时，他安详地望着她，慈祥地说："谢谢您，过后您应该好好休息休息，这阵子您太辛苦了。"听了这番话，在场的人泪流满面，泣不成声。常说"谢谢"的人，对父母的养育之恩、老师的授业之恩、朋友的帮助之恩、领导的提携之恩，乃至陌生人的滴水之恩，都会铭记于心。感恩的人，有着灵魂上的高贵，这种高贵，非地位和金钱所能比拟。

日本作家稻盛和夫87岁时，出版了《心：稻盛和夫的一生嘱托》。在书中，他回顾了自己一生的坎坷经历，其中有句话令人印象深刻："'谢谢'这个词，意思是'难得拥有的'，也就是'难得发生的事情居然发生了'。"有时候，一声"谢谢"，能换来一整天的好心情。有位网友分享了她的经历："有一次在公交车上给一个小女孩让座，她那双大大的眼睛冲着我眨呀眨，甜甜地说了声'谢谢阿姨'。那一刻，我的心都要化了。"

有的人在不如意时，就怨天尤人，甚至愤愤不平，把气撒向别人。在一帆风顺时，却不觉得这是别人帮助的结果，一切都是自己应得的，从来不会也不想说“谢谢”。网上有人讲了一个有趣的试验：某天，他走到商场门口，特意观察他给后面的人扶门时每个人的反应，发现有的人大步走入，无视他的帮助；有的人面带微笑，向他点头致意；有的人转过身，向他说“谢谢”。他说，从这些细节中，能看出一个人的修养。喜欢说“谢谢”的人，既表达了自己的善意和肯定，也会将别人的帮助铭记于心。

为人处世有一条重要的潜规则，就是交往要有分寸感。喜欢说“谢谢”的人，往往能够保持距离不越界，做事有尺，进退有度，为人有则，这样的人，谦恭温和，懂得为他人考虑。但同时也要注意特殊情况，当一个人对你过分客套，即使很熟悉，还时不时因为一点小事对你说“谢谢”。这说明他在有意与你保持距离，可能不希望你过多介入他的生活。再比如，男生向女生表白，女生只是道谢，这个“谢谢”就是委婉而又不失礼貌地拒绝。人际交往是一门学问，远了疏离，近了生嫌，其中的秘诀就在于把握好“度”。对朋友不逾矩，对亲人不随便，对爱人不控制，对子女不溺爱，保持适当距离，才能维持良好的关系。经常说“谢谢”的人，一般都善解人意，不仅能感受到别人的情绪变化，还能感受到他人是否需要支持和鼓励。别人也会从他们身上感受到尊重和鼓励，从而更加信赖他们。

回答感谢的方式，对不同的人有不同的说法。回应好朋友：“咱这关系用不着客气”；回应一段关系：“不算啥，你之前没少帮我”，既向对方暗示记着你的好，也告诉对方不要把帮助他这件事放在心上；回应长辈或领导：“这是我应该做的”“这是我分内的事”“有事随时找我”，简短实在，表达出内心的尊重和随时恭候的态度。

会做人做好人

铁凝有一次接受记者采访，在谈到“会做人”和“不会做人”时说：“有人讲，做人累就累在多一条会说话的舌头。”这话有道理。我们从小到大，就是在听着各式各样的舌头对我们各式各样的说法中一天天成长起来的。

懵懂少年时，你若沉默寡言，有人会说这孩子可能有些呆傻；你若伶牙俐齿，有人会说这孩子打小就这么能说，长大还得了？你若表示礼貌，逢人便打招呼，有人会说这孩子真会来事儿；你若见人躲着走，就有人断言，这孩子肯定干了什么不光彩的事。

参加工作后，你抢着为办公室打开水，有人说你是为了表现自己；你给领导出谋划策，有人说你是为了升官。你受到表扬喜形于色，有人说你不稳重；你受到表扬平静如常，有人说你故作深沉。开会时踊跃发言，有人说你爱显摆；开会时不说话，有人说你城府太深。

日常生活中，你遇到激动人心的场面眼含热泪，有人说你装腔作势；若没有热泪，说你冷酷无情。你赞美别人，是天生爱奉承；不赞美别人，是瞧不起人。你笑多了，说你太轻薄；你不笑，说你吊个脸给谁看。

于是，你尽可能地宽容人，最大诚意地对待人，不沉默也不多言，不刻薄也不猥琐，不轻浮也不深沉，不奉承也不自大，不表现自己也不城府太深。但你千万不要以为如此别人便挑不出毛病，这时会给你下一个定语："会做人。"从字面上看，"会做人"三个字既无褒义也无贬义，但生活中是一个略带贬义的概括。甚至有人害怕别人说自己会做人，当被说成"真不会做人"时还会有几分自得。好像会做人不那么体面，不会做人倒成了人生准则。

仔细想想，若说"会做人"是指圆滑乖巧、凡事不得罪人，这未免对"人"的本身存有太大的偏见？那么"不会做人"做的又是什么呢？若是以"葡萄是酸的"之心态道一声"咱可不如人家会做人"，以此来张扬自己的正直，也未免有点幼稚的自我欣赏，更何况用"不会做人"来褒扬品德的本身，就含有对人的大不敬。真正会做人，并非指曲意逢迎他人以求安宁稳妥，遇事推诿不负责任以求从容潇洒。既不唯唯诺诺，也不与人别扭，正如攻击有时不是勇敢，沉默也并不意味着懦弱。真正会做人，是心灵直面世界的一种冶炼，是历经无数喜乐哀伤、痛苦疲惫后收获的一种人生态度，是在真诚正直、与人为善基础上的一种情感融合。其实，古希腊寓言家伊索在《伊索寓言》中对舌头早有评价："世界上最好的东西是舌头，最坏的东西还是舌头。"不管世上有多少拴不住的舌头，不管做人有怎样的艰难，学会做人永远是一个人毕生的美好愿望和追求。

有一副对联，上联：鸟在笼中，恨关羽不能张飞；下联：人活世上，要八戒更需悟空。上联讲的是一种人生状态。人生遇到困境是常态，不得志的人就像鸟儿被关在笼中，关闭了羽翼，不能展翅高飞。其中关羽和张飞又是《三国演义》里两个重要人物。关羽除了是人名，又有被关闭了羽毛的意思；张飞除了是人名，又有张开翅膀高飞的意思。下联讲的是为人处世的方法。"八戒"分别是佛家的戒杀生、戒偷盗、戒淫、戒妄语、戒饮酒、戒着香华、戒坐卧高广大床、戒非时食。"悟空"也是佛家用语，指一切事物由各种条件和合而生，虚幻不实，变灭不常。而八戒和悟空又是西游中的师兄弟，字面对应，意境契合。上下联意境相通，上联讲人生的困境，下联讲消解的法门。字面人物两两相对，各有出典，寓意深远，道尽了做人做事的道理，可谓神联。

有一对生活在英国爱丁堡的退休老夫妇，准备卖了房子到西班牙养老。一对中国年轻夫妇看中了这套房子，询问可以优惠吗？回答可以。于是，房价被砍了第一刀。之后，这对夫妇觉得房价还有可降的空间。于是，签合同前夕，突然说不买了，除非再降一个较大的幅度。没想到老夫妇同意了，这对年轻夫妇大喜过望。搬家那天，一进院子，绿草如茵，鲜花盛开。推开房门，一尘不染，窗明几净。桌上还有鲜花，花瓶下边压着一张纸条："非常欢迎你们入住这座记录了我们几十年幸福生活的房子。希望你们接下来的生活也和我们一样幸福安康！"走进厨房，打开冰箱，里面吃的喝的都有，冰箱里放着一张纸条："冰箱里给你们准备了一周的食物。若开车去超市，出门左拐再左拐，大约有20分钟可以到达。"电表箱上也有一张字条："我们已经给你们预留了至少一个月的电费，这个时间，可以帮到你们办理相关更名手续。在英国，办理这类手续是非常麻烦的。"这对年轻夫妇沉默了，房子有这样卖的吗？"成人之美"与"乘人之危"，"锦上添花"与"落井下石"，这些词一时搅得他们心慌意乱，已然没有了乔迁之喜。让步是尊重更是涵养，为亲人朋友让步，我们能做到，为素昧平生的人让步，需要宽阔的胸襟与良好的素养。人与人最大的区别不是有钱没钱，也不是有权没权，而是素质和修养的差异，说到底是做人的差异。

日常生活中，不要把别人的善良当傻瓜，把别人的让步当软弱。谁也不傻，只是不想说；谁都不憨，而是不计较。你能占到便宜，是别人让着你；你能得到好处，是别人送你的。不要把别人对你的好当成理所应当，这个世上除了父母没人惯着你。别人对你好，是因为你值得，而不是因为你高贵。不要在得势时瞧不起别人，也不要在失势时看轻了自己。

有一个故事，村里有两家人，一个穷，一个富，共用一口井，一个用金碗，一个用陶碗。前者觉得自己富贵，后者认为自己贫贱。前者得到了虚荣的满足，后者陷入了无谓的烦恼。可他们都忘了，自己需要的是水，而不是盛水的碗。这个故事至少告诉我们三个道理：一是人活一辈子，要清楚自己想要什么，别在不重要的事情和不需要的东西上纠结；二是做人如碗，既配得上山珍海味，又装得下粗茶淡饭；既盛得了美酒咖啡，又容得下清汤寡水，不爱富嫌贫，不挑肥拣瘦；三是无论装什么，都不要高过碗口，碗满则溢，人满则损，物极必反，切勿贪婪。

文学家丰子恺说："走正确的路，放无心的手，结有道之朋，断无义之友，饮清净之茶，戒色花之酒，开方便之门，闭是非之口。"这段话内涵深刻，堪称做人经典。某人在家中自问，怎样面对人生？竟然从房子里得到了所有的答案：屋顶说要高瞻远瞩，空调说要保持冷静，时钟说要珍惜光阴，日历说要与时俱进，钱包说要居安思危，镜子说要自我反省，台灯说要照亮别人，墙壁说要面壁思过，大床说要敢于梦想，窗户说要拓宽视野，地板说要脚踏实地，楼梯说要步步为营。说得都对，但最睿智的一句来自马桶：要懂得放下。

原国家外经贸部副部长龙永图在一次座谈会上讲："有一次到日内瓦开会，早上去公园散步，一位女士拦住我急切地说：'我儿子上厕所20分钟了还没有出来，能帮我进去看看好吗？'我进去一看，原来小孩不会用冲水马桶，正在为难。我帮他冲掉后，他连声道谢。我当时就想，这就是责任心，是他所受的教育带给他的，这个孩子将来肯定是一个有担当的人。"我们国家的第一个百年奋斗目标已经实现，为了可持续发展，我们的思想教育、道德修养、文明水准等也应该跟上时代，起码要从我们自身做起，给后代一个高尚的教育、一个学习的榜样、一个做人的标杆，不要让腾飞的中华龙成为一个跛脚龙。

人生没有彩排

曾国藩说："天可补，海可填，南山可移。日月既往，不可复追。"天可以补，海可以填，山可以移，但过去的时间再也追不回来。现代社会，什么都有说明书，唯独人生没有，怎么做怎么活，全靠自己琢磨。人生也没有剧本，没有导演，没有彩排，就是一场自编自导自演的即兴表演。所以，人生的每一秒都是现场直播，许多事在你懂得珍惜之前已成往事，许多人在你用心之前已成故人。在历史的长河中，生命只是一瞬间，生如朝露，命若琴弦，谁也争不过朝夕，谁也赢不了岁月，享受生命的每个时刻，品味生活的每个细节，把每段岁月过得踏实无憾，有风听风，有雨看雨，知足常乐，淡然于心，这才是人生的大境界、大智慧。

很多人都有这样的经历，常常硬着头皮去做不喜欢的事，逼着自己成为别人期待的样子。于是，每天步履匆匆，废寝忘食，甚至透支了健康，冷落了亲人。或许在此期间，很多事情并不能如愿以偿，很多意外也无法预料，谁也不知道明天和灾难哪个先来。人活着不为其他，只为好好地活着。所以，人生真正的通透豁达，是精简内心的欲望，放下曾经的恩怨，摈弃过往的懊悔，持心甘情愿的态度，过随遇而安的生活。

有的人总羡慕别人的高官厚禄、豪车别墅、万贯家财。认为那才是美好的生活，而对自己平凡寡淡的日子，觉得幸福遥遥无期。其实，幸福从来就不是物质的富有，而是有健康的身体，能带你欣赏旖旎风光；有温馨的家庭，能使你享受天伦之乐；有自己的爱好，能让你闲时取悦自己；有要好的朋友，能与你把酒谈天说地。幸福其实并不难，难的是身在福中却被世俗遮蔽了双眼。

上学时觉得考上名校是成功，长大后觉得有一份高薪体面的工作是成功，中年时觉得生活富足是成功，老年时觉得儿女有出息是成功。其实，这些所谓的成功，都是按照他人的眼光走自己的路。自己的人生，应当自己定义；自己的道路，应该依自己的心愿走。很多人只是活在别人的眼光里，而不是活在自己的期望里，宁愿备受煎熬，也不愿放下执念。人生最大的成功是活成自己，即使不圆满，但也不遗憾。

不同的人有不同的追求。有的人目标明确，有的人随波逐流；有的人理想远大，有的人甘于平凡。不用纠结孰对孰错，也无须在意别人的看法，人活的是过程，而不是终点，有风有雨是常态，风雨无阻是心态，风雨兼程是状态。面对无常事的最好心态，是允许发生意外，允许自己不完美，允许别人不认同，允许命运不按常理出牌。要学会接纳世间的一切，不被得失牵绊，不被欲望裹挟，不被情绪左右。

最诱人的美食，是在看见与未尝之间；最美丽的风景，是在未见与憧憬之间。很多时候，见过真颜，感觉不过如此；亲历美景，发现言过其实。守缺的人生，反而会遇见更多的美好；有憾的生活，反倒会留下难忘的记忆。执着的人，一生追求圆满，终难圆满；通透的人，时常回味遗憾，了无遗憾。人生没有满分，月圆即缺，果熟即落，花开即谢。我的体会是不如意时，去仰望深邃的星空，自己不过是浩瀚宇宙里的一粒微尘；去瞭望无际的草原，自己不过是一碧万顷里的一棵小草；去凝视碧波的海洋，自己不过是茫茫大海里的一小滴水。在大千世界，人是多么的渺小，每念于此，郁闷焦虑顿消，心情豁然开朗。

有人说，不要去苦苦探求生活的意义，不是所有的事情都有意义。深以为然。当你循着意义去做一件事，会发现这件事寡淡无味、毫无意义。所以，别去执意探究生活的意义，应该去熟悉生活、热爱生活、拥抱生活。人生一世，爱过也恨过，笑过也哭过，乐过也伤过，都是意义；灿烂过、萎靡过、得到过、失去过，都有意义。寻找生活的意义，不如去创造生活的意义。

生活不易，酸甜苦辣，悲欢离合 ，都要好好活着。活着，才是人生的底线。当然，每个人的活法不一样，结果也会不一样：如果以金钱为中心，会活得很苦；如果以子女为中心，会活得很累；如果以爱情为中心，会活得很伤；如果以攀比为中心，会活得很郁闷；如果以宽容为中心，会活得很幸福；如果以知足为中心，会活得很快乐；如果以感恩为中心，会活得很善良。能把艰苦的生活活出诗意，把薄情的世界活出深情，这才是真本事。

一生真的很短，有多少人说好了要过一辈子，可走着走着就剩下了曾经；有多少人说好了明天再见，可醒来时却阴阳两隔；有多少人说好了要做一生的朋友，可转身就成了熟悉的陌生人。所以，要好好享受生活，因为时光转瞬即逝，日月既往，不可复追；要好好珍惜生命，因为人生不是彩排，失去了就不会重来。不要等待明天，明天太遥远，你所能做的就是现在；不要相信永远，永远靠不住，因为这个世界根本不存在永恒。

汉乐府民歌《铙歌》中写道：“山无棱，江水为竭。冬雷震震，夏雨雪。天地合，乃敢与君绝。”这是女人对心爱之人的表白。可再美的誓言也敌不过岁月的流逝，不绝终有绝。天际流云瞬息变，地上沧海成桑田，从牙牙学语到苍苍暮年，只是一瞬间的事。宛转蛾眉能几时，须臾鹤发乱如丝。人生之旅，恍然飘过，还没来得及体会四季阳光的变幻，便夕阳一抹走进了长长的黑夜，没有时间回味，更没有机会后悔，任何叹息愧疚都无法使岁月的车轮逆转。所以，想做的事赶紧做。有句话说得好：除了死，什么都不宜迟。

生活中，明明有很多事是有机会做的，却一推再推，等想做时，时机早已错过；明明有很多话是有机会说的，却总想以后再说，要说的时候，发现已经没有必要了；明明有很多爱是有机会把握的，却总是犹犹豫豫，想爱的时候，已经来不及了。“明日复明日，明日何其多，我生待明日，万事成蹉跎。”所以，珍惜和拥抱生命中的每一天，在你还有力气张开双臂的时候，千万不要吝啬，也许下一秒过后，你再也没有机会了。

在诸多认识的人中，能一直陪伴的一定是感情深厚，能一直同行的一定是相互在乎。无论他们有何缺点、是否完美，都要用一颗包容心去对待，既相遇就珍惜，若相伴就别散。因为一辈子太短，一旦错过就找不回来，一旦失联就意味着失去。疼你爱你的人，来世不会再见，好好珍惜彼此；伤你害你的人，来世也不会相遇，不必为之伤神。

回首往昔，一路走来实属不易。人不可能每一步都正确，不必埋怨那个时候的自己，相信所走之路、所遇之人、所做之事、所犯之错，都是应该经历的。这一生，当官也好，为民也罢，富裕也好，贫穷也罢，风光也好，落魄也罢，都长不过百年。谁也不能青春永驻，谁也不能死而复生，闭上眼就是长眠，躺下去就是终点。

人这辈子，其实就三天：回不去的昨天，忙不完的今天，想不到的明天。昨天再好，已成历史，无论多么不舍，毕竟回不去了；今天再忙，正在路上，无论多么疲惫，都得坚持下去；明天再难，不期而至，无论多么迷茫，也得欣然接受。人生就是这样，不能回头，只能前行。回不去的昨天，就忘掉吧；忙不完的今天，就坚持吧；想不到的明天，就随缘吧。清醒时做事，迷茫时读书，独处时思考；烦躁时运动，焦虑时行动，得意时淡然；忙碌时专注，闲暇时蓄力，失意时坦然。人生没有白走的路，每一步都算数。什么叫生活，就是生下来、活下去，而且要开开心心过好每一天。好好活，慢慢过，平平淡淡就不错；天之大，海之深，心胸宽阔才是真。古希腊著名思想家苏格拉底曾说：“面对无法回头的人生，我们只能做三件事：郑重地选择，理智地面对，勇敢地接受。”一生很短，晨暮与春秋，夫复何求，平安与自由。

你最后悔什么

人生有很多重要的选择，一旦错过，就再也无法回头。比利时一家杂志社对60岁以上的老人做了一次“你最后悔什么”的调查问卷。这份全球统计前五名的分析报告，看过的人都沉默了。

45%的人，后悔没重视身体。茨威格说：“一个人年轻的时候，总以为疾病和死神只会光顾别人。”仗着年轻身体底子好，各种不良的生活习惯样样都敢来，等到健康亮起警报时已经晚了。人生上半场，以为保护一个家最好的方式，是赚很多钱；人生下半场才知道，摧毁一个家，只要生一场病就够了。生一场大病才明白，那些身外之物全是浮云。没有健康的身体，你拿什么陪爱人白头到老、为孩子挡风遮雨、护父母安度晚年？很多潜在的疾病和健康隐患，通过照顾自己的健康就可以预防。一场雨，知道了雨伞的重要；一场病，知道了健康的重要。雨大了，有伞也没有用；病重了，有钱也没法治。最好趁雨小的时候，找个遮雨的地方躲避；趁没有病的时候，按照健康的方式生活。人这一生，除了健康，什么都不是你的。输了健康，赢了世界又如何？

57%的人，后悔没善待伴侣。一世夫妻是缘分，今生相遇了，就好好珍惜。携手走过半辈子，谁也不知道在哪个路口就走散了。前中央电视台主持人罗振宇，30岁前非常抗拒婚姻，遇到一位大病初愈的老人，短短几句话改变了他的想法。老人说："婚姻的意义其实很简单，当我半夜口渴，只需要捅捅旁边，老伴就知道我这个时候要喝水。就这一口水，你说多贵？如果没有几十年经营出来的婚姻，这个时候我上哪儿要这口昂贵的水？"年轻人的浪漫，是花前月下，卿卿我我；老年人的浪漫，是相互搀扶，相濡以沫。年轻时候不懂事，吵吵闹闹当儿戏。上了年纪才明白，老伴就是最贵的宝，千金不换，世间难找。人类永远发明不出两种东西：一是忘情水，二是后悔药。与其等到失去时后悔，不如从现在开始就善待身边的人。善待你的另一半，就是善待你的后半生。

62%的人，后悔对子女教育不当。《战国策》中有言："父母之爱子，则为之计深远。"每个孩子生下来都是一张白纸，等待父母去涂抹。父母的教育方法不同，孩子的人生也会展现出不同的色彩。台湾节目主持人蔡康永说："15岁觉得游泳难，放弃游泳，到18岁遇到一个你喜欢的人约你去游泳，你只好说，我不会；18岁觉得英文难，放弃英文，28岁出现一个很棒的工作，需要会说英文，你只好说，我不会。"人生百年，立于幼学，孩子成长的过程，就是在为人生打地基。书到用时方恨少，这个道理孩子不懂，大人吃过亏，不该不明白。在孩子想要放弃时，要用力推他一把；在孩子贪玩偷懒时，教育他不要半途而废。等孩子长大后走向社会，自然会明白父母的良苦用心。

73%的人，后悔选错了职业。小米创始人雷军讲过一句名言："站在风口上，猪都能飞起来。"人一旦选对了职业，也许能少走二十年的弯路。"南辕北辙"这句成语出自《战国策·魏策四》，作者刘向讲述了一个人要乘车到楚国去，由于选择了相反的方向，又不听别人的劝告，背道而驰，结果离楚国越来越远了。方向错了，你准备得再充分，做再大的努力，也是无用功。北大学霸陆步轩，两次引起公众关注，都是因为“猪肉”。2003年大学毕业后参加工作，所在单位经营不佳，堂堂西安文科状元、北大毕业生跑去菜市场摆摊卖猪肉，引发全国热议。不到一年，陆步轩被调到区档案馆，没有了压力，自然就缺乏动力，干了12年，51岁时辞职创办猪肉品牌，当年销售额达18亿元。很多时候，一个人成就的大小，往往取决于选择方向是否正确。“飞猪理论”告诉我们，只要选对方向，抓住时机，人人都有机会被托举上天。

92%的人，后悔年轻时不够努力。有句话说得好：年轻时肯吃苦，苦一阵子；年轻时怕吃苦，苦一辈子。20岁的贪玩，造就了30岁的无奈；30岁的无奈，导致了40岁的无能；40岁的无能，奠定了50岁的失败；50岁的失败，酿造了一生的碌碌无为。阿里巴巴集团曾高薪招聘“淘宝资深用户研究专员”，要求年龄在60岁以上、与子女关系融洽、有稳定的中老年圈子、爱好阅读心理学和社会学等书籍。共收到3000多份简历，最终赢得高薪的是一位83岁的老奶奶，她年轻时是清华学霸，不但会做PPT，还能熟练操作Photoshop。有些事不是看到回报才去努力，而是努力才有可能看到回报。要想得到别人得不到的东西，就得付出比别人更大的代价，尤其在年轻的时候。在该努力的年纪，入“佛”系，选“躺平”，想“摆烂”，换来的只会是一生卑微和底层。

人的一生，都必须为自己做过的每件事负责。北宋名相寇准在《六悔铭》中写道：“官行私曲，失时悔；富不俭用，贫时悔；艺不少学，过时悔；见事不学，用时悔；醉发狂言，醒时悔；安不将息，病时悔。”有些事情，总是在经历之后才明白；有些道理，总是过了一段时间才懂得。但愿别醒悟得太晚。

勿陷自证陷阱

平日里，我们会常常看到一种现象：有人嘲笑你太节俭，你不得不穷大方，不惜透支也要显示自己的经济实力；有人误解你的本意，你一遍一遍向别人剖析自己的内心，得不到认同决不罢休；有人调侃你的身材，你为了别人眼里的自己，拼命运动节食，也要扭转别人对自己的印象。现实中，每个人都有向别人证明自己的冲动，仿佛只有得到别人的认可，人生才圆满。心理学上把这种现象叫作“自证陷阱”，意思是对方给你贴了一个标签，你就极力地解释、证明或反驳，却不知已经陷入了对方的圈套。

证明自己是一个自我内耗的死循环。法国作家莫泊桑在小说《绳子》里讲了一个故事：奥舍科尔纳在路边捡到一根绳子，却被人诬陷捡的是钱包。于是，他拿出绳子、外翻口袋证明自己。可别人就是不信，他又急又气，逢人就解释，累得筋疲力尽，依旧洗不清自己的嫌疑。就在他焦头烂额时，警方通报有人坦白，如今已物归原主。奥舍科尔纳得知后如释重负，兴奋地向大家宣告自己的清白。可没有想到，外界传言愈发离谱，有人说他是幕后主使，有人说他们是同伙。奥舍科尔纳寝食难安，在焦躁和委屈的摧残下一病不起，直到临终还念叨：“就是一根绳子，不是钱包。”莫泊桑最后写道：“他人的误解和嘲讽，就像一根束缚你的绳子，你越在意，越辩解，绳子就会勒得越紧，让你在自我怀疑与消耗中逐渐窒息。”

1993年春晚，严顺开演的小品《张三其人》，剧中的张三是个老实厚道的老职工，活得小心谨慎，却总被人误会。绳子上晾晒的床单被风刮掉了，张三路过捡起来，担心被人误会，又扔到地上，如此捡起扔掉反复多次。女主人回来后看到地上的床单，问张三怎么回事。他一再解释，人家就是不信，坚定地认为就是他弄到地上的。张三冤枉至极，委屈至极，但毫无办法。

人的大部分烦恼来自总想证明自己，可无论怎么自证，都是“给和尚送梳子——无用”。作家喇嘛哥曾在一篇文章里讲述自己的亲身经历：在创作小有名气时，有朋友提醒他出名是把双刃剑，盛名之下要有承担莫须有罪名的强大内心。喇嘛哥想，只要自己洁身自好，苍蝇不叮无缝的蛋。事实证明，他低估了人的恶意，有人说他学历造假，有人批评他的文字油腻，有人贬低他的作品毫无文学价值，有人抹黑他抄袭别人的文章，甚至还有人说他的生活作风有问题。喇嘛哥实在无法忍受别人的误读，就亮出户口本、结婚证、毕业证、学历证书等，竭尽全力自证清白，结果越解释越说不清。喇嘛哥笑道：“后来，我就跟死猪一样，任凭他们好好鬼嚼他那个大牙叉去，因为证明谣言是谣言，比证明真相是真相更难。”果然，当他停止自己的自证行为，内心反而平静自洽，这时候的喇嘛哥已经出版了第10本书。

当被人误解、不理解或者受到不公正待遇时，内心就慌乱不安，并伴随着一种强烈的、想要证明自己的冲动。看过一个帖子，博主曾上过一档综艺节目，有网友说她就读的名牌大学开学时间不对，言下之意她学历造假。这位博主为了证明自己，私信给网友自己的大学录取通知书、学生证甚至学校出入证、食堂饭卡等。没想到对方只是轻飘飘地说了一句

“哦，我就是看你想红，特意帮帮你而已。”听起来很气人的故事，却有人仍然在做着同样的事情。其实，质疑你的人并不在意事情的真相，也许只想看你脸红自证的样子。那么，你焦急地证明、疯狂地解释，到底是给谁看给谁听的呢？不管你多么真诚，遇到怀疑你的人，你就是谎言；不管你多么单纯，遇到复杂的人，你就是有心计；不管你多么天真，遇到现实的人，你就是笑话。当你因此焦虑时，别生闷气，换个思路，不把对方的话当回事，不要急着证明自己，心宽了，气就顺了。

美国作家尼尔·唐纳德·沃尔什曾说过：“只要你还在担心别人会怎么看你，他们就能奴役你；只有你再也不用从自身之外寻求肯定，才能成为自己的主人。”这个世上，有人懂你，就一定有人误解你；有人信你，就一定有人质疑你。我们无法左右别人的思想，更无法掌控别人的言行，但可以拒绝把定义自己的权利交给别人，去做真正能让自己开心的事，追求内在的满足与成长。因为人生不需要自我证明，只需要自我实现。要养成不去解释的习惯，懂的人自然懂，不懂的人再解释也没用。与其苦苦自证，无谓地消耗自己，不如把时间留给自己，把真相交给时间。

内核稳定的人，从不向任何人证明自己。善意的人不会让你陷入尴尬的局面，质疑你、否定你、冤枉你甚至想控制你的人，才是那个看热闹不嫌事大的人。如果自己是正确的，笃定就好；如果有失误，改正即可。人的一生中，被误解、质疑是常态，有些话用不着在意，有些事没必要较真，有些人不值得在乎。不向任何人证明自己，才是真正的强者心态。

心理学认为，有人指责你，可能是在用“投射性认同”操控你。所谓投射性认同，是指某人不想面对自身的某个缺陷，就诱导你承认自己有这个缺陷，并横加指责，达到逃避缺陷的目的。在这种情况下自证清白，不仅浪费精力，还可能损害自己的利益。电视剧《甄　传》中滴血认亲就是典型的“投射性认同”。雍正怀疑甄　的孩子和温太医有关，于是滴血认亲。温太医为自证清白，挥刀自宫。其实此事纯属子虚乌有，温太医跳入了皇上给他设的“投射性认同”陷阱。

影视演员郑晓宁说:“永远不要向别人解释自己，懂你的人不言而喻，不懂你的人百口难辩。”你是怎样的人，自己明白就好，你过怎样的日子，自己享受就好，没必要让所有人都知道。在自己的世界里独善其身，在别人的世界里顺其自然，外界纵有狂风暴雨，我自胸怀晴空万里。如此生活，岂不快哉!

不逞口舌之能

我经常遇见一些人，无论你说什么，他都会在第一时间表示反对，甚至不假思索就断然否定。这种行为在心理学上被称为“病理性诡辩”，这类人喜欢用反驳别人来凸显自己的存在感，乍一看是能言善辩，在语言上占了先机，实则输得一败涂地。

老子曰：“上善若水，水善利万物而不争。”杨绛先生也说：“我和谁都不争，和谁争我都不屑。”这些修身嘉言和生活经验值得我们借鉴。争辩往往无法改变他人的观点，反而会影响自己的心情。不争辩，不反驳，可以防止“小事变大，大事变炸”，导致矛盾激化、冲突升级，减少人际关系的紧张。同时，也能避免因一时冲动做出错误决定，导致不良后果。还能因冷静和理智，赢得众人的认可和尊重。

作家王蒙说：“不要总是企图在语言上占上风。”世界何其大，想法何其多，何必与人争个高低对错？你有你的繁花似锦，我有我的自在宁静，互不干扰就好。俗话说，语欲胜人是最大的关系杀手。你让别人下不了台，别人也不会让你好过；你让别人舒心，别人才会让你开心。习惯性反驳的人总爱跟人唱反调，从来不考虑言语是否得当，对方能否承受，只要说得别人哑口无言，就会以胜利者的姿态喜形于色。殊不知逞口舌之快，会导致不良后果：与亲人辩驳，会伤害感情；与朋友辩驳，会影响友谊；与生人辩驳，会徒增愤懑。讷于言而敏于行，才是为人处世的最佳法则。

《周易》云："吉人寡言语，躁人之辞多。"俄国著名思想家托尔斯泰也说："一个人越聪明、越善良，他看到别人身上的美德越多；一个人越愚蠢、越恶毒，他看到别人身上的缺点也越多。"明朝哲学家王阳明说得更直白："一个人话多，表明这个人很蠢，一个人话很多，就表明这个人相当的蠢。"愚者善辩，智者寡言。水深不语，人稳不言。与人相处，输在牙尖嘴利，赢在沉默止语。比起口若悬河，沉默寡言更有力量；比起锱铢必较，懂得进退更显睿智。视人之短，则天下无人可交；看人之长，则世人皆可为师。夏虫不可语冰，井蛙不可语海，盲人不可语光，凡夫不可语道，认知不同，再争论也是徒劳。晚清重臣曾国藩，求学时遇到了一位性格怪异的同窗，总是有意无意地针对他。曾国藩在窗前看书，他说挡住了自己的光线；曾国藩挑灯夜读，他说影响自己的休息；曾国藩中举而他名落孙山，又说曾国藩抢了自己的好运。曾国藩始终保持缄默，做自己该做的事。人生在世，充满了质疑和反对，若次次反驳，事事争辩，只会心力交瘁，倒不如保持沉默，强大内心。

地质学家李四光年轻时赴海外留学，曾受邀参加一位师兄的婚礼。遇见一位富家公子高谈阔论自己游历世界各地的见闻，说欧洲的最高峰是阿尔卑斯山的勃朗峰。其实欧洲的最高峰是厄尔布鲁士峰。李四光马上站起来纠正，俩人争得面红耳赤。就在僵持不下时，李四光看到自己的导师也在座，就向老师求助。没想到教授拿起烟斗敲了敲李四光的头："你呀，学问还浅着呢！"李四光满脸震惊，难道自己记错了？第二天，他跑到图书馆查阅资料，证明自己所说无误，就去找导师。教授笑道："我并没有说你是错的，因为这不是学术研讨会，即使你说得对，也未必能改变人家的认知，那争论又有什么意义呢？”李四光恍然大悟。

听到逆耳之言，反驳是人的本能，克制反驳才是本事。中国工程院外籍院士、著名土木专家贝聿铭，在重建罗浮宫玻璃金字塔时，巴黎许多民众走上街头游行抗议，他们不相信一个中国人能重建法国的知名建筑。那段时间，贝聿铭如履薄冰，甚至不敢上街，偶尔出一趟门，不是遭白眼，就是被人吐口水。可面对质疑和谩骂，他一次也没有反驳和争辩。后来这座玻璃金字塔还是被贝聿铭造了出来，成了法国的标志性建筑之一，举国震惊，举世震惊。面对别人的质疑或冒犯，你说一千道一万，也未必能让人高看一眼。把那些反驳别人的时间省下来，打磨心性，深耕能力，胜过任何语言上的辩驳。北宋政治家范仲淹，家境贫苦，自幼丧父，母亲改嫁，年少的他成了“拖油瓶”，经常被人冷嘲热讽甚至谩骂欺负。但他既不抱怨命运的不公，也不反驳别人的苛责，将所有的苦难当作动力，三更眠五更起，勤奋读书，最终金榜题名。

中国刑法学研究所所长罗翔说：“一个人成熟的重要标志，是脑海中能够同时存在看似对立的观点。”英国哲学家罗素也说：“只有玫瑰和茉莉一起绽放，这个世界才会有参差多样的美丽。”很多事情没有绝对的对与错，不过是“横看成岭侧成峰，远近高低各不同”罢了。年少时，总认为社会非黑即白，世人非好即坏。看一场电影，老问身边大人，影片中谁是好人，谁是坏蛋。当我们能够接纳不同意见时，以一种开放包容的姿态前行，脚下的路会变得愈发宽阔，行走也会愈加稳定。

人最大的敌人是自己，了解自己，检视自己，反省自己，是终生的必修课。唯有自省，认识自我，才能更好地改变自己、提升自己。公元633年，中牟县丞皇甫德参上书唐太宗：“修建洛阳宫，劳弊百姓；收取地租，数量太多；妇女喜梳高髻，宫中所化。”太宗大怒：“德参想让国家不役一人，不收地租，富人无发，才符合他的心意。”一气之下要治他的罪。魏征急忙进谏：“自古上书不偏激，不能触动人主之心。所谓狂夫之言，圣人择善而从。请陛下想想这个道理。”最后还说：“陛下最近不爱听直言，虽勉强包涵，已不像从前那样豁达自然。”唐太宗虽然心中不悦，但觉得魏征说得有道理，气也渐渐消了，不但没有给皇甫德参治罪，还提升他为监察御史。孟子云：“行有不得，反求诸己。”面对批评，愚蠢的人只会抱怨反驳，无法得到改变和成长；优秀的人善于向内归因，反躬自省，向外成长。有道是“弱者自困，强者自省”。懂得自省是智者，敢于自省是勇者。

人生的沟沟坎坎，多半是能力不足所致，深耕自己，强大自己，便无人能伤你。而无谓的反驳和争辩，并不能提升自己，反而会遭到非议。老子言：“夫唯不争，故天下莫能与之争。”愚者争强好胜，睚眦必报，自断后路；智者虚怀若谷，淡然于心，笑在最后。不逞口舌之能，不以言语胜人，既是为人处世的智慧和气度，也是一种最高级的情商。

理性控制欲望

“控制欲望”是佛教劝导人的戒律之一，但能控制欲望守住本心的人很少，即使在佛家修行中，能真正做到的也屈指可数。因为多数人认为，成就和成功才是人生的价值和意义。获得1950年诺贝尔文学奖的英国作家罗素，对人性的洞察非常深刻。他说，人性有四大欲望：占有欲、竞争欲、权力欲、虚荣心，这是人类与其他动物的一个重大差异，而且这种欲望无穷无尽、永不满足。

在《红楼梦》第一回中，曹雪芹写了一首《好了歌》，首句就是“世人都说神仙好，唯有功名忘不了”。所谓功名，就是功绩和名声，语出《史记·管晏列传》，之所以忘不了，是因为它具有极大的诱惑力和功利性。接着在甄士隐的《〈好了歌〉注解》诗中写道：“因嫌纱帽小，致使锁枷扛。”封建官僚们为了升官，不择手段，无恶不作，最后落了个悲惨下场。人生最难控制的就是欲望，钱财哪有赚够的时候？权力哪有到头的时候？被欲望吞没的人，可能会得到一时的地位和财富，但在短暂的狂欢之后，迎接他的将是漫长的空虚和孤寂，最终可能穷困潦倒，甚至遭受牢狱之灾。

2024年4月，时任日本首相岸田文雄访美回国，几位来自福岛县二本松的乡绅找上门来，送给他一块镶有“戒石铭碑”拓片的镜框。“戒石铭”上写着“尔俸尔禄，民膏民脂。下民易虐，上天难欺。”这16个字全是中文，意思是你的俸禄来自民脂民膏，虐待弱者，必遭天谴。岸田文雄将镜框挂在办公室，并要求国会议员每人抄录一份。其实，这16个字最早出自我国五代十国时期的《颁令箴》，后蜀孟知祥称帝后，为了酬谢昔日打江山的功臣，给他们诸多优厚待遇。然而，这些官吏欲壑难填，大肆搜刮民脂民膏。后主孟昶继位后，为整饬吏治，于941年亲撰24句《颁令箴》，以此诫谕官员控制欲望，不可贪赃枉法。宋灭蜀后，宋太宗鉴于前朝的历史教训，将《颁令箴》缩写为4句16字，提醒官吏秉公办事，若徇私枉法，天理不容。

德国前总理默克尔在位16年，德国GDP增长了33%，但她从来没有从国家预算中获得免费服务，家庭水、电、气、电话费全部自掏腰包。有记者采访她：“十几年前我给您拍照，好像您穿的是同一条裙子。”默克尔的回答精辟而幽默：“我的使命是服务于德国人民，又不是他们的模特儿。”她下班后经常去附近超市排队购物，有人纳闷：她还用亲自购物吗？有人笑道：她不买谁给她买啊？她又不是上帝。日本前首相村山富市退休后，既无保镖也无特殊津贴，靠养老金生活，七八十岁了还经常骑自行车给妻子买药。有些人不解，日本人骄傲地说：他需要我们的尊重。2010年2月，新西兰房屋部部长希特利用公务接待卡买了两瓶红酒，除公开道歉、退还酒钱、宣布辞职外，还被司法机关追究法律责任。

希望所有人都活得好，为了别人的生存放弃自己的利益甚至生命，这是“境界”；不妨碍别人生存，不侵犯别人利益，不破坏社会规则，这是“底线”。人生在世，境界不一定人人都有或者必须有，底线却不能旦夕缺失。因为底线是一个人不能触碰的尊严，不能失去的傲骨，不能跪下的膝盖，是做人的准则、做事的基础。基础不牢，地动山摇；底线失守，全线崩溃。一个人若没有底线，什么坏事都敢干；一个社会若没有底线，什么事情都会发生。所以，控制欲望，守住底线，就守住了高尚的灵魂，守住了刚正的骨气，守住了做人的尊严。东汉名士杨震为官清廉，拒绝朋友送的金子，“天知，地知，你知，我知”就是他的底线。宋代诗人陶渊明刚直不阿，“不为五斗米折腰”就是他的底线，宁愿“采菊东篱下”，也不屈身于人。

守住做人底线，不被欲望左右，就控制住了人性中最贪婪的部分。有的人之所以失败，不是因为能力欠缺或时运不济，而是因为控制不住自己的欲望，得不到的梦寐以求，得到了还想得到，欲壑难填，永无止境。控制欲望不是付出和牺牲，而是为了赢得更广阔的人生。2018年，马云卸任阿里巴巴CEO，回归教育和公益。消息一出，举世皆惊，就连时任俄罗斯总统普京都忍不住问马云：“你为什么退休了？”其实这正是马云的明智之处，因为他懂得：人生就是一条抛物线，任何人都不可能永远辉煌。

欲望是人的天性，因为口腹之欲，研制出各种各样的美食；因为贪图享受，搞出各种各样的娱乐；因为爱慕虚荣，设计出各种各样的服饰。有人说，欲望促进了人类的发展，此话不无道理。现在人们的生活更加便利、更加丰富多彩，最初不就是因为人的欲望吗？很多行业的兴起，也是因为人们想要省力或者懒惰的欲望，如果人人都很勤快，外卖、快递行业怎么可能发展得这么迅速。

欲望每个人都有，但其尺度的把握以及获取的方式方法取决于自己。追求地位，不能不择手段；追求利益，不能违法乱纪；追求感情，不能伤害他人；追求光鲜，不能负债消费。广厦万间，夜眠七尺；良田千顷，日仅三餐，拥有再多的财富，所需要的也就这么多。让人失去理智的常常是外界的诱惑，让人耗尽心力的往往是无尽的欲望。所以，要抵御外界的诱惑，控制自己的欲望，守住做人的底线，享受拥有的美好。

欲望是无穷的，欲望越大，陷阱越深。比如传销，明知是“庞氏骗局”，却还有那么多人心甘情愿，前仆后继，甚至不惜拉亲友下水。有的退休老人为了赚点小钱，拿出一生的积蓄和养老金投资，结果上当受骗，有的老人血本无归，痛不欲生甚至走上了绝路。凡此种种，都是欲望过度所致。人一旦欲望太大，就会迷失心智，做出害人伤己之事。

佛家说无欲无求，作为普通人，还是会有很多想要的东西。但必须明白，不是想要的东西都能得到。美国科学家曾做过一个实验：给一只小白鼠的大脑连接一种刺激装置，使其大脑可以分泌快乐激素，然后将这个装置连上按钮，放在老鼠的旁边。结果老鼠为满足自己一直想快乐的欲望，不停地踏按钮，至死方休。人跟小白鼠不一样，有思想，有理智，可以控制自己的行为，不能被过分的欲望所左右。

一个人的涵养，不在心平气和时，而在心浮气躁时；一个人的理性，不在风平浪静时，而在众声喧哗时；一个人的定力，不在日常平淡时，而在围猎诱惑时。理性控制欲望，不要贪得无厌，知足不仅能常乐，而且能常安。人生路上，既有坦道，亦有陷阱，要想一路平安，必须控制欲望，筑牢防线，守住底线，不踩红线，远离高压线。

学会亮点思维

一张白纸中间有一个小黑点，你看到的是什么？这是曾任联合国秘书长的安南小时候被问到的一个问题。当时他和班上所有同学都回答：“看到了黑点。”老师摇摇头：“黑点就这么一小块，周围那么多白色的区域，你们为什么没看到呢？”

课堂上，老师在黑板上写了四道题：2+2=4；4+4=8；8+8=16；9+9=19。学生们纷纷说道：“老师，您算错了一道。”老师转过身：“是的，这道题我是算错了。可前面三道都对了啊，为什么没人看到？”

上述两个故事反映了人性的一个弱点，也是人的惯性思维：更关注哪里出了问题，而不是哪里有亮点。如果只欣赏鸡的脚印，便看不到天上的雄鹰。正因为如此，人们很难看到表象之下还隐藏着亮点。有一天，台湾作家林清玄路过一家羊肉店，突然被店老板叫住：“林先生不记得我了？”林清玄有点尴尬：“对不起，真想不起来了。”老板说：“二十年前，您还在一家报馆当记者，有一次现场采访警察审问小偷。警方拿出一沓失窃案的照片让这个小偷指认，有几张他一看就说：‘这是我做的，是我的风格。’有几张屋子被翻得乱七八糟的照片，他看了一眼说：‘这不是我做的，我的手法没这么粗糙。’于是，您写了一篇特稿，在文章最后感慨道：‘像心思如此细密、手法这么灵巧、风格这样突出的小偷，又这么斯文有气魄，如果不做小偷，做任何一行都会有成就吧！’林先生，当年那个小偷就是我。”他接着说：“林先生写的那篇特稿打破了我的盲点。我为什么没有想过做正当的事呢？在监狱蹲了几年，出来后就开了店，现在已经有几家分店了。”事后，林清玄感慨地说，没想到二十年前写的一篇报道，竟使一个青年走向光明。大多数人对小偷的态度是嗤之以鼻，但林清玄看到了小偷的长处，这就是亮点思维。有人说，亮点思维，就是在混沌中寻找亮点，并通过亮点拥抱光明。

聪明的人，遇事都懂得先找亮点。比如你是一位家长，看到孩子的考试成绩：三门优秀，两门良好，一门及格，会是什么反应？大部分家长会脱口而出：“这门课怎么考得这么差？”很少有家长夸赞孩子三门功课优秀，问他这几科怎么考得这么好。英国哲学家弗兰西斯·培根曾说：“欣赏者心中有朝霞，漠视者心中尽荒芜。”拥有亮点思维的人，可以在任何人身上发现闪光点。

有一次，教育家陶行知看见两个学生打架，立刻上前制止，让打人的学生放学后到办公室等他。放学后，陶行知看到那个学生战战兢兢地站在那儿。他掏出一颗糖递给学生：“这是奖励你的，因为你很守时。”接着又把第二颗糖递给他：“这也是奖励你的，因为你听劝不打人了，说明你尊敬师长。”陶行知又拿出第三颗糖：“我调查了，你打他是因为他欺负女同学，你见义勇为，也值得表扬。”学生蒙了，难道今天打对了？陶行知接着说：“你当时除了揍他之外还有没有更好的办法？”学生回答：“我当时把他们拉开就好了。这事是我不对。”陶行知满意地笑了，拿出最后一颗糖：“你能知错认错，再奖励你一颗。人非圣贤，孰能无过，知错能改，善莫大焉。”陶行知在明知这个学生打人的情况下，依然在寻找他身上的优点，并循循善诱，让学生自己意识到了错误。

美国学者奇普·希思和弟弟丹·希思合写了一本书，叫《行为设计学：零成本改变》，他们在书中写道："亮点思维，能帮我们改善问题。"为人处事，不要总盯着别人的错，要懂得欣赏别人的优点。知乎上曾有人提问："是什么造成了人与人的差距？"高赞的答案是："思维方式不同。"德国有一家造纸厂，在生产过程中忘了加糨糊，造出的纸太渗水不能用，按规定只能报废。就在大家惋惜的时候，有位员工出主意：既然这纸容易渗水，不如把它改为吸水纸。不久，这家工厂生产了一种新产品，销量很好。其他员工的注意力全在纸会渗水上，却没人想过改变纸的用途，这就陷入了惯性思维，只看到失败，看不到失败中还隐藏着机会。平庸的人改变结果，优秀的人改变原因，智慧的人改变思维。遇事先别急着说不可能，先想想怎么发现亮点，让它变得可能。高手和普通人的差别不是能力，而是能否拥有亮点思维。解决问题的常规思路是发现问题、分析原因、解决问题。然而，这个方法并非通用，有些问题可能存在诸多原因，且不同原因之间相互关联、错综复杂，解决问题的难度远远超出决策者的能力范围，甚至解决问题需要付出的代价大于问题本身带来的麻烦。这就需要换个角度，尝试一种新的解决思路。

许多人看过一幅图片，正着看是满脸皱纹的老妪，倒着看是年轻美貌的姑娘，这就是换个角度看问题的奇妙之处。每一件事从不同角度看，都会有不同的见解。有时理解不同，结果就不一样。有一个人请盲人朋友吃晚饭，饭后主人给他点了一个灯笼，盲人很生气："你是在嘲笑我吗？"主人说："我是怕别人撞到你了。"盲人听后很感动。每个人的理解都带有主观性，有时甚至会误解别人的好意。生活中，应该多去感同身受，换个角度去理解。比如，当新技术、新产品出现时，一定有很多缺点，先别急着否定，看看它有哪些优点，这些优点能不能支撑它走得更远。当表象解释不了原因，就思考它的本质。面对同样的事实，换个视角就会得出不同的结论，也就有了不同的选择，当无数个选择叠加在一起，就会得出不一样的结论。

遇事最有境界的思维方式，是反直觉的。1990年，有个叫杰里·斯特宁的美国人，被国际慈善组织派到越南去解决儿童营养不良的问题。之前，已经有很多专家对当地情况做过分析，认为问题的根源是穷。但斯特宁想，再穷也不至于一个健康的孩子都没有吧？于是，他把那些家里很穷但身体健康的孩子找出来，发现这些孩子的妈妈喂养小孩的方法与其他妈妈不同，斯特宁就推广了她们的做法。半年后，当地65%的孩子营养不良的问题得到了明显改善。

美国陆军五星上将马歇尔曾说："脾气暴躁、粗鲁莽撞的人，不是性格有问题，而是思维有缺陷。"心理学认为，人更容易看见负面的信息，更关注不好的地方，更在意别人的缺点。挑毛病是人的本性，是一种自我保护，它能给人带来安全感和优越感，所以很多人满眼都是别人的缺点和错误。顺丰创始人王卫说："一个人成功一次，也许是偶然，若能长期成功，那肯定有其独到之处，可能从思维到行为都跟别人不太一样。"当你深陷困境时，不妨用亮点思维看问题，凡是善于从缺点中找到优点，在劣势中看到优势，就有可能将危机转化为机遇。

做人金字招牌

人之在世，有两种力量最有魅力，即人品的力量和思想的力量。人品是安身立命的根基，是处事的软实力，是做人的金字招牌。孔子把品行端正、人格高尚的人称为“君子”，他1万多字的《论语》中，“君子”一词就出现了107次。老子在《道德经》中也写道：“为天下谷，常德乃足。”一个人真正的资本不是权力，不是财富，也不是容貌，亦不是家庭背景、学历阅历，而是人品。能力决定一个人能走多快，人品则决定能走多远。

我国清代教育家朱柏庐在《治家格言》中讲：“伦常乖舛，立见消亡；德不配位，必有灾祸。”古希腊哲学家亚里士多德也说：“人在最完美的时候，是动物中的佼佼者；但是，当他与法律、正义和道德隔绝以后，便是动物中最坏的东西。”电视剧《乔家大院》中讲了一个令人深思的故事：穷书生孙茂才，起初以卖花生维持生计，偶遇乔家二少爷乔致庸，两人一见如故，自此进入乔家。由于他才智过人，凭借出色的经商眼光和高超的经营手段，帮助乔家把生意做得风生水起，深得东家的信任。后来，他逐渐变得利欲熏心，道德败坏，不仅把有恩于自己的东家送进监狱，还企图霸占乔家大嫂，进而侵吞全部家产。遗憾的是他并未得逞，最后被乔家扫地出门。离开乔家后，他又找到乔家的竞争对手钱家，扬言可以帮钱家赚大钱，结果被断然拒绝。直到孙茂才客死他乡，也没有明白自己输在哪里。德与才统一起来，才是真正的可用之才。品德不好，缺乏良知，即便能力超群，最后也会一败涂地。所以有人总结：有德有才是精品，有德无才是次品，无德无才是废品，无德有才是毒品。

人的一生，可以没有钱，但不能没有品；可以没有权，但不能没有德。2022年5月，当新冠疫情再次来袭时，北京218号感染者张先生被网友称作“中国好邻居”。张先生住在昌平区冠华苑社区，当他意识到自己可能是次密接后，担心连累小区，在酒店住了一晚。第二天，他确认自己为密接者后，先告知前台封闭自己的房间，等待疾控部门来消杀，然后回到车内，主动拨打12345热线，报备自己的涉疫信息，并积极与疾控、公安部门联系。之后，他一直待在车里，直到晚上9点被防疫人员接到地坛医院。正因为他把自己关在车里，才阻断了病毒传播；选择不回住所，使小区上千户居民免于隔离。这种替别人着想的品行赢得了网友的点赞。人生在世，很多事措手不及，然而保证他人不受伤害、不被牵连，就是最好的人品。

与人相交，始于颜值，敬于才华，合于性格，久于善良，终于人品。当你拥有财富时，别人尊敬的是你的金钱；当你身居高位时，别人尊敬的是你的权势；当你颜值出众时，别人尊敬的是你的美貌。可是，一旦财富散尽、权力失去、美容不在，你就会被抛弃。因为别人尊敬的只是他们的需求，而不是你本人。只有好人品，才能赢得真正的尊重。

日常生活中，有些事虽然不大，但如何处理能彰显一个人的格局和品行。比如，不责人之小过。《左传·宣公二年》中讲：“人谁无过，过而能改，善莫大焉。”俗话说：“得饶人处且饶人。”对他人的无心之过、无意之错，有的人斤斤计较，揪住不放，不仅显得气量狭小，也可能产生新的矛盾。智者互相善待，愚者互相伤害，多些包容和体谅，才能使关系更加和谐。再比如，不说人之隐私。每个人都有不为人知的私密，若无意知道了，也要知事不声张，正如老子所说："知不知，尚矣。"知道了装作不知道，这不仅是对他人的尊重，也是对自己负责。如果肆意宣扬，会招致他人的怨恨甚至报复，害人害己。还比如，不念人之旧恶。有人说："别人骂你一句，你记了一天，他就骂了你一天，你记了一年，他就骂了你一年。"很多时候，伤害自己的不是别人而是自己。面对以前的伤害，若耿耿于怀，念念不忘，让自己沉溺于过去的痛苦和不堪中，把宝贵的时光浪费在怨恨上。反之，如果选择放下，便可脱离苦海，开启新的生活。

格局小、品行差、精于算计的人，往往过不好这一生。人有千算，天只一算，计较过了头，早晚会吃亏。魏晋名士王戎，庄园田产遍布大江南北，称得上富可敌国。可他自执牙筹，昼夜算计，容不得别人占他一点便宜。相传王戎家有一种果树，果子又大又甜。王戎有意出售，又担心别人拿果核种树。于是，他命人把果核钻空后再卖。后来朝廷广纳贤士，王戎被举荐，就在他即将迈进朝堂时，有人将他的龌龊之事捅了出去。皇帝说："如此心胸狭隘之人，若让他入朝为官，那就是国家的悲哀，民众的不幸。"王戎从此断了入仕之路。

长空万里，大地平沉。相对于茫茫宇宙，相较于古往今来，每个人都是匆匆过客。然而，同为过客，一样匆匆，有的人过而留声留影，于行色匆匆中，留下了久久流传的东西；有的人如一粒尘埃，来无踪去无影，了无作为，毫无声息。可以说，在人类文明进程中留下的丰碑、标记、符号，大多是有过人之处的"过客"们，留下的一个个"过人"之处，这个"过人之处"就是人格和品德。杨绛先生的话通透朴实："任何关系，褪去最初的热情和激情，最后看的是良心，拼的是人品，留的是信任。"人生到最后，比的不是输赢，而是心安。有人赢了，却丢了良心，惶惶不可终日，寝食难安；有人输了，却赢了人品，生活安然自得，身心舒畅。你说孰轻孰重。

何苦为难自己

德国哲学家尼采在《查拉图斯特拉如是说》中有句经典的话："每一个不曾起舞的日子，都是对生命的辜负。"现代社会节奏加快，工作压力很大，生活本就不易，还想不开、放不下，看不透、忘不了，纠结这、纠结那，自己为难自己，这是自寻烦恼 、自讨苦吃。有研究显示，人生80%的苦恼来源于不满足。或许常乐很困难，但知足常乐很简单。

生活多舛，不必过于计较。有些事想不通，就不去想；有些人看不惯，就不去看；有些理悟不透，就不去悟；有些路走不通，就不去走。生活再难，日子再苦，内心再痛，都要面对。看过一则寓言：一只骆驼在沙漠里行走，又热又饿又渴，一肚子火不知往哪儿发。这时，一块玻璃碎片把它的脚掌划破了，疲惫的骆驼火冒三丈，抬起脚就将碎片踢了出去。不料又划伤了脚趾，鲜血染红了沙子，血迹很快引来了秃鹰，骆驼吓得在沙漠里狂奔，仓皇中跑到一处食人蚁巢穴附近，鲜血又引来了黑压压的食人蚁，不久，可怜的骆驼就鲜血淋漓地倒在沙滩上了。如果这头骆驼不和自己过不去，不跟玻璃碎片赌气，就不会失去生命。所以，遇事需要冷静和理智，能忍则忍，忍无可忍就无须再忍，该说的说，该做的做，不能活得太憋屈。

人生漫长，不必过于着急。姜子牙80岁遇见明主，司马懿60岁得到重用，刘邦40岁时还在沛县做亭长。新东方创始人俞敏洪曾在一次演讲中说："你们用5年做成的事情，我用10年去做，你们用10年做成的事情，我用20年去做。如果这样还不行，我就保持身体健康，心情愉快，到80岁把你们一个个送走以后再来做。"《菜根谭》里写道："岁月本长，而忙者自促；风花雪月本闲，而扰攘者自冗。"人生就是一场马拉松，不是看谁起步跑得快，而是看谁能跑到终点。有时候，我们急切想要一个结果，操之过急反而容易败北，很多事情需要时间积累和耐心等待，才能出现最好的结果。不要高估短期的热闹，也不要低估长期的寂寞，当你慢下来沉下心打磨自己，时间会沉淀出真正的价值。

世道艰难，不必过于强求。网上有个话题："你从什么时候开始体会到生活的不易？"有个很扎心的回答："当我吃苦瓜不觉得苦时，因为生活比苦瓜苦多了。"现代社会，为了生存和生活，没有人不辛苦，只是很多人不说而已。有些事，你再努力也无法达成，因为一个人的精力、能力、时间、资源终究有限，所处的环境、条件、机遇差异很大，做不成的事就别勉强，只要努力过、争取过，就无怨无悔。电视剧《无所畏惧》中的罗英子，面对人生的巨大挫折和生活的种种挑战，她说："只要不死，没有任何人、任何事能把我打倒。"她勇敢坚韧，无所畏惧，遇到任何困难都以积极的态度去面对，遇到任何委屈也从不拿别人的错误惩罚自己，浑身上下都充满了精气神，该说的说，该哑的哑，该显的显，该藏的藏，活得潇洒自如，荡气回肠。

人的一生，生容易，活容易，生活不容易。谁的身上没有伤，谁的心里没有痛，每个人身后都有道不尽的辛酸，都有无法言说的艰难。开心是过，伤心也是过，与其愁眉苦脸，不如笑脸面对。琐事烦恼随它去，流言蜚语别在意。只要记得冷了给自己加件衣服，饿了给自己买个面包，渴了给自己买瓶饮料，痛了给自己一份坚强，累了给自己放个小假，败了给自己一个信心，摔倒了爬起来继续前行。

人生路上有很多十字路口，如何走需要不断选择。读书时选择学校，工作时选择职业，成年后选择对象，结婚后选择是否要孩子，老了后选择自己过还是跟子女过或是进养老院，等等，不同的选择会走出不同的人生。但做出的每一个选择，无所谓正确与否，只要把人生看成自己的创作，就不会频频回首自问：当初做了另外的选择如何如何，这样想毫无意义，只会自寻烦恼。

一对夫妻走亲戚，开始妻子骑着驴，丈夫牵着驴，路人指指点点：这女人太不像话，居然让男人牵驴。妻子听后和丈夫换个位置，没走几步，路人又指指点点：这男人太不像话，居然让女人牵驴。丈夫脸红了，于是两人一起骑驴，没走几步，路人又指指点点：两个人骑一头驴，这是虐待动物。夫妻俩不知所措，干脆都不骑了，结果还是被路人耻笑：两个傻瓜，有驴不骑，养它干吗？这世上无论你怎么活，总有人说长道短；无论你怎么做，总有人指手画脚；无论你做得多么好，总有人吹毛求疵；无论你多么出色，总有人说三道四。世上没有不被评说的事，也没有不被议论的人。所以，无论做什么事都要相信自己，别被他人的一句话击倒。做人哪能人人都喜爱，做事哪能件件都称心。如果太在意别人的看法，那你的生活将变成一条裤衩，别人放什么屁，你都得兜着。

别人的尺子，量不了你的人生；别人的地图，找不到你的位置。不必仰望别人，自己亦是风景。别总往高处看，也要往低处瞧。很多时候，当你羡慕别人住高楼大厦时，也许瑟缩在墙角的人正羡慕你有一个可以遮风挡雨的茅屋；当你羡慕别人坐豪车时，也许躺在病床上的人正羡慕你可以自由行走。同是走兽，兔子娇小而青牛高大；同是飞禽，雄鹰高飞而紫燕低回。当你切一盘水果时，有人已经秒杀了一道数学题。这个世界从来不存在完美的人和事，过于完美的东西，只发生在童话世界里。世界很大，个人太小，没有必要把所有事情看得那么重。生活已经很累，不要苛求自己，更不要强迫自己。实在想不通，就在无人的角落把不如意、不愉快折叠收藏。

人生天地间，路路九曲弯，从来没有笔直的。水能流向大海，是因为它巧妙地避开了所有障碍，不断拐弯前行。许多聪明人之所以没有成功，是因为撞了南墙不回头。爱因斯坦说："人的最高本领是适应客观条件的能力。"达尔文言简意赅："适者生存。"他们所说的"适"，通俗讲就是会"拐弯"。人生路上两件事，前进和拐弯。前进需要勇气，拐弯需要智慧，走得对比走得快更重要。山不转路转，路不转人转，遇到障碍，不妨拐个弯绕一绕。语言文字学家周有光活了112岁，央视主持人崔永元请教他长寿秘诀，周老说："凡事要想得开，要往前看。"崔永元开玩笑说："要是我还想不开呢？"周老说："拐个弯，不就想开了嘛！"他进而提醒："自杀的人，就是走到要拐弯的地方，不能拐弯，只好死了。"

有的人觉得财富能使人幸福，但研究显示，一旦人的基本物质需求得到满足，财富就帮不上忙了。比如，你从年薪100万元提高到150万元，其健康和快乐基本不会发生变化。有资料显示，人在高兴的时候，心脏会分泌一种叫缩氨酸的激素，能杀死90%的癌细胞。茶泡开了才好喝，人想开了才好过，生活每天都是限量版，昨天的事已经过去，想也没用，明天的事后天才知道，急有何用。想多了都是问题，想开了全是答案。吃饱睡好，该放就放，该忘就忘，该舍就舍，即使错过了落日余晖，还可以期待满天星辰。风雨里做个大人，阳光下做个小孩，跟谁过不去都行，就是别跟自己过不去。

医学研究表明，身体比你想象的更爱你自己。身体中的各种脏器每天都在为我们努力，我们更应该爱惜自己，而不是为难自己。

只筛选不教育

我曾看过一位师傅打造玉器，他说，打造玉器的工序虽然很多，但选材最关键，因为再精湛的工艺，都无法改变玉本身的质地。我仔细琢磨，人何尝不是如此。有些人一开始就选错了，以后再怎么努力，都无法让他变成对的人。正如心理咨询师毕淑敏所说："用心选合适的，而不是为不合适的费心。"

耶鲁大学心理学教授路易斯曾经发现一个规律：一个人养成一种习惯需要90天，形成某种思维模式需要6个月，而内在性格则要用14年才能稳定成型。当你试图改变别人，看似只是改变某个观点或行为，其实是在否定对方长期积累的认知和"三观"。经典美剧《了不起的麦瑟尔夫人》中，米琪发现朋友照搬了同行的脱口秀段子，就善意提醒他。没想到朋友说："其他人也这么做。"米琪为了改变朋友的做法，每次见面都劝诫他，朋友却越来越不耐烦。后来，朋友竟然将她的隐私编进脱口秀，在舞台上肆意调侃和中伤。米琪这才意识到，改变一个人的"三观"无异于天方夜谭，最终分道扬镳。作家张小娴说："如果相处的起点，不是成就，而是改变，那么这段关系只会让双方受伤。”人海茫茫，不是每个你遇见的人，都会一见如故。司马迁在《史记·伯夷列传》中写道：“道不同，不相为谋。亦各从其志也。”“三观”不同，与其煞费苦心地改变，不如筛选自己的圈子，留下那些和你同频的人。

德国作家内尔·克雷辛西在《改变别人真的是好事吗？》中说：“善良给了错的人，会变成一种恶意；道理讲给不懂的人，会变成一种刻薄。”很多时候，你改变别人的初衷，或许是希望对方变得更好。但每个人成长的环境、接受的教育、所处的条件不同，一味灌输你认为正确的，非但帮不到对方，还可能让彼此关系怨怼丛生。一个人若非主动求变，你所有的努力都是自寻烦恼。人最大的清醒，就是努力发自己的光，不必强行给别人点灯。若能收起无处安放的责任心，至少能减少90%的烦恼。

曾影响微软公司董事长比尔·盖茨等著名企业家的美国“现代管理学之父”彼得·德鲁克，曾提出过一个“拼图理论”：当你要拼凹形图时，那么菱形、方形、星形都不是你要的，不是这些图不好，而是它们都有棱角没法拼。有位网友在创业时，招聘了一位985大学毕业的硕士生小杨，她想，凭着名校硕士的底子，只要用心引导，小杨很快就会独挡一面。于是，她对小杨进行“改造工程”：小杨做事粗心，就安排他写会议纪要，训练他抓细节的能力；小杨性格内向，就带他去见客户，倒逼他“打开自己”；小杨不善口才，就让他主持小组会议，提升他当众说话的能力。几个月下来，小杨不但没有成为她期望的人才，自己反而被小杨工作上的种种失误折腾得身心俱疲。最后不得不辞退他。

管人不如用人，用人不如选人。美国投资家沃伦·巴菲特的黄金搭档查理·芒格说：“人们常常埋怨对方不肯变好，却很少反思自己选人的眼光不行。”塑造一个人，不是善意的提醒，也不是诚恳的忠告，而是过去几十年的生活和工作环境。人一旦定型，其内在品格、性情、素养就很难再有大的改变。与其让不合适的人变得合适，不如筛选合适的人。人生的各个阶段，本质上都是选择合作的过程，许多无法解决的问题，换个人可能会迎刃而解，正如人们常说的：不换思想就换人。

网上有个讨论：从什么时候开始，你觉得自己像个成年人了。有人回答：以前遇到想法不同的人，恨不得扯着对方的衣领讲一天一夜，现在掉头就走。一个人成熟的标志，是蹚过江河湖泊之后，懂得了不是所有人都生活在同一片水域；是踏遍万水千山之后，懂得了不是所有人都喜欢同一处风景。世上有两件事最难：一是把别人的钱装进自己的口袋里，二是把自己的思想装进别人的脑袋里。

日本心理医生中村恒子写了一本书叫《人间值得》，将自己的人生智慧浓缩在这本书的六大篇章中，他说："千万不要尝试去改变一个人，那样不但得不到自己想要的结果，还会让自己处在痛苦之中，无法自拔。"人们常常以"为你好"的心理去纠正身边的人，想把对方塑造成自己喜欢的模样，不仅徒劳无功，还会产生冲突，让自己陷入失望和痛苦。所以，要克制改造他人的欲望，别把自己的筷子伸到别人的碗里，用一句外交术语来形容，这叫"长臂管辖"。改变自己是神，改变别人是神经病。

作家黄桐说："费力去改变别人，不如先试着调整自己的心态。自己变了，思维、逻辑和习惯也会跟着变，人与人之间的相处也会截然不同。改变，往往就会在我们最意想不到的时候发生。"曾被提名诺贝尔文学奖候选人的林语堂，与妻子廖翠凤携手走过50多年，感情甚笃。其实俩人的生活习惯有很大差异：廖翠凤做事井井有条，一丝不苟，林语堂不喜束缚，洒脱任性；廖翠凤喜欢清爽漂亮，每次出门都精心打扮，林语堂生活散漫，厌烦繁文缛节。林语堂痴迷发明中文打字机，有次出国买回一台打印机模型，廖翠凤说他乱花钱，但林语堂仍然我行我素。后来还研制出一台"明快打字机"，不仅花光了积蓄，还负债累累。廖翠凤终于明白，改变林语堂太难了，不如改变自己。于是，她不再干涉林语堂的习惯，两人宽容以待，相互扶持，携手走完了一生。

社会心理学认为，每个人都有两种生存空间，即物理空间和心理空间。相对于有形的物理空间，心理空间是看不见摸不着的，这也是与他人区别的首要标志。生活中，我们难免会遇见“三观”相左、磁场不同的人，与其费力改变，不如在心理空间自设边界，建立起自己的一套筛选规则。《宋史·苏轼传》记载，苏轼和谢景温曾是好友，某天一起到郊外散步，突然从树上掉下一只受伤的百灵鸟，苏轼欲为其疗伤。没想到谢景温抬脚就把小鸟踩死了。苏轼内心五味杂陈，全然没了郊游的兴趣，此后便不再与谢景温交往了。朋友不解，苏轼说：“一个轻践生命、欺凌弱小的人，将来必定损人利己，不可深交。”果然，若干年后，谢景温为了高官厚禄，陷害苏轼差点丢了性命。不相为谋的知己，背道而驰的朋友，缘起于五官，缘灭于“三观”。

这个世界，总有你看不惯的人，也总有人看不惯你。无论你有多好，也无论别人有多不好，都不必苛求彼此。因为好不好是一回事，看惯看不惯是另一回事。别自以为是，高估自己，你改变不了别人，只会让自己难受。那么，在什么情况下可以改变一个人？一般必须具备三个条件：对方迫切需要改变、对方相信你能改变、对方愿意努力改变，三者缺一不可。一个人想改变主要靠自己，单凭外人强行磨合只会互相折磨。最好的选择是你别想改变我，我也不想改变你。我觉得苹果好吃，理由很充分；你觉得香蕉好吃，也很有道理。没关系，谁也不用说服谁，互不干涉，各吃各的。

说话要有分寸

美国“现代管理学之父”彼得·德鲁克在《卓有成效的管理者》中写道：“一个人必须知道该说什么，一个人必须知道什么时候说，一个人必须知道对谁说，一个人必须知道怎么说。”这段话被称为德鲁克“沟通四法则”。说话展现做人的尺度，也显露人的层次。有人说，要想了解一个人，看他的说话便知一二。没心没肺的人，只想过嘴瘾，口无遮拦，出语伤人；心存善念的人，顾及他人感受，三思而语，使人心安。一句无心的话也许会点燃纠纷；一句贴心的话也许会冰释前嫌；一句狠心的话也许会毁掉生命；一句暖心的话也许会救赎他人。《古兰经》中写道：“有人问圣人，你最怕什么？圣人指指自己的舌头。”管好自己的嘴，是一种沉淀，也是一种自律，更是一种善良。

《易经》里有句话：“乱之所生也，则言语以为阶。君不密，则失臣；臣不密，则失身。”简言之，就是祸从口出，不可不慎。听过一个故事：有个人请客，时间过了有的客人还未到，便随口说：“该来的怎么还不来？”一些客人想：“这么说，我是不该来的？”于是离席走了。主人很疑惑：“不该走的怎么又走了？”剩下的客人想：“这么说，我们才是该走的人？”结果大家都走了。言者无意，听者有心，宁可无言，也别多话。

我们天天说话，不见得会说话。有的人说了一辈子话，却没有说好过几句话，有时一句轻飘飘的评价比暴力更伤人。作家骆以军回忆，小时候跟着姐姐去买菜，菜市场有位靠拉货为生的中年女人，穿着破烂，又黑又胖。姐姐以为女人听不懂普通话，就对骆以军说：“你不觉得她长得像动画片里的大河马吗？哈哈哈。”没想到女人猛地抬起头，朝他们怒吼：“你们是有钱人，有啥了不起。我长得丑，是不是？”她脸上悲愤的神情，多年后骆以军想起仍愧疚不已。

不在别人的世界里指点江山，既是自我约束的涵养，也是推己及人的包容。轻易评价别人的“三观”或五官，不仅不能彰显自己的优越感，反而暴露了自己的浅薄和狭隘。不是所有事情都可以拿来评论的，对别人的生活，可以不理解，但不要妄议；对别人的选择，可以不赞同，但应该尊重。这个世界没有不带伤的人，也没有谁比谁过得更容易。有些不便表达的背后，或许有难言的酸楚；有些表面光鲜的下面，或许早已遍体鳞伤。所以，不要评价别人的人品，因为不见得你比他更高尚；不要评价别人的家庭，因为跟你没有关系；不要评价别人的学问，因为或许你不如他；不要贬低不如你的人，因为他可能在某个方面比你优秀；不要发脾气恶语伤人，因为谁都不欠你的；不要抱怨生活对你不公，因为生活根本不认识你。人往往在生气或愤怒时口不择言，容易说尖酸刻薄的话，这是很伤人的。事后回想，当时惹你生气的事简直不值一提，但悔之晚矣。

舌头是世界上最柔软也最锋利的东西，生活中很多误解和矛盾，就是因为不会说话造成的。朋友间明明想夸赞对方，因为用词不当，惹得对方不快；亲人间明明想表达关心，因为语气粗鲁，导致关系恶化。俗话说：“义正要辞婉，理直要语柔。”开口前，先思考几秒，把词选好，把语气变柔，当你释放出善意与尊重，自然能避免冲突。

在一档综艺节目中，马云问黄渤："你能免费做我的代言人吗？"黄渤答："那你得送我一辆车。"马云问："你想要什么车？"黄渤说："购物车。"这个回答令在场观众捧腹大笑。随后马云又问："你觉得我颜值如何？"黄渤回答："和我差不多。"黄渤既回答了问题，又没贬低马云的相貌，毕竟大家心知肚明，无须过多评价。在一次金马奖颁奖现场，香港女演员郑裕玲调侃黄渤："你穿的是睡衣吗？你可真随便。你看我，五年没来，依旧隆重出席。"面对这种羞辱性的话语，黄渤淡然回应："你五年没来，那是客人，当然要重视衣着。而我这五年，年年都来，所以就不会特别讲究了。"黄渤的回答，既化解了可能引起的尴尬局面，也巧妙回击了郑裕玲的挑衅，还展示了自己的实力。可以说，黄渤将说话艺术发挥到了极致。

网上有个视频，繁华的街道边坐着一位老人，前边铺着一块布，上面写着"我是盲人，请帮帮我"。来往的人很多，却很少有人帮他。一位女士路过，拿出笔翻转布写了几行字。神奇的一幕发生了，越来越多的人帮助老人。其实她就写了两句话："这真是美好的一天，而我却看不见。"

语言是一把双刃剑，说好了会增进友谊，加深感情，说不好会产生误会，产生隔阂。与人聊天也要出言有尺，说话有度，不可凉人，更不能伤人。有的人与人交谈时口若悬河，卖弄自己，最终只能使自己成为孤家寡人；有的人与人聊天时盛气凌人，讽刺挖苦，最后把聊天演变成吵架。口无遮拦的人，要么是涉世不深，要么是未经风雨，要么是恶意中伤。不要把口无遮拦当成心直口快，良言温暖人心，恶语伤人无形，说出口的话如泼出去的水，造成的伤害收不回来。

美国作家霍夫曼在《欲望山庄》一书中写道："柔软的舌头可以挑断一个人的筋骨。语言有时候比暴力更能伤人。"那些不惜把尖酸的语言当作征服他人的行为，是想以口舌之利达到驾驭他人的目的。俞敏洪在《老俞闲话》里感慨："这个世界上没有'刀子嘴豆腐心'这种说法，刀子嘴就是刀子心。”言语是思想的反映，总是以刀子嘴自诩的人，不是率直是自私，既然豆腐心，何必刀子嘴！

春秋初期的著名政治家管仲说：“言不周密，反伤其身。”说话不周密，会伤人害己。《荀子》里说：“与人善言，暖于布帛；伤人以言，深于矛戟。”身体受伤几天就好了，但心灵的创伤要多久才能愈合呢？做人要多一份理解，少一份苛责，纵然是至亲好友，也要温言谦逊。

鬼谷子在《捭阖篇》中说：“口者，心之门户也。”良言和恶语，救赎或伤害，往往只在一念之间。网上有一个暖心的故事：女孩小晴有先天性残疾，走路腿有点不方便，到了上学年龄，妈妈跟老师说了小晴的情况。老师在家长群里发了一段话：“明天我们班会来一位小朋友，她的腿和我们的不一样。我希望家长告诉自己的孩子，她和我们的人格尊严没有不同，也是一个天使。”第二天，没有一个同学嘲笑歧视这位女孩。

日常生活中，没把握的事谨慎说，不清楚的事别乱说，伤害人的事不能说，伤心的事要少说，家里的事商量着说，遇到急事慢慢说。“富不过三代”是中国许多家族面临的尴尬，但让人震撼的是，一条家规居然使山东琅琊王氏家族跨过了许多劫难，经受住了各种考验，从东汉至明清1700多年间，共培养出35个宰相、36个皇后、36个驸马、186位文人名士，成为中国历史上最显赫的家族，被称为“中华第一望族”。其实王氏家规只有6个字：“言宜慢，心宜善。”《论语》中说：“智者思其所言，愚者言其所思。”这话看似简单，实则包含着深刻的人生哲理。急则有失，怒则无智，过犹不及，事缓则圆。想清楚，慢慢说，是对他人的尊重，也是对自己的负责。

人人都有不足，如同有缺口的杯子，只要你不从杯口看，杯子就是完整的。与其眼睛盯着别人的优点羡慕嫉妒恨，不如把目光收回检视自己的不足。培养一个人需要千言万语，毁灭一个人只需一句话。聪明的人会思考自己要说的话是否得体，以及产生的后果；愚蠢的人则想什么说什么，从不顾及他人的感受。有些话不能说，心里明白即可。人生最高级的修养就是藏得住话、沉得住气、守得住心。

法国小说之父巴尔扎克曾说：“顶级的自律是学会闭嘴，能管住嘴的人都很厉害，不管是吃饭还是说话。”常言道：“对天不言自高，对地不言自厚，对海不言自深。”与人交往，无论对方职位高低、身份尊卑、文化深浅，都要一视同仁、平等对待，做到不骄不躁，不卑不亢，落落大方，彬彬有礼。语不急以理服人，音不高以情感人，气不胜以德容人。深邃的人，柔声细语，小声说话但有分量；肤浅的人，大喊大叫，用大音量掩盖自身的不足和内心的空虚。如果吼叫能解决问题，那么驴将统治整个世界。

为人处世箴言

近读清代叶玉屏著的《六事箴言》，受益匪浅。这是一部汇集前贤先儒言论精华的语录体著作，收录了自秦汉到明清150多位人物的言论。全书分持身、持家、居家、居乡、处事、处人六篇共383条，言简意赅，至约至精，句句都与生活密切相关，条条都是指引人生的灯塔。譬如“诚无悔，恕无怨，和无伤，忍无辱”“食能止饥，饮能止渴；畏能止祸，足能止贪”“器满则溢，人满则丧”等。在甄选的先贤中，既有朱熹、王守仁等一代鸿儒，又有诸葛亮、范仲淹这样的名臣，还有一些名不见经传的小人物。在中国古代众多训诲箴言类书籍中，《六事箴言》是一部难得的修身养性、陶冶情操、净化心灵、催人奋进的传世佳作。

近期上网偶然看到今人用十分法写的处世三个定律，语言浅显，通俗易懂，觉得挺有意思。

第一个叫“三七定律”。有几副流传很久的“三七定律”对联：“留三分贪财好色，以防与世俗格格不入；剩七分一本正经，以图安分守己谋此生”“漏三分茫然无措，以瞒天地人泯然于世。藏七分众醉独醒，以致人智己看破红尘。”要想与人相处舒服且长久，就要三分明讲，七分默契；三分沟通，七分包容；三分尊重，七分珍惜。

三分明讲，七分默契。每个人都有看问题的立场和角度，有时话不投机，就没有必要强行附和。有时相对无言，也不必没话找话。不合拍的人，你说得再多也不会引起共鸣；不信任你的人，你解释得再多他也听不进去。不必让所有人都理解你、认可你，也不必刻意去讨好谁、巴结谁。有句话说得好：“世间最好的默契，不是有人懂你的言外之意，也不是有人懂你的欲言又止，而是有人懂你的每一个眼神和气息。”化解误会或矛盾，三分靠明讲，七分靠默契，懂你悲欢知你冷暖的人，一定会设身处地为你着想。

三分沟通，七分包容。不论是爱情、亲情还是友情，要想保持长久稳定，就需要及时沟通，彼此包容。生活不是战场，无须一较高下。人与人之间多一份理解，就会少一些误会；心与心之间多一份包容，就会少一些纷争。有些事需忍勿怒，有些人需让勿究。嘴上吃亏能怎样，让他三分又何妨。这世间本就没有完美的人，若是没有了包容，就算感情再好，也会针锋相对；就算关系再铁，也会形同陌路。要懂得察人之难，容人之过，给人台阶。一家人包容越多，幸福越多；夫妻间包容越多，感情越深；邻居间包容越多，相处越好；朋友间包容越多，友谊越长。最长久最牢固的感情，从来都是体谅和包容。

三分尊重，七分珍惜。孔子曰：“君子和而不同，小人同而不和。”意思是君子追求休戚与共、肝胆相照而不是完全相同、盲目附和，小人追求同符合契、附声吠影而不是坦诚相待、推心置腹。德国思想家歌德也说：“一棵树上，很难找到两片相同的叶子；一千个人中，也很难找到思想情感完全相同的人。”人与人之间最舒服的相处莫过于我理解你的立场，你尊重我的不同。一生中会遇到很多人，也会走失很多人，能陪同走一段的人很多，走到底的人却很少。人生在世，没有人会无条件地陪着你，就连自己的影子都会在阴雨天缺席。遇见就是缘分，拥有就是幸运，只有懂得珍惜，才能长久拥有。

第二个叫“四六定律”。也许是巧合，现实中很多规则都是“四六”分：一年分春夏秋冬四季，一季有六个节气；“天”和“地”、“父”和“母”、“夫”和“妇”、“少”和“老”的笔画，分别是四画和六画，等等。

亲戚：四分亲近，六分距离。有的亲戚住在一个小区或一个村子里，假如一对小夫妻吵架，两个亲家都能听到，有可能开启“混战模式”。“刺猬定律”告诉我们，一群刺猬聚集在一起是很痛苦的，唯有保持距离，才不会互相伤害。如果不能改变空间距离，就改变心理距离，比如保持沉默、立下规矩、遇事冷静、不瞎掺和等。有距离地生活，才能真正自由。

家人：四分关爱，六分责任。家庭对于每个人来说，关爱是必需的，但更多的是责任。你要尽到一个做子女的责任、一个做父母的责任、一个做丈夫或妻子的责任、一个做兄弟姐妹的责任。

看书：四分阅读，六分细品。一生中看过很多书，能记住的都是经常品读的书，这些书里的一些精彩段落和经典名句，多年后仍能张口就来。比如，柳青《创业史》中的“人生的道路虽然漫长，但紧要处往往只有几步，特别是在人年轻的时候”。再比如，苏联作家尼·奥斯特洛夫斯基《钢铁是怎样炼成的》中的“人最宝贵的是生命，生命属于我们只有一次。一个人的一生应当这样度过：当他回首往事的时候，不因虚度年华而悔恨，也不因碌碌无为而羞愧。这样，在临终的时候，他就可以说，我的整个生命和全部精力都已经献给了世界上最壮丽的事业——为人类的解放而斗争”。

第三个叫“二五定律”。为人处世，不求万事如意，只求一半称心。

做人：一半君子，一半小人。《周易》云：“内君子而外小人，君子道长，小人道消也。”做人之道，就是一半君子、一半小人。这里说的小人，不是通常说的品格卑鄙的人，是指性格圆滑、灵活应变、不执拗、不蛮干的人；君子说的是内心方正宽和、明是非、知荣辱的人。既不刻板，亦不失德，刚柔并济，藏巧于拙，寓清于浊，方能成就一番事业。曾国藩从一介书生成为千古名臣，遵循的就是明暗规则。他从不特立独行，与其他官员别无二致，但内心操守始终清明坚定，勤俭持家，修身养德，匡扶朝纲。

生活：一半书香，一半烟火。枕边有书，家中有爱，既有思想境界的新高地，也有弥漫斗屋的烟火气。陈道明在演界场数十载，始终专注自己的生活，于书香中自得其乐，于烟火中其乐融融。别人在酒桌上推杯换盏，他在家里读书写字；别人在社会上忙于应酬交际，他在家里陪妻女共度美好时光。

感情：一半争取，一半随缘。柏拉图说："人生最遗憾的，莫过于轻易地放弃了不该放弃的，固执地坚持了不该坚持的。"对于感情，既要有勇于争取的热情，活出生命的精彩；也要有随缘知止的智慧，该放下时就放下。冷傲才女张爱玲和胡兰成初识时，张爱玲主动追求，胡兰成却风流成性。于是，张爱玲毅然放弃，后来遇到了大她19岁的赖雅，两人相亲相爱。茫茫人海中，我们会遇见一些人，也会挥别一些人。一半争取，是听从本心；一半随缘，是顺其自然。

处事：一半清醒，一半糊涂。东汉史学家班固在《汉书》中写道："水至清则无鱼，人至察则无徒。"年轻时总以为这个世界非黑即白，经过岁月的洗礼和时间的沉淀，才知道黑白之间还有灰色地带。国学大师季羡林说："有时的确需要聪明，但也少不了糊涂。"为人处世，该清醒时要清醒，该糊涂时要糊涂。揣着清醒装糊涂，看穿不揭穿，看破不说破，才是为人处世的大智慧。

有学生问老师，最有内涵的汉字是哪几个。老师说有5个：第一个是"途"字，下边一个"走"字，上边一个"余"字，意思是给别人留余地，自己才有路可走；第二个是"劣"字，上边一个"少"字，下边一个"力"

字，意思是你比别人少出力，结果就比别人差；第三个是“夸”字，上边一个“大”字，下边一个“亏”字，自大的人最终是要吃大亏的；第四个是“路”字，左边一个“足”字，右边一个各字，人生之路就在各自的足下，怎么走全靠自己；第五个是“赢”字，由“亡”、“口”、“月”、“贝”、“凡”五部分组成，“亡”指的是危机意识，“口”指的是沟通能力，“月”指的是时间观念，“贝”指的是取财有道，“凡”指的是平常心态，具备了这五种素质和能力，再加上努力奋斗，一定会成为人生的赢家。

死在洞口的狼

在网上看到一个人讲述爷爷打猎的故事。在一个大雪封山的冬天，爷爷担心小猎犬黑子憋在家里太久，开春会失去野性。于是，那天一大早便背起猎枪，带着黑子出去“放风”，心想如果运气好，顺便再搞些猎物。可过了晌午也没见到一只出来觅食的动物，正准备回家，突然从山林里蹿出一只雪兔。随着一声枪响，黑子欢快地跑了过去，用嘴叼起被击毙的雪兔。

忽然，爷爷发现黑子后面跟着一只老狼，用贪婪凶狠的目光死死盯着雪兔。这时，黑子也发现了敌情，丢下雪兔转身直奔老狼。这是一只瘦得皮包骨头的母狼，肚子瘪得几乎只隔一层皮，身上的肋骨历历可数，乳头皱巴巴地朝下吊着。凭爷爷的经验，一眼看出这是一只哺乳期的母狼，已经很长时间没有吞食猎物了。尽管老狼瘦弱不堪，但黑子仍不是它的对手，几个回合，黑子就被逼退。

这时，母狼突然一个转身，奔向那只雪兔。看来，它并不想恋战，是想夺回猎物。瞅准机会，爷爷向老狼开了一枪，子弹射进它干瘪的腹腔，母狼带着伤奔向森林深处。不甘罢休的爷爷带着黑子，顺着雪地上的血迹和老狼的脚印，很快找到了它藏身的洞穴。为了确保安全，爷爷叫住黑子，选择一个能够看清洞口的地方停了下来。母狼已经意识到危险，朝爷爷隐藏的方向望了望，转身把幼崽赶到洞穴深处，尔后竭力用自己的身体挡住洞口。

爷爷接着说："这只母狼既没有决一死战的举动，也没有弃洞逃跑的企图，只是竭尽全力把洞口堵得严严实实，希望用自己的身体挡住子弹，保护小狼不受伤害。"这时，母狼伤口的鲜血像水一样汩汩流淌，但始终都没有放弃堵住洞口的意思。直到它体力不支，缩成一团，瘫倒在地。爷爷被母狼悲壮的神情和拼命保护幼崽的举动感动了，他收起猎枪，拽住想要发动进攻的黑子，叹了口气准备离开。突然，一声悲痛的嗥叫传来，他回头一看，只见母狼已经撞向洞口那块突兀的石尖，脑浆和着鲜血染红了岩石和雪地。

讲到这里，爷爷顿了顿，用低沉的语调深情地说："开始我也不明白这只母狼为什么要自绝于小狼面前。后来发现那些悲伤而又饥饿的小狼，跑出来撕扯自己母亲的肉体时才恍然大悟。"原来狼家族有一个习性，同伴死去后，活着的会分而食之。母狼之所以义无反顾地一头撞死在幼崽面前，就是在万般无奈之际，为了让自己的"儿女"饱餐一顿。这是多么悲壮的一幕呀！

看完这则故事，我联想到人类。人的一生要说有亏欠，亏欠最多的只有两个人：父亲和母亲。佛说：前世五百次回眸，换来今生的一次擦肩而过。若无相欠，怎会遇见？这种亏欠，需要一生来偿还。因此，不管你是贫穷还是富有，是平民还是高官，都应该善待父母。因为百善之首孝为先，养育之恩大于天。

湖北孝感是一座具有深厚孝文化底蕴的城市。南朝宋孝建元年，因此地“孝子昌盛”，遂置县名“孝昌”。后唐同光二年，庄宗李存勖因孝昌县名之“昌”字犯了其祖父名讳想改其名。于是，根据汉代董永卖身葬父、黄香“扇枕温衾”和三国孟宗“哭竹生笋”等孝子故事，改孝昌县为孝感县，是为该县得名之始。这是全国唯一以孝命名并以孝传名的城市，也是中国孝文化之乡。在古代中国的二十四大孝子中，三大孝子出自孝感，孝感可谓“孝子之渊薮也”。在孝感，上自耄耋老者，下至懵懂学童，问及“孝感”地名由来，都能娓娓道来。其中董永卖身葬父的故事更为有名。国学经典《二十四孝》中董永一节记述：“葬父贷孔兄，仙姬陌上逢；织线偿债主，孝感动苍穹。”相传董永是东汉时期千乘（今山东高青县北）人，少年丧母，因避兵乱迁居安陆（今属湖北）。其后父亲亡故，董永卖身至一富家为奴，以换取丧葬费。上工路上，于槐荫下遇一女子，自言无家可归，二人结为夫妇。女子以一月时间织成三百匹锦缎，为董永抵债赎身，返家途中，行至槐荫，女子告诉董永，自己是天帝之女，奉命帮助董永还债，言毕凌空而去。这就是千百年来流传经久不息的“董永与七仙女”神话传说的古文记载。后来人们将这一故事改编成戏曲、电影、歌曲等多种艺术形式，都是对孝行美德的肯定和推崇。

啥叫父母？一声父亲很简单，他甘愿做你一生的靠山；一声母亲很容易，她宁愿为你倾其所有。父母，是给了儿女生命，哺育儿女长大的人；父母，是世上最无私最伟大，把所有爱给了儿女的人。哥伦比亚作家加西亚·马尔克斯在《百年孤独》中写道：“父母是隔在我们和死亡之间的一道帘子。父母在，人生尚有来处；父母去，生命只剩归途。”

在父母眼里，你风光也好，落魄也罢，都是他们手心里的宝。别人在乎你混得好不好，父母只关心你过得难不难。什么叫孝顺，贫穷的父母，钱到就是孝；孤独的父母，陪伴就是孝；执着的父母，顺从就是孝；忧愁的父母，开心就是孝。当父母越来越老，我们陪伴他们的时间会越来越少。何曾细想，一年之中有几天在他们身边？把所有天数加在一起，余生陪伴他们还有多少天？树欲静而风不止，子欲养而亲不待，别等到这份珍贵无比的爱失去，你才懊恼错过了什么。有些事，后悔尚能转圜；有些事，会留下终生遗憾。

得几挚友足矣

人生漫漫，有知己相伴，有挚友同行，是人生之幸。顺境时，一起分享快乐，一起阔步向前；逆境时，一起披荆斩棘，一起走向未来。鲁迅先生曾给中共早期领导人瞿秋白写过一副对联：“人生得一知己足矣，斯世当以同怀视之。”堪称古今咏颂友谊之绝唱。

历史上关于挚友的典故很多，比较有名的有管仲和鲍叔牙的管鲍之交，俞伯牙与钟子期的知音之交，杜伯和左儒的刎颈之交，祢衡与孔融的忘年之交，羊角哀与左伯桃的舍命之交，子祀、子兴、子梨、子来四人的莫逆之交，嵇康、阮籍、山涛、向秀、刘伶、王戎、阮咸七人的“竹林七贤”，等等。这些典故不仅展示了中国古代深厚的友情文化，也反映了人与人之间基于理解信任和共同理想的深厚友谊。

晚清名臣曾国藩认为择友乃人生第一要义，应“推诚守正，委曲含宏，而无私意猜疑之弊”。他总结的“八交九不交”，概括了一生的处世交友经验。“八交”：胜己者、盛德者、趣味者、肯吃亏者、直言者、志趣广大者、惠在当厄者、体谅人者；“九不交”：志不同者、谀人者、恩怨颠倒者、好占便宜者、全无性情者、不孝不悌者、迂腐者、落井下石者、德薄者。曾国藩的处世交友之道颇有见地，值得我们借鉴。

交友重在诚信。诚信的人光明磊落，与之交往，踏实安心；诚信的人正气凛然，与之交往，催人奋进；诚信的人一诺千金，与之交往，值得信赖。诚信是一个人的底气，也是一个人的骨气。有了诚信，才能广结善缘，赢得人心，事有所成。不讲诚信，食言而肥，丢了信誉，毁了自己。俄罗斯总统普京曾说："对于恩人，我宁愿因忠诚被绞死，也不愿为偷生而背叛。"一个人无论遭受什么挫折，遇到什么困难，宁可穷死也别骗人，宁可难死也别失信，宁可牺牲也别背叛。一旦失信，再真的话也换不来信任，再多的泪也得不到同情，再努力也挽不回影响。

交友贵在真挚。有一则寓言：傍晚，一只羊在山坡上吃草，突然从树林里窜出一只狼，羊拼命用角抵抗，并大声呼救。牛看了一眼，跑了；马发现是狼，也跑了；驴悄悄溜下了山；猪飞也似地冲下山坡；兔子更是箭一般离去。山下有只狗听见羊的呼救，奔上山咬住狼的脖子，狼用力挣脱逃走了。回到家，朋友们都来了。牛说："你怎么不告诉我？我的角可以剜出狼的肠子。"马说："你怎么不告诉我？我的蹄子能踢碎狼的脑袋。"驴说："你怎么不告诉我？我一声吼叫能吓破狼的胆。"猪说："你怎么不告诉我？我嘴一拱让它摔下山去。"兔子说："你怎么不告诉我？我跑得快，可以报警呀。"在一群朋友中，唯独没有狗。

交友难在坦率。美国石油大王洛克菲勒在写给儿子的信中说："利益是光照人性的影子，在它面前，一切与道德、伦理有关的本质都将现形，且一览无余。"天下熙熙皆为利来，天下攘攘皆为利往，追逐利益是人类的天性。鲁迅先生有一段名言："荒田无可耕，一耕有人争。肚里无食无人知，身上无衣受人欺。合伙租船船会漏，两家喂驴驴会瘦。"利益在那里，人心就在那里，关系就在那里。生活中的困难、事业中的挫折、利益面前的取舍、对待恩人的态度、处理事情的立场、生死关头的考验，都是识别挚友的一面镜子。绝渡逢舟雪中送炭的人，假不了；危难时刻挺身而出的人，错不了。

真正的挚友，不是妙嘴生花的甜言蜜语，是在关键时候拉你的那双手。清朝初年，京城有位大才子叫顾贞观，一段时间奔波于贵族官邸。大学士纳兰明珠虽然鄙夷他攀附权贵，但欣赏他的才华，请其做家教。后来得知顾贞观为救朋友才放下身段求助权势，遂尊为上客，结成忘年交，并利用自己的关系，帮助顾贞观救出了朋友。

人与人之间，平时你好我好其乐融融，非常时刻才能看清一个人。俗话说，生气识人品，落难见人心，谈钱验人性。网上有个故事：一天傍晚，一对老年夫妇投宿于一家小旅馆，此时已经客满。前台小伙见夫妇年迈，便把自己的宿舍让出来。第二天老夫妇要付房费，小伙说："你们住的是我的宿舍，不收钱。祝二老旅途愉快。"老夫妇很感动。不久，小伙收到一封邀请信，等他赶到约定地点时，迎接他的竟是那对老夫妇，他们身后是一座星级宾馆。原来，老夫妇觉得小伙心地善良人品好，值得信任，聘请他做这里的经理。厚德载物，能赢得别人的信任，收获真挚的友谊，人生之路也会行稳致远。

有一个寓言：风追求叶子，承诺要带叶子去看外面的世界。叶子征求树的意见。树说："你若不离，我便不弃。"终有一天，叶子要随风漂泊。风问叶子："你为什么要跟我走？"叶子欣喜地说："因为你圆了我的梦。"当叶子看世界时，风突然停了，叶子落在地上，一辆车过来把它碾得粉碎。树很伤心，后悔没有挽留叶子；风继续吹着，没有丝毫感觉。交友亦然，不懂珍惜，失之晚矣；轻信他人，悔之晚矣。

交友既要慎重也要大度，怒发冲冠不如相视一笑，追着不放不如顺其自然。既不要用自己的道德标准要求朋友，用挑剔的眼光苛责朋友，也不要太在意朋友的看法，做好自己问心无愧就好。挚友间需要理解和包容，需要珍惜和呵护。如果敌人让你生气，说明你还没有胜他的把握；如果朋友让你生气，说明你仍然在意他的友情。有一则寓言：野猪和马一起吃草，野猪不是践踏青草就是把水搅浑。马十分恼怒，便请猎人帮忙。猎人要求马套上辔头让他骑着去，马答应了。猎人打死野猪回来后，就把马拴在槽边，马从此失去了自由。这个寓言告诉我们，人要有宽容之心，得饶人处且饶人，否则会两败俱伤。

清代学者申居郧在《西岩赘语》中写道："世间好看事尽有，好听话极多，唯求一真字难得。"生活中，你和某人能不能成为真正的挚友，只要你停止供血，就会明白你们的关系是真的好，还是一直靠你输血在维护着这种好的假象。惜我者我惜之，爱我者我爱之，敬我者我敬之，弃我者我弃之。

挚友间不要老想着回报，日本作家稻盛和夫说："不管什么都不要急于回报，因为播种和收获不在同一个季节，中间隔着一段叫坚持。"挚友相交如杯中清茶，淡而幽远，飘香四溢，沁心入脾；挚友情谊如春风扑面，温润气爽，心旷神怡，舒坦惬意。人生最难能可贵的是有几个没有功利心、施恩不求报、可以掏心掏肺的挚友。

我平生喜欢三种朋友：一种是比我优秀的人，一种是使我优秀的人，一种是愿意和我一起变优秀的人。

何为天荒地老

天鹅全身羽毛雪白，嘴为深红色，头颈修长，姿态优雅。它们总是出双入对，一生严守一夫一妻制，若一方死亡，另一方就郁郁寡欢，不食不眠，有的绝食殉情，有的撞崖而亡，有的甚至飞至高处突然快速冲向湖面溺水而死。天鹅对爱情的忠贞，感人至深。

《礼记》曰："夫妇和，家之肥也。"有人把夫妻相处概括为一个字：敬。夫妻间的敬，是发自内心的敬重，是相濡以沫的忠诚，是相伴一生的深情。两个人在一起过日子，总要面对许多意想不到的困难和问题，多些鼓励和欣赏，少些贬低与责备，心往一处想、劲往一处使，就没有什么难关过不去。

启功是雍正皇帝的九世孙，1932年，他遵母命与章宝琛结婚。章宝琛身世凄苦，文化不高，长相一般，启功开始对她很冷淡。可渐渐发现，妻子吃苦耐劳，任劳任怨。启功有时工作不顺心，回家就冲她发脾气。但章宝琛从不生气，一边端茶倒水，一边柔声安慰。抗战时期物价飞涨，启功准备摆摊卖画。妻子拉住他说："你只管在家里画，我上街去卖！"启功是个书生，章宝琛不想让他拉下脸叫卖。一天傍晚，大雪纷飞，启功见妻子没回来，便出门接她。只见章宝琛坐在马扎上瑟缩成一团，全身落满了雪花，启功眼泪夺眶而出。章宝琛却兴奋地对他说："只剩下两幅画了。"1957年，启功的母亲和姑姑相继病倒，章宝琛为两位老人端屎端尿，日夜侍奉。启功过意不去，请妻子坐在椅子上，恭恭敬敬地叫了一声"姐姐"，给她磕了一个响头。婆婆弥留之际，拉着儿媳的手说："你就跟我的亲闺女一样。"

后来，他们被卷入时代的飓风，启功要把自己所有的字画烧掉，"与其让别人毁掉，不如自己烧了"。章宝琛连忙阻拦："要烧，我来烧！"身心俱疲的启功，还一度想寻死。章宝琛抱住他流泪道："那么苦的日子咱们都挺过来了，还有什么能难倒我们？无论吃什么苦，我都陪着你。你要往下咽，使劲往下咽！"为了鼓励丈夫，章宝琛劝他写书："留得青山在，不怕没柴烧。现在没人给你出版，总会有拨云见日的一天。"从此，启功每天在家里写作，章宝琛坐在门口望风。正因为有妻子的陪伴和鼓励，启功才得以熬过那段艰难岁月。

1975年，章宝琛积劳成疾，自知时日无多，她告诉丈夫："我在后院藏了宝贝。"启功按她说的位置挖到一口大缸，里面有4个麻袋，打开一看，全是他的画、字、藏书和文稿。那些凝聚着他多年心血的作品，用一层一层的牛皮纸包裹着，一张也没少。原来，当年章宝琛拦下丈夫后，就把他的藏书和作品打成包，等夜深人静和启功熟睡后，悄悄爬起来拿把铁锹跑到后院，将打好包的藏书和作品深深埋在地下。看着自己当年的这些藏书和作品，启功号啕大哭。章宝琛在弥留之际嘱咐丈夫："我这一生最遗憾的是没有为你生下一儿半女。如果哪个女子能给你留下一男半女，也就了却了我的心愿。"启功流泪摇头："我再也找不到像你这样的好女人，我绝不会再娶！"网上有位叫"幽默深邃蓝"的读者写道："家姐有幸给老先生做过两年翻译，荣幸聆听过老人家对爱人的念念深情，颇为感动。如今时常感慨，这样的老先生越来越少了，也只有这样的老先生才称得上‘老师’这个神圣的称谓。”

据史料记载，元代书画家赵孟頫想纳妾，作了一首小词向妻子示意。妻子管道昇作《我侬词》回复：“你侬我侬，忒煞情多，情多处，热如火。把一块泥，捻一个你，塑一个我。将咱两个，一齐打破，用水调和。再捻一个你，再塑一个我。我泥中有你，你泥中有我。与你生同一个衾，死同一个椁。”此词用喻新警，用词婉转，但字里行间暗藏机锋，透出铿锵英气。我想，丈夫读了这首词，除了佩服夫人的文采非凡，感念夫人的用情至深外，再也不会有纳妾的念想了吧。

忠贞不渝的爱情故事，感人至深，催人泪下。这让我想起了两句古诗：“曾经沧海难为水，除却巫山不是云”“在天愿作比翼鸟，在地愿为连理枝”。或许，这就是天荒地老。

记住扶你的人

《诗经》中说："投我以木桃，报之以琼瑶。"一个人无论是辉煌或是落魄，都要记住在困难时期帮助过自己的人。懂得知恩感恩报恩，是一个人最重要的品质。

据《史记》记载，韩信小时父母双亡，家境贫寒，他虽然用功读书，拼命习武，但挣钱的本事一样也没学会。迫不得已，就到淮水边垂钓，用鱼换饭吃，经常饥一顿饱一顿。淮水边有位老妇给人漂洗纱絮，人称漂母。她见韩信经常挨饿，就把自己带的饭分一半给他，天天如此，从未间断，韩信发誓要报答漂母之恩。后来韩信被封为淮阴侯，对漂母分食之恩始终未忘，派人四处寻找，最后以千金相赠。这就是"一饭千金"成语典故的出处。曾国藩进京赶考时，因家境贫寒，盘缠不够无法上路。五舅拿出自己所有积蓄还是凑不齐，就卖了家里唯一的耕牛。后来，曾国藩金榜题名，登堂入室，给五舅寄去200两银钱，并帮助置办田地和房产。五舅去世后，他每年清明都要到五舅墓前祭奠，并悉心照顾他的后人。一个人贫穷落魄时，有人能慷慨解囊，出手相助，这样的恩情，应该牢记于心，铭记一世。

著名数学家华罗庚成名后，不止一次地说：“我能取得一些成就，全靠我的老师栽培。”1950年3月16日，华罗庚历经波折辗转回国，立刻赶回故乡江苏金坛县，看望发现他数学才能的第一位“伯乐”王维克老师。他在金坛作报告时，特地把王老师请上主席台就座，进场时请老师走在前面，落座时只肯坐在老师的下首。1932年5月，华沙镭研究所建成，居里夫人回到祖国参加落成典礼。典礼将要开始时，居里夫人忽然从主席台上跑下来，穿过捧着鲜花的人群，来到一位坐在轮椅上的老夫人面前，深情地亲吻了她的双颊，并亲自推着她走上主席台。这位老人就是居里夫人儿时的老师。在场的人被这动人的情景所感动，热烈鼓掌，老人也流下了热泪。居里夫人在成为一名伟大的科学家之后，仍旧没有忘记以前传授她知识的老师。

大画家齐白石有一幅《雪中送炭图》，其背后的故事鲜为人知。那是齐白石刚到北京时，举目无亲，生活落魄，他的作品也不被业界认可。没有收入的他，风餐露宿，饥寒交迫。后来机缘巧合，他认识了京剧表演艺术大师梅兰芳，虽然只是一面之交，但梅兰芳很欣赏他的画。有一次，齐白石到一个大户人家给主人画寿像，那天有很多达官显贵来贺寿，没人搭理坐在角落里的齐白石。但梅兰芳一进门就直奔齐白石，拉着他向众人介绍。从此，齐白石在业内才渐渐有了点名声，越来越多的人开始赞赏他的画作。于是，齐白石特意作了一幅《雪中送炭图》，并题诗“而今沦落长安市，幸有梅郎识姓名”，专程登门送给梅兰芳。俗话说：“富在深山有远亲，穷在闹市无人问。”当你落难时，鲜有人相助，此时伸手帮你的人，才是你生命中的贵人。

别人帮你，即使无法及时报答，也要心怀感激。有位大学生叫郝武德，家在农村，经济拮据，为了交学费，在寒冬里挨家挨户帮人推销产品。有一天，他身上仅有的几元钱花光了，饿得饥肠辘辘，便敲开了一户人家的门，想要点吃的。可门开后，他却开不了口，便求一杯水喝。女主人看他面黄肌瘦，给了他一杯热牛奶和一块面包。他十分感动，深深鞠了一躬。那时候，郝武德已经萌生了放弃学业的想法，因那杯热牛奶重拾信心，坚持继续学习，最终拿到了博士学位，毕业后在一家知名医院工作。一天，医院来了一位重病人，郝武德一看愣住了，原来她就是当年给牛奶的女士。为了报答这份恩情，他用平生所学拼尽全力救治这位有善心的恩人，最终把她从死亡线上拉了回来。女士出院结账时，发现账单上写着："一杯牛奶和一块面包，足以付清全部住院费！"其实，这位女士早已忘记了当年那杯牛奶，更没有想到治好她的郝医生，就是当年敲门讨水喝的小伙子。施恩者可以忘记，但受恩者不能忘记，哪怕只是一杯牛奶、一片面包。

人的一生，最难的是遇见一个对你真诚相待、掏心掏肺的人。在你深陷低谷时，他伸手拉你一把；当你踌躇不前时，他主动陪你同行；在你遍体鳞伤时，他默默守候左右。这样的人，最值得珍惜和感恩。台湾作家三毛曾说："炭不贵，给的人可真不多。"生活中，锦上添花的人趋之若鹜，雪中送炭的人寥寥无几。困难时鼎力相助，落魄时不离不弃，这才是真正的难能可贵。真金易寻，真情难求，要特别感恩那些在低谷时帮助你的人，在寒冬里给你温暖的人。

当然，金无足赤，人无完人，是人都有毛病，都会犯错误。即使帮你的人有瑕疵，既不要因为一点鸡毛蒜皮的小事就心生怨气，也不要因为一句不合自己心意的话就忘记他做的所有好事，更不能因为别人的谗言而疏远关系。生活中，人与人相处难免会产生分歧和矛盾，如果懂得忘记别人的不好，记住别人的好，就少了很多是非和纷扰，也少了很多烦恼和怨恨。人与人之间的感情，不是一两天能建立起来的，是经过漫长岁月的磨砺和风风雨雨的考验积累起来的，留下的才是待你最真心的人，这份情谊，必须珍惜和呵护。

俄国作家陀思妥耶夫斯基在长篇小说《罪与罚》中写道："世界上没有比说真心话更困难的事，但也没有比阿谀奉承更容易的事。"假话好听，只会误人；良言刺耳，却能受益。如果说真话不招待见，那剩下的必然是沉默和谎言。正因为说真话成本高，所以才显得尤为可贵。对你说真话的人，是你生活中的一面镜子，他也许不会说你想听、爱听的话，也不会事事顺着你、认同你，但一定会在你走下坡路时紧紧拽住你，防止你滑入深渊；在你骄横放纵时严正警告你，帮助你走上正路。要善待对你说真话的人。作家帅健翔在书中写了自己的一段经历：刚开始创作时写了一篇文章，自我感觉良好，便四处寻求肯定。没想到关系密切的郑老师给他泼了一盆冷水："句子松散""词汇文采匮乏""毫无自己的风格"，每条点评下面都有文章不足的举例。帅健翔看了好几遍，感动之余，将这段点评打印贴在案头自勉。

日本动画导演宫崎骏说："请记住那些对你好的人，因为他们本可以不这样。"的确如此，人与人之间从来没有理所应当的付出，更没有天经地义的帮助。人生在世，大多是为生计奔波，若有人愿意停下来帮你，那一定是你上世修来的福分。人经不起敷衍，心经不起冷落，对你好的人，如果不想在感情破裂、彼此陌路之后追悔莫及，就不要寒了对方的心。世界这么大，有人对你好，是你的荣幸；人心如此小，有心装着你，是你的福分。与人相处，你给我一分，我还你十分；你对我真心，我为你用心；你伴我风雨，我与你同行；你陪我一程，我记你一生。钱能买得起奢侈品，买不到惦记你的心。失势莫忘恩人帮，得势莫忘帮恩人。捧你，你是杯子；放手，你就是玻璃碴子 。

《晋书·王羲之传》记载：有一天，王羲之遇到一个老太太卖扇子，无人问津。王羲之心生怜悯，便在扇面题字，并告诉她："别人问起时，你就说是王羲之写的。"果然，路人争相抢购，价格也更高。几天后，利欲熏心的老太太提了一大包扇子找到王羲之，请他继续题字。王羲之鄙夷地看了她一眼，转身就走了。受人之助不能得寸进尺，别人帮你是情分，不帮是本分，没有人生来就是为了帮你。

人这辈子，最不该忘记的就是别人的恩情。一饭恩情，该千米奉送；滴水之恩，当涌泉相报。在困难的时候，即使受人一点小小的恩惠，以后也应加倍报答。人生至少有八大恩德是不能忘记的：父母养育之恩，遇险救命之恩、良师培养之恩、伯乐推荐之恩、指点迷津之恩、急难相助之恩、领导提携之恩、兄弟手足之恩。

哪有工夫去死

“就算有人问起我的年纪，我还是回答，我没有年纪！”“不管你几岁，如果老想着我都这个年纪了，那就完蛋了！”说这话的是日本人笹本恒子，生于1914年9月1日，逝于2022年8月15日，此时距离她108岁生日仅有十几天。她的一生，经历了20世纪所有重大事件：两次世界大战、日本核爆、“3·11”大地震、金融危机等。

26岁，成为日本第一位女摄影师；52岁，学习鲜花设计；71岁，创办摄影展；86岁，经历两段婚姻后开始新的恋爱；100岁，再次举办个人摄影展；102岁，拿下被誉为“摄影界奥斯卡”的露西奖终身成就奖。这样的经历，只有用“传奇”才能概括。

71岁对很多人来说，意味着白发苍苍，步履蹒跚；不修边幅，身材变形；含饴弄孙，买菜做饭；打打麻将，晒晒太阳。然而71岁的恒子却拿起相机，记录自己想要记录的一切。“要学什么，要做什么，和年龄没关系吧？我71岁才回归到摄影师的工作，也没人质疑我的年纪嘛。我可不喜欢想着年龄去行事。”直到100多岁，依然细心装扮生活，把每一天都活得很光鲜。人们总习惯用年龄判定一个人的生活状态，用年龄束缚自己，然而恒子用自己的经历告诉人们:“即便年老也不会是枯木，至少是艳丽的干花。”

珍惜生命最好的途径，就是把它淋漓尽致地燃烧透。恒子要活出自己想要的人生，而不是别人期待的样子。从26岁开始，她拍摄了20多年，无论是假日还是夜晚，只要有事件发生，总是第一时间赶到现场，用镜头记录历史，记录社会的巨变，也记录动荡世界里人们的故事。但随着电视机的问世，很多摄影杂志相继倒闭，单靠摄影已无法保障生活。面对生活骤然跌入低谷，年近半百的恒子却表现出惊人的韧劲。49岁那年，她重新拿起了画笔，开了一家服装定制店。3年后，随着成衣的大量增加，服装定制行业受到冲击，她又到设计学院学习鲜花设计，并在次年出版了《鲜花设计教室》，大受欢迎。此后，她又转向首饰珠宝设计。她从没有闲下来的时候，那一次次的推倒重来 ，在别人看来都是打击，在她看来却是机遇:“我又可以进入那么有意思的行业，做以前想都不敢想的事。”

人过90岁就不能谈恋爱了吗？恒子的一生，有过两段婚姻。第一段婚姻以失败告终，第二段婚姻丈夫因癌症去世。在此后很长一段时间里，她一个人生活，直到86岁时在一次旅行中遇见了雕刻家查尔斯，两人一见如故，但因国籍等问题没有再进一步发展。10年后，96岁的恒子鼓起勇气，将“I LOVE YOU”写在寄给对方的圣诞卡片上。遗憾的是，她没能等到他的回复，因为在圣诞节前夕，查尔斯因突发心脏病去世，这也成为恒子心中永远的痛。“人的一生很短暂，所以不要再给自己徒增遗憾。”在后来的岁月里，恒子一直独自生活，但她的内心从未丧失恋爱的能力:“人过90岁就不能谈恋爱了吗？我想只要不造成他人的困扰，就未尝不可，而且可能会让皱纹少一条呢。”

2017年,《黑龙江广播电视报》采访 本恒子，她说:“我今年103岁，一个人住在老人院，每天坐在轮椅上，听到这些，你会怎样设想我的生活？是不是寂寞又悲凉？那么恭喜你，你完全猜错了！我的生活，不能说多姿多彩，但绝对充实快乐。”103岁的人纵然皱纹满面，白发苍苍，但眼神坚定有力，笑容阳光明媚，由内而外散发出自信的光芒。她依然如那个季节的玫瑰一般，诗意地绽放着。

回顾恒子的一生，无论是30岁还是100岁，无论是结婚还是独居，无论是面对丈夫离世，还是独自承担生活的重负。她每天都会穿戴整齐，打扮得精精神神，不为讨好别人，只是取悦自己。她曾经拍过一张手握酒杯的照片，照片里的手饱经风霜，但指甲上涂着好看的红色指甲油，无论谁看到这张照片，都会觉得美得不得了，感动得不得了。电视主持人杨澜在英国曾遇见一位打扮得精致讲究的老太太，老人的一句话让她一生印象深刻：“作为女人，你必须精致，这是女人的尊严。”女人的美，从来不是一段时光的事，而是一辈子的事。不管是二十几岁，还是四五十岁，抑或七八十岁，只要你愿意，每个年纪都可以有那个年龄段所呈现出来的无法复刻的美丽与优雅。

97岁那年，恒子在家摔了一跤，虽然没有生命危险，但因为大腿和左手腕骨折，再也无法正常行走。面对如此大的打击，恒子没有颓靡，即使在养老院，她依然把每一天都过得精致而美好，房间里挂着她喜欢的画家凡·高的《向日葵》，角落里被她布置成一个小酒窖，里面放了她喜欢的红酒，衣橱里整整齐齐地挂着各种衣服和帽子。她依然会拿着相机，记录生活中的点点滴滴。每天都会化妆：“我现在过的每一天，都没有一丝丝觉得自己像个老人。”见过她的人都有一个共识：恒子脸上永远都带着笑容。

活了一个多世纪，什么糟糕的事情都经历过，她有无数个理由抱怨和诉苦，寻求同情和安慰。然而她带给人们的感觉永远是充满活力和快乐。她写的书也从不讲那些艰难的日子。“因为人总是讨厌那些被伤害的事情。就算说抱怨的话，也改变不了什么。”“无论何时都要保持微笑，即使内心感到悲伤，爱笑的人总会有好运气和好人缘。”而最让人敬佩的是，她从未丢掉内心的那个少女，真正的“少女感”从来不是浮在表面的姿色，而是深入灵魂的纯粹与热爱，这样的人，岁月对她也无可奈何。“我觉得总有想见的人，总有想去的地方，哪还有工夫去死呀！想做什么就去做，只要好奇心还在，无论多少岁总是能有新的开始。”她绝不允许自己懒惰，她的一生都在追求热爱的事情，不依赖于他人，乐观积极地面对生活。“只要我活着一天，就要精致一天，就要认真过好这一天。”

生活中，我们常听到有人感叹“老了，不行了”。如果你心里住着一个年轻的灵魂，保持一颗对世界的好奇心，不卑不亢不自叹，想做什么就像年轻人一样无所畏惧，那么你就永远不会老，时光最多带走的是你的容颜。如果你能彻底忘记自己的年龄，那么你想多少岁就是多少岁。同样是一辈子，有人给自己设限，几十年后就青春黯淡；有人始终在发光，燃透生命美到最后。

杨绛96岁时，出版了一部充满哲理与意趣的散文集《走到人生边上》，她在书中写道：“人除了生死，其他的都是擦伤。”一路走来，我们享受了人生的幸福与快乐，也品尝了生活的艰辛与曲折。悠悠岁月，依然在演绎着它的更替；生命长河，依然在诠释着它的精彩。行走在属于自己的人生中，不徘徊在别人的世界里，既不失去各种机会，也要享受生活乐趣。无论再苦再难，只要你不放弃自己，生活就不会放弃你；只要你不服输，谁也打不垮你；只要你不言败，就有赢回来的可能。只要一息尚存，就要继续奋斗；只要有一线希望，就要做百倍努力。

风雨来靠自渡

人的一生，会面临各种各样的挑战、困难和恐惧。虽然有时会得到他人的帮助和支持，但最终还得靠自己。

比如病痛。尽管在一段时间内可以得到亲朋好友的照顾和安慰，但他们都有自己的事业和生活，不可能长时间陪在你的身边。如果得了绝症，即使有最好的医院、知名的专家、充裕的财力，也很难保证康复。若病人不遵医嘱，继续过以欲竭其精、以耗散其真的生活，即使华佗再世、仲景重生，一样难以康复。所以，健康需要自己负责，别人无法替代，也承担不起这个责任。美国纽约东北部的撒拉纳克湖畔，镌刻着100多年前特鲁多医生的名言，也是他一生行医的概括与总结："有时是治愈，常常是帮助，总是去安慰。"科学发展到今天，医学应对众多侵扰人类健康的疾病，答案仍然是"可能"和"有时"。

比如寂寞。晚年生活的挑战是无法避免的，但每个人的晚年生活有着天壤之别。有的老人失去了社交圈子和兴趣爱好，每天都在孤独和寂寞中度过。也有一些人虽然年老体弱，疾病缠身，但仍然能过出诗意浪漫的生活。著名画家吴冠中，80多岁时开始尝试用更大胆、更自由的方式表达自己的艺术理念，他晚年的画作充满了活力和生命力，使人感受到他对生活的热爱和对艺术的执着。晚年生活的乐趣并不完全取决于外在条件，而在于自己的心态和追求。只有热爱生活的人，才能感受到生活的乐趣。

比如钱财。人总有一天会步入老年，在这个阶段，需要一定的物质保障。但不能过分依赖子女或伴侣，因为他们也有自己的生活，而且生命的无常也无法预知谁会先离开这个世界。因此，应该未雨绸缪，为自己的未来做好准备。年轻的时候，努力工作，注意节俭，多攒点钱。还要劳逸结合，加强锻炼，保证有一个健康的体魄。当步入老年时，既有健康的身体做支撑，又有足够的积蓄做保障。

比如苦难。"文革"期间，著名作家沈从文陷入非人境地，他不仅遭到无数次批斗，每天还要打扫女厕所。后来，他被下放到湖北接受劳动改造，饱受被践踏的痛楚。可沈从文以适然的姿态面对逆境，在咸宁时给他的表侄、画家黄永玉写信："这儿荷花真好，你若来看，一定会很喜欢的。"一句"荷花真好"，竟使那段苦难的日子飘荡着荷花的芬芳，让多雨泥泞的咸宁成为王孙可留的人间仙境了。这是一种趋向于澄明的境界，一种身处磨难从容的气度，一种热爱生活和对美好事物向往的情感。

人生路上荆棘塞途，我们不可能依赖他人来解决所有困难和问题。若要给人生找一个保底的人，那就是自己。风雨路上艰难前行时，人都渴望有一个屋檐为自己遮风挡雨。能有人依靠当然是幸运的，但别人的屋檐再大，都不如自己有伞方便。作家郑渊洁说："把希望寄托在别人身上，意味着把失望留给自己。"能用金钱解决的问题，就别用人情；能用汗水解决的问题，就别用泪水。凡是求过人的人，都清楚个中滋味。求人若遇上有情有义的，无非是放下自尊，赔个笑脸；若碰到薄情寡义的，不仅不帮你，还会嘲讽羞辱你。不要高估人与人的关系，遇到困境也不要奢求别人的帮助，因为除了自己，很少有人能把你从泥淖里打捞出来。

现实就是这样，只有在别人需要你的时候，你才是珍贵的。一旦别人不需要你了，无论以前关系如何亲密，都会变得一文不值。美国作家马克·吐温说："盲人一旦恢复了视力，第一件事就是扔掉他的拐杖，即使这个拐杖帮助了他很多年。"有位同学讲过他的经历，出身农村，高考落榜，不愿复读，央求母亲找当领导的亲戚帮忙找份工作。因为这位领导年轻时家境贫寒，经济拮据，生活困难，曾得到他母亲的接济和帮助。领导出人头地后，曾多次表示要报答当年的恩情。于是，一天晚上，母亲带着他拿着礼物去了亲戚家。刚进院门，一条大狗突然蹿了出来，一下咬住了母亲的腿。亲戚出来喝退了狗，却没让他们进屋。母亲忍着痛赔着笑脸，把礼物放下，说明了来意。亲戚让他们回去听信。但时至今日，也杳无音信。他流着泪说，几十年过去了，怎么也忘不了母亲拘谨地笑着，弓着腰站在亲戚面前卑微的样子，还有母亲腿上的伤。也正因为那次经历，他下决心重返校园复读，第二年就以优异成绩考上名牌大学，毕业后去了深圳，干得风生水起，如今已是一家上市公司的董事长。生活就是这样，如人饮水，冷热自知。求人者，受尽冷眼，尝遍炎凉世态；靠己者，尽管艰难，但最终能撑起自己的天。靠人者自困，靠己者自渡。钱要自己赚，才能挺直腰板；路要自己走，才能知道深浅；困难自己解决，才能茁壮成长。

"我走了很远的路、吃了很多的苦，才将这份博士学位论文送到您的面前。二十二载求学路，一路风雨泥泞，许多不容易。"这篇博士论文的致谢部分感动了无数人，许多网友包括我自己读后泪流满面。这篇看似普通却无比沉重的文字，背后是一个充满苦难与挫折，也充满希望和温暖的故事。故事的主人公叫黄国平，中国科学院博士。这是他在2017年参加博士论文答辩时写在最后的一段感悟。

黄国平出生在四川省南充市仪陇县一个偏远的小山村。12岁时母亲离家出走，17岁时父亲遇车祸去世，同年相依为命的奶奶病故。从此，他孑然一身，家徒四壁，孤苦无依，读书是他最后的希望。为了凑齐学费，漆黑的夜晚，弱小的他被蚊叮、被狗追、被蛇撵。为了生存，他钓过鱼摸过黄鳝，喂过猪也养过牛。赤脚的尴尬、屁股上带泥的窘迫，因欠学费被老师约谈的绝望，这一切都捶打着这个17岁少年的尊严。夏天光着脚走在滚烫的水泥路上，冬天穿着破旧的单衣打着寒战 ，这些艰难差点成为压垮他的最后一根稻草。而点燃少年心中微弱希望的，就是知识改变命运。多年的艰难生活，让他患上了胃病，无数个日夜里，他强忍剧痛，用加倍努力的学习来转移对疼痛的恐惧。2008年，黄国平考入西南大学，大四时被保送到中国科学院硕博连读。从四川仪陇到北京中国科学院，倒车转车需要两天，而黄国平却走了22年。他单枪匹马，一腔孤勇，从小山村一路跋山涉水，成为中国科学院人工智能领域的专家。天行健，君子以自强不息。人生只有自己能成全自己，当你修得一身本领，自然无惧风雨。

庞众望的父亲是一位精神分裂症患者，母亲先天残疾，长年卧床。他5岁时被查出先天性心脏病，母亲坐着轮椅为他借钱做手术。懂事的庞众望靠捡废品补贴家用，一捡就是6年。2017年，庞众望以优异成绩被清华大学录取。生活的艰辛没有打垮他，反而磨砺出他坚韧不拔的意志。大学期间，他拒绝社会资助，利用假期做家教攒学费，用自己的双手争取未来。在逆境中绽放的生命之花，往往更加绚烂夺目。从捡废品补贴家用的少年到清华大学的博士生，庞众望用自己的努力和坚持，打破了“寒门难出贵子”的陈规。

这些“寒门贵子”，经历了生活磨难，尝到了人生艰辛，他们深知，与其依靠别人，不如强大自己，即使别人帮你，也只能帮你几次，路最终还得靠自己走。他们的故事，不仅是对自强不息精神的赞美，更是对每个奋斗者的鼓舞和激励。同时还告诉我们：无论身处何种环境，只要心怀梦想，自强不息，就一定能闯出一片属于自己的天地！

网友转发了一个帖子："当庙宇的大门要买票才能进入的时候，我便不相信佛了；当古寺的屋顶安装了避雷针，我便知道佛也渡不了人。于是我明白了，佛不渡人，人唯自渡。"《易经》中说："自天佑之，吉无不利。"作者周文王把"自"放在"天"之前，是在告诉人们：自己应该先努力，老天才会来帮忙。国学大师季羡林说："人间万千光景，苦乐喜忧，跌宕起伏，除了自渡，其他人爱莫能助。"人生路上，没有人会主动叫你起床，也没有人会给你买单，你需要自我管理，自我约束，自我突破。

虽然乌云密布，但手中有伞，眼中有光，身体无恙，雨再大终会看到彩虹；虽然路途遥远，但车子有油，卡里有钱，手机有电，跑得再远也有安全感。再牛的副驾驶，都不如自己紧握方向盘。记住革命导师列宁的话："如果把下雨的权力交给一个卖伞的人，你觉得还会有晴天吗？"

给心灵减点负

春天的清晨，我漫步街头，几个园林工人正在修剪树枝，只见被修剪后的树干直插天空，早晨的阳光通透地洒了进来。我凝望大树，浮想联翩，人的心灵不也像一棵树，会有枝叶过繁遮挡阳光的季节，也需要修剪心灵的杂枝吗？这些挡住心头的杂枝，就是追求太多的物欲、怀恋太强的虚荣、腹有太盛的牢骚、心有太稠的哀怨。物欲是一个累赘，使人不堪重负；虚荣是一种心负，压抑人性的张扬；牢骚和哀怨则是自织的罗网，让人苦苦挣扎不能自拔。在这个灰色的季节里，就需要给心灵修剪杂枝，去掉身上的累赘，保持身心的轻盈与自由，让明媚的阳光洒进心田。

有一则寓言：狐狸看见狮子迎面走来，便上前打招呼，狮子没有理它。狐狸心里直犯嘀咕，我是不是得罪了它？由于想得太入神，不小心掉进了陷阱。它不是马上想办法跳出去，而是想这个陷阱肯定是狮子设计的，即使逃出去，也会被吃掉。于是，它心灰意冷，放弃自救，最后饿死在陷阱里。狐狸本来是有机会活命的，就是因为想得太多，让自己陷入绝境。人何尝不是如此，有时候，一个人过得不好，不是条件不好，而是想得太多。

美国社会心理学家费斯汀格曾提出一个著名论断，即“费斯汀格法则”：生活中的10%是由发生在自己身上的事情组成，另外的90%则取决于你如何应对。换言之，生活中有10%的事情是无法掌控的，而另外90%是可以掌控的。生活什么样，就看你怎么想、怎么过。若整天被嘈杂的外部环境影响，内心就会变得杂乱不堪。人活一世，要经历许多事情，就是在这种世事变化里感悟生活的真谛，在酸甜苦辣中品尝人生的哲理。当你能在浮躁的世界里，沉下心来感悟人生、感悟生活，就会感知更多的快乐。

北宋大文豪苏轼的好友王巩，字定国，因受苏轼“乌台诗案”的牵连，被贬谪到岭南宾州，家中歌妓柔奴又名寓娘随行前往。5年后即公元1083年，王巩北归，苏轼设宴为老友接风，柔奴相伴赴宴。苏轼问及岭南风土，柔奴轻声答道：“此心安处是吾乡。”苏轼听后深受感动，随即写下了《定风波·南海归赠王定国侍人寓娘》词：“常羡人间琢玉郎，天应乞与点酥娘。尽道清歌传皓齿。风起。雪飞炎海变清凉。万里归来颜愈少。微笑。笑时犹带岭梅香。试问岭南应不好。却道。此心安处是吾乡。”该词通过赞扬柔奴身处逆境而安之若素的可贵品格，抒发了作者在政治逆境中随遇而安、无往不快的旷达襟怀。特别是那句“此心安处是吾乡”，没有一丝幽怨之意，反映出了柔奴相信“所爱之人在何处，家便在何处”的生活理念和爱情信条。这首词也使王巩与柔奴的爱情故事恒久流传，感动世人达千年之久。人生既有欢歌笑语，也有忧愁烦恼，若把生活中的点滴视为小确幸，恬淡随心，就能把每天过成诗样的生活。

劝人的话都会说，却常常开导不了自己；大道理都懂，遇到事却怎么也想不通。很多时候，为了过往的种种不甘和遗憾而伤怀，为了当下的某种想法和目标不能实现而纠结，给了自己太多的压力和负担。生活里有很多烦恼都是自找的，得不到的不如不要，留不住不如放手，消除过多的杂念与欲望，减轻心理上的压力，人生才会变得简单而快乐。我们都是时间的过客，时间一到，该老的老，该走的走，生不带来，死不带去，何苦给心灵上那么多枷锁。温饱无虑就是幸事，无病无灾就是福泽，至于其他，有则锦上添花，无则依旧风华。

放下得失，方能自在。人生就是一个不断得到和失去的过程，珍惜所有的不期而遇，看淡所有的不辞而别。有些东西不必追求完美，有些事情不必太过执着。在有限的时光里，把得失看轻一点，把苦痛看淡一点。行走在人生的旅途中，重要的不是目的地，而是沿途的风景和看风景的心情。

放下伤痛，方能蜕变。明正德年间，王阳明上书直谏，惹怒了宦官刘瑾，被廷杖四十，打入大牢，后被贬至贵州龙场。上任途中又遭暗杀，幸装死才得以逃脱。他心灰意冷，幽暗之际遇一道长解惑，从此放下幽愤，直面人生，创立心学，成为中国历史上立德立言立功“三不朽”的圣人。没有人不辛苦，只是有人不喊疼；没有人不流泪，只是有人不啼哭。当看清人生的本质，就要鼓起勇气，放下伤痛，去创造美好的未来。

放下过去，方能潇洒。明朝哲学家王文成说：“过去未来事，思之何益？徒放心耳！”过去的事情已经发生，未来的事情还没到来，想有何用？人生多苦于两件事：想要的得不到，得到的却失去了。每个人都有过去，未必能忘掉，但一定要放下。沉溺在回忆中过不好现在，只盯着遗憾看不到未来。所有的经历都是一种修炼，有些事不是不在乎，而是你越在乎痛得越厉害。一颗心不再懦弱，是因为饱经风霜；一个人特别坚强，是因为无处依靠。没有什么能把一个穿越疾风暴雨的人再次打倒，也没有什么能把一颗饱经沧桑的心再次刺痛。相信水到悬崖是飞瀑，人到绝境是重生。

猫喜欢吃鱼，可猫不会游泳；鱼喜欢吃蚯蚓，可鱼不能上岸。上天给了你很多诱惑，却不让你轻易得到。遇到难事，挺一挺就过去了；心中酸楚，笑一笑就释怀了；悲痛伤心，忍一忍就坚强了。今天再大的事，到明天就是小事；今年再大的事，到明年就是往事；今生再大的事，到来世就是故事。不要苛求别人都对自己好，也不要苛求别人都对自己不计较。生活中总会有人对你说三道四，要学会不在意，因为你不是为别人活着。

国学大师张其成说：“少年读《论语》，修身成人以立业；中年读《道德经》，放下虚妄以逍遥；老年读《六祖坛经》，明心见性以知往。”战友送我一本《六祖坛经》，书中有句话印象深刻：“一切福田，不离方寸。从心而觅，感无不通。”意思是世间纷扰，皆由方寸心田而起。放下执念，净化内心，就什么事都想通了。物随心转，境由心造，有些事情无法改变，但能改变自己的心态。人生无圆满，曲折亦风景，看开想通就是完美。作家余华在《活着》中写道：“人生就是一个过程，不管你愿意不愿意，这个过程都要走完。”最初我们来到这个世界，是因为不得不来；最终我们离开这个世界，是因为不得不走。当你在任何时候都能坦然面对人生的悲与喜，才算真正悟透了生活。

浙江杭州灵隐寺有一副对联：“人生哪能多如意，万事只求半称心。”语言朴实，富含哲理，历经1700多年，点醒了无数世人。“半称心”不是无奈和消极，而是一种豁达和智慧。这种“半称心”的生活和随遇而安的心态，被林语堂先生称为“中国人所发现的最健全的生活理想”。宋代词人黄庭坚也写了一首《四休导士诗序》：“粗茶淡饭饱即休，补破遮寒暖即休，三平二满过即休，不贪不妒老即休。”人生要想真正幸福，就要珍惜拥有，懂得知足。

平平淡淡才是真，平平安安才是福，只有平淡，才能活得坦然，过得安稳。没有人因为水平淡而厌倦饮水，也没有人因为生活平淡而摒弃生活。老戏骨游本昌说：“我们只是个打工挣钱的普通人，所以有很多事情都不要太在意，上班好好工作，下班好好休息，有人说你好也罢坏也罢，时刻提醒自己，在别人眼里，你什么都不是。”这话说得太通透了。没有一朵花，从一开始就是花，也没有一朵花，到最后还是花。花开花落，周而复始，这是花的自然生命，亦是生活的自然本色。其实人活得就是一种心情，生活就应该“宠辱不惊，闲看庭前花开花落；去留无意，漫随天外云卷云舒”，花开花落，一个“闲”字，尽是洒脱；云卷云舒，一个“漫”字，尽显豁达。

无为而无不为

“顺其自然，无为而治”出自《道德经》。老子认为：“我无为，而民自化；我好静，而民自正；我无事，而民自富；我无欲，而民自朴”，并且强调“无为无不为”。

庄子在《应帝王》中写了一个典故：上古时期，南海的帝王叫儵，北海的帝王叫忽，中央的帝王叫混沌。儵和忽经常来混沌处聚会，他俩对混沌说：“人都有七窍，唯独你没有，我们试着替你凿开。”于是，他们就替混沌开七窍，一天开一窍，开到第七天，混沌就死了。儵和忽的“有为”害死了混沌。逆势而上，扼杀天性，不如遵循规律，顺其自然。

无为，是不对抗世界。据史书记载，有一次孔子带弟子去吕梁游览，看到一处瀑布水流湍急。孔子远远看见一个男子在水里，以为这人要寻死，就带着弟子赶到下游去找。没想到这个男子在水里潜游了一段距离，悠哉游哉地从水里出来了。孔子问为何能在这么湍急的水里游泳。男子说：“我跟着旋涡一起沉到了水底，又跟向上的涌流一起浮出水面，顺着水势不用太使力就游上来了。”保持无为状态，不挣扎不对抗，就是他游泳的秘诀。人生路上总会遇到沟壑峡谷，如果一味对抗，会在碰撞中逐渐耗尽自己的能量。著名记者周轶君说："年轻的时候，总想逆流而上，年纪大了，才明白要顺势而为。"学会无为，下坡走马，顺风使船，只有乘长风才能破万里浪。

无为，是不内耗自己。庄子在《南华经》里讲了一件逸事：有个人走在路上，无意中看到自己的影子与足迹，以为遇到了鬼，吓得飞跑起来，结果跑得越快，影子追得越紧，最后筋疲力尽而死。庄子说："为外刑者，金与木也；为内刑者，动与过也。"外在的痛苦来自刑罚，内在的痛苦源于内心，人的许多内耗都是杞人忧天。

无为，而无不为。苏轼有一次渡海，途中遇到风浪，许多人晕船了，苏轼却一切如常。别人不解，苏轼说："莫与之争，而听其所为。"顺其自然，任凭风大浪急，身体随船起伏，而不去刻意做什么，这是乘船的法门，也是做人的智慧。世事无常，很多是非人力所能为，学会无为，才能无不为。中国文化传播者意公子说："无为，是电量满格的有为。"无为不是消极摆烂，而是把生命的能量从纠结和执念中收回来，不再对抗世界，也不对抗自己。只有这样，才能以无为心，行有为法。

莫言说，人生有四然：来是偶然，去是必然，尽其当然，顺其自然。出生不能选择，死亡无法逆转，人生很难掌控，只有顺应生活，才能驾驭生活。遵从本心，是人生常态，也是源于自身的天性和内心的渴望，既要接受，也要面对。比如，太阳东升西落，一年四季转换，白昼黑夜交替，飓风云盘旋转等，世间万物都有自己存在的规律，人类能够改变的概率很小，对不可逆的东西何必白费力气呢？朝代更替，沧海桑田，该存在的仍然存在，该消失的早已消失。有的人觉得这样太过消极，其实不矛盾，该奋斗时还要奋斗，该享受时就要享受，即顺其自然，争其必然。

《道德经》中讲："祸兮福所倚，福兮祸所伏。"祸福相倚，得失相伴。人生在世，得之我幸，失之我命，对发生的一切都用一颗平常心去面对。

古人说：“名与身孰亲？身与货孰多？得与亡孰病？”有的人为了争名夺利，费尽心机，耗尽力气，几近疯狂，甚至不惜丧失人格，出卖朋友。殊不知，命里有时终须有，命里无时莫强求，若不择手段强取豪夺，即使得到了也不会长久，甚至会给自己带来灾祸。人生短暂，盛衰荣辱转瞬即逝，功名利禄昙花一现。谁都不是岁月的常青树，付不起失去光阴的代价，与其被太多想得却得不到的东西左右，不如屏蔽纷扰，从烦琐苦闷中抽身，尽人事，听天命。真正的幸福，是生活在鸡零狗碎的光阴里，无须刻意，悠然自得，把平凡的日子过得诗意而温馨。

顺其自然，无为而治，心宽一寸，路宽一丈。《庄子·天下》中说：“常宽容于物，不屑于人，可谓至极。”若常为琐事纠结，算计得失利弊，只会滋生怨恨。人活于世，追求的是平静安逸，唯有心胸宽广，才能生活安稳，前路坦荡。著名画家俞仲林绘制的牡丹栩栩如生，一位买家发现画缺失了一边，便问：“牡丹象征着富贵，缺了一边，那富贵就不完整了。”俞仲林答：“牡丹代表富贵，缺失一边，不正意味着富贵无边吗？”买家高兴地买走了画。其实画未变，变的是人的心态。

顺其自然，无为而治，才能轻松自在简单生活。简单不是安于现状，故步自封，而是于颓废中睁眼，从灰烬中重燃，在俭朴的生活中持有诗意的梦想。也不是含光混世，草率人生，而是在阅尽世事的荣与损、尝遍生活的苦与乐之后，过一种轻松自在、简单朴素的生活。

顺其自然，无为而治，才能鼹鼠饮河知足常乐。知足不是停止进步，不是放弃理想，而是没有过多的欲望和私心，看淡财富，看轻名利。知足就是放下不值得的事，不眼红比自己富裕的人，不羡慕比自己幸福的人，不嫉妒比自己优秀的人，珍惜拥有，自得其乐，这也是做人的一种智慧和成熟。

顺其自然，无为而治，才能内心阳光乐观豁达。每个人对生活都有美好的渴望，谁都希望活得精彩，被社会认可，被大家尊重，这无可非议。

当遇到挫折和不顺心的事，产生一些情绪，这也很正常。我们都是普通人，都有七情六欲。面对挫折和困惑，应以平常心态去接受，以豁达心态去面对，以平静心态去处理。若把心放平了，那生活就是一泓平静的水；若把心放轻了，那人生就是一朵自在的云。如此，才能让心情行走在阳光之下。

顺其自然，无为而治，才能恬然自得福寿年高。《增广贤文》中有两句广为传颂的警句："知足常足，终身不辱；知止常止，终身不耻。"明代有个叫胡九韶的人，家境贫困，边教书边耕作，仅能维持温饱。每天黄昏，胡九韶都要焚香叩拜，感谢上天赐给他及家人的清福。妻子讥笑他："我们一天三餐都是菜粥，怎么谈得上是清福？"胡九韶说："我首先庆幸生在太平盛世，又庆幸全家人吃穿不愁，还庆幸床上无病人、狱中无亲人。这不是清福是什么？"

凡事尽力而为，而后顺其自然。如果有缘，错过了还会再来；如果无缘，相遇了也会离开。幸福其实很简单，知足也不难，就是自己手里有一颗糖，眼睛就不要盯着别人手中的那一颗。对拥有的满足和珍惜，对得不到的释怀和放下。没有不幸福的生活，只有不知足的贪念。弱水三千，只取一瓢，足矣！

慎独不欺暗室

“慎独”一词出自《礼记·中庸》：“莫见乎隐，莫显乎微，故君子慎其独也。”意思是一个人在独处时，也要自觉遵守道德法规，不因无人在场而干坏事。“慎独”是儒家倡导的一种道德修养方法或境界，称之“慎独为入德之方”。南宋学者朱熹曾对此做过诠释：“君子慎其独，非特显明之处是如此，虽至微至隐，人所不知之地，亦常慎之。小处如此，大处亦如此；明显处如此，隐微处亦如此。表里内外，粗精隐显，无不慎之，方谓诚其意。”

“不欺暗室”见于《列女传·卫灵夫人》：“蘧伯玉，卫之贤大夫也，仁而有智，敬以事上，此其人必不以暗昧废礼，是以知之。公使视之，果伯玉也。”说的是春秋末年，卫国大夫蘧伯玉饱读经籍，素性忠恕，不会在大庭广众之处信誓旦旦，也不会在无人之处改变操守。而且富于自省，每天都会思考前一天所犯的错误，每年都要思考前一年的不足，到了50岁仍然在思考之前所犯的过错，“年五十而知四十九年非”。孔子对他十分赞赏，说他是卫国品行最端正的士大夫。唐代骆宾王在《萤火赋》中也说："类君子之有道，入暗室而不欺。"意思是萤火虫在暗处也一样发光，如同有道德的君子，即使在无人看见的地方，也绝不做见不得人的事。

人们常用"君子慎独，不欺暗室。卑以自牧，含章可贞"来形容一个人在独处时，即使别人看不见听不到，也谨慎不苟，不负良知，不欺内心，不做违反道德法规之事。最隐蔽的事情最能体现一个人的品质，最细微的小处最能看出一个人的灵魂。"君子慎独，不欺暗室"，简言之，就是要做到四个"如一"。

言行如一，为情操。《论语·为政》中记述了一段对话。子贡问老师孔子如何做一个君子，孔子曰："先行其言，而后从之。"意思是先做好你想说的，之后再把它说出来。儒家以推行仁政为己任，把道德教化作为实现这一理想的重要渠道，而德不仅要言传，更要身教。孔子作为儒家的一代宗师，不仅建立了一个以仁为核心的伦理思想体系，把社会道德规范集于一体，更是率先垂范，积极践行。如果不先行其言就夸夸其谈，用自己没有验证的理论来教育和说服别人，只会适得其反，如他所言："巧言令色，鲜矣仁！"

心口如一，为良知。"心口如一"是个成语，出自宋代汪应辰《题续池阳集》。心与口是人发话的两端，按照佛家的观点，心为善生，口为妄生，唯有心口如一才是可信之人。有一次，曾子的夫人要出门，儿子闹着也要去，夫人说："你在家玩，我回来杀猪给你吃。"夫人回来后，看到曾子正在磨刀，责怪他："我是哄孩子的，你怎么当真了。"曾子说："如果说话不算数，他以后还会听我们的吗？"这世上信誓旦旦的人多，心口如一的人少。常言道：人善之首，即心口如一；口中所言，皆应出自肺腑；语出之理，也当极尽恪守。

表里如一，为品行。"表里如一"也是个成语，出自《逸周书·谥法解》，形容言行和思想完全一致。表里如一是待人处事的行为准则，千百年来一直被视为做人的美德之一。

始终如一，为坦荡。从前有个赶考秀才，路过一片桃林，虽然又饥又渴，但也没有摘桃子。事后有人问何故，他只说了八个字："桃李无心，吾心有主。"这位秀才就是金末元初的著名政治家、思想家、教育家和天文学家许衡。他的行为不愧为君子，在别人看不见的时候，也始终恪守道德，活得坦荡，问心无愧。

慎独，是衡量道德水准的试金石。慎独，就是"慎心"，在各种诱惑面前，靠"心"把持自己，不管是酒色财气，总归"吾心有主"，不为所动；慎独，就要"慎始"，做任何事从开始就要十分谨慎，如果起始就随性轻率，其结局可想而知；慎独，还要"慎终"，"慎终如始，则无败事"。两千多年前的一天，在鲁国为相的公仪休议事归来，见弟子正准备做鱼。便问："非年非节，为何买鱼？"弟子笑道："别人送的，没人看见。"公仪休教育弟子："你不是看见了吗？我虽嗜鱼，但今天若吃了这条'礼鱼'，从此一发不可收，总有一天会丢掉相位，甚至有牢狱之灾。"

少年时代的徐溥，经常反省和检点自己的言行，在书桌上放了两个瓶子，分别贮藏黑豆和黄豆。每当产生一个善念、说出一句善言、做了一件善事，便往瓶中投一粒黄豆。若是言行有失，便投一粒黑豆。后来为官，仍保留着这一习惯。凭着这种持久的约束，不断完善自己的品行，成为德高望重的明代四朝宰相。敷衍门面的君子好当，光明磊落的君子难做。小心谨慎，做自己的监视器，将探照灯直入内心，不自欺，不欺人，人前正直，人后正派，众处正心，独处正念，做一个真正的君子。

有位朋友到泰国旅行，在货摊看到许多小纪念品，他选中后问价，女摊贩回答每个100铢。他还价60铢，她不同意："我每卖出100铢，老板才给我10铢报酬。若60铢卖了，我就赔了。"朋友说："你卖给我60铢一个，我额外给你20铢，比老板给的还多，而我也少花些钱，对咱俩都有好处。"她摇摇头。朋友又补充道："别担心，老板不会知道的。"没想到她坚定地说："佛会知道。"

举头三尺有神灵，这是人类共知的俗语。信者，敬天守法，惭德愧行；不信者，无法无天，为所欲为。其结果必然是天网恢恢，善恶有报。不要以为自己做了坏事、亏心事、昧良心事，没人知道。你或许可以骗得了一时，但骗不了一世，早晚会被曝光；你或许可以骗得了人，但骗不了神，迟早会遭报应。当然，在无神论者看来，这些都是封建迷信，谁看见神了？他们坚信眼见为实。据不完全统计，全世界80亿人，超过半数的人信仰宗教。信仰宗教的人当中，不乏西方的一些政治达人和著名科学家，他们相信神灵在监控人类的一切，而且记录在案。犹如今天的监控镜头，只是人类行为的监控器掌握在神灵手里，你的善恶被看得一清二楚，迟早会得到相应的奖惩。

其实，看不见不等于不存在。生活中须臾不可或缺的电，你能看见吗？穿越空中的无线电波，你能看见吗？无处不在的磁场，你能看见吗？危害人类健康的细菌和病毒，如果不借助显微镜，你能看见吗？这些肉眼看不见的东西，难道都不存在吗？科学家已经证实，人类看得见的物质是“显物质”，只占空间的4%，还有96%是看不见、摸不着的“暗物质”“暗能量”。这还只是指人类所存在的四维空间，还有第五、第六空间呢。

即使你不相信神灵，人民这个“上帝”却是实实在在的，你的所作所为，老百姓这个“天”也在看。“天地之间有杆秤，那秤砣就是老百姓”，你做了坏事，即使身居高位，不可一世，但老百姓仍然看不起你。你的生前身后都会遭人唾骂，子孙后代也会抬不起头。比如，南宋大奸臣秦桧在杭州西湖下跪至今，近代大汉奸汪精卫墓被民国政府炸毁，千百年来，他们不仅被后人唾弃，后代也倍感羞愧。秦桧有位后人叫秦　，是清朝乾隆年间的状元，被朝廷派往杭州做抚台。上任后，他每到西湖见自己祖先跪于岳王墓前，便羞愧万分。有天夜里，他派人偷偷将秦桧的铁像扔进西湖，不料第二天被百姓发现，涌进抚台衙门告状。无奈之下，只好让人把铁像打捞出来放归原处。某日，他陪同老师袁枚游岳王庙，走到赤身长跪的秦桧雕像前，挥笔写下了“人从宋后羞名桧，我到坟前愧姓秦”。意思是自从宋朝之后，人们起名字的时候，都很少带“桧”字，今天我到了岳飞墓前，因为自己姓秦而感到羞愧。汪精卫的小儿子汪文悌，有一次从香港回浙江绍兴老家祭祖，走进汪氏老宅，最先映入眼帘的是父母的跪像。他说：“做错了事情，就应接受惩罚。”说完转身就离开了。历史就是历史，它的作用就是能够给后人一些警示。

放下才能自在

人在自己的哭声中来到世间，在别人的哭声中离开世界，这中间就叫人生。人生本就不易，如果有了过度的期待和过重的心思，生活会变得越来越累、越来越苦。而且过度的期望，往往会带来极度的失望，不仅徒增烦恼，还可能压垮自己。作家莫言说："人生在世，能干扰你的，能折磨你的，往往都是自己太在意的；能伤害你的，往往是自己想不开的。"人生之苦，苦在执着；人生之难，难在放下；人心之烦，烦在计较。生活中你在意什么，什么就会折磨你。心若不动，风又奈何；你若不伤，岁月无恙；你若平和，无人可恨；你若不究，无人能扰。

福建泉州开元寺有一块石头，上面刻了一个大大的"心"字。这个"心"中间上边的那一点没放在"心"上，被移到"心"下了。许多人以为写错了。其实不然，中国文字博大精深，悟透了方知是哲理。三点均在上，多心多烦忧，少一点少操心，一点不放更舒心。将心中的疑虑和烦恼移至下方，寓意"提起千般烦，放下万事空"。据当地朋友介绍，这块"放心石"是唐代之物，其设计理念反映了古人对于内心平静与超脱的理解。

万缘放下，一念不生；一念放下，万般自在。

心理学家曾做过一个很有意思的实验：他们找到一些不同年龄段的人，让这些人把未来七天内所有忧虑的“烦恼”写下来，然后投进“烦恼箱”。三周后，心理学家打开“烦恼箱”，让这些人核对自己写下的“烦恼”，结果有九成的烦恼没有发生。更有意思的是，心理学家把余下的一成“烦恼”重新投入箱中，三周过后再核对，发现所有担忧的烦恼早已不复存在。由此可见，人生的很多烦恼都是杞人忧天，想得越多顾虑越多，生活也就越累。

人活一辈子，总会有人批评你、讨厌你、非议你、诋毁你。倾听别人意见是对的，但也别太在意。别人永远是你生活的旁观者，只有你才是自己的掌舵人。你又不是人民币，哪能让所有人都满意呢？若是别人的一两句话就能让你陷入情绪的旋涡，痛苦的只能是自己。外界的批评也好，表扬也罢、辱骂也好，恭维也罢，再多的声音过段时间都会风吹雾散。该听的话，听后三思；不该听的话，听后即忘。一个人的价值来自自身，而不是别人的评价。特别是为一些不值得的人和事大费周章，扰乱生活，得不偿失。挺不过，会被岁月碾压；挺过了，会被岁月装饰。

健忘是一种病态，善忘是一种智慧。人的记忆，如同U盘，容量有限。只有抛弃不重要的东西，才能保存有价值的印记，比如，对于那些令你不快的面孔，握别即忘；对于那些令你烦恼的事情，事过即忘；对于那些令你伤心的场景，转身即忘。人生就是一本沉重的百年挂历，每天撕掉一张，就能减轻负担。对于生活，不要只想着填满，更要懂得留白。当然，有些东西是不能丢掉和忘却的，比如初心，比如恩情。从这个意义上讲，善忘也是一种能力。

印度作家泰戈尔曾说：“如果错过了太阳时你流了泪，那么你也要错过群星了。”人若执迷于过去的得失和遗憾，只会在痛苦中消耗自己。事情已经发生，一味地后悔，既无益也无用。只有放下过去，才能书写未来。巴金在《家》中写道："过去的事情，应该深深埋葬起来。我们只应该看现在、想将来。"有一次球队获胜，迈克尔·乔丹沾沾自喜，教练却阴沉着脸说："你今天根本没有突破自己。要想变得更好，必须学会淘汰昨天的自己！"这一"胜利之骂"让乔丹惭愧至极，他说自己能有后来的篮球巨星地位，关键在于不断淘汰昨天的自己。往日的成绩也好，失误也罢，都永远属于过去。正如明代思想家袁了凡在《了凡四训·立命之学》中所写："从前种种，譬如昨日死；从后种种，譬如今日生。"

《后汉书·岑彭传》中说："夫建大事者，不计小怨。"心中有了怨恨，生活便有了阴暗。如果你是蚂蚁心态，一粒沙子都是障碍；如果你是雄鹰心态，高山峻岭也敢飞越。心小，任何事情都是大事；心大，任何事情都是小事。有的人太在乎别人的感受，等于为别人活着。只要别太自私、别太自负就好，不要把自己神话了，因为你照顾不了所有人的感受，只会加重自己的心理负担。

人生不比花开花落，今年败了明年再开，生命只有一次，不会再有来生。这辈子能遇见，是上天安排的缘分，是冥冥之中的定数。不论是达官贵人还是平民百姓，都逃脱不了命运的轮回。若干年后，谁还认识谁？无论是父母、夫妻、儿女还是朋友，一旦失去，连埋怨吵架的机会都不会再有。有多少悔恨的眼泪是因为失去了而流，有多少心中的苦痛是因为不珍惜而生。别背负得太多，也别亏欠得太多，善待身边的每个人，因为一旦错过，就可能永远失去。

余华在《活着》中说："没有什么比时间更具有说服力了，因为时间无须通知我们，就可以改变一切。"世间之事无论好坏，都会随着时间的推移，变成一种经历、一个故事、一个传说。那些魂牵梦绕、刻骨铭心的过往，终将被时间磨平；那些曾经以为一辈子都不会忘记的人、不能释怀的事，随着时间的流逝会被渐渐放下。若实在放不下，就让岁月替自己轻描淡写。

近读台湾学者许倬云先生写的《往里走，安顿自己》，受益匪浅。他所说的“往里走”的“里”，就是“内心”。许倬云生而残疾，8岁以前不能走路，8岁以后只能坐在凳子上，老了又疾病缠身，一生历经磨难。他坦言：“如果不往里走，我活不到今天。”他说：东坡先生一生被数次发配，越走越远，越走越苦。若干年后，他见到了害他半生飘零的政敌时，内心淡定，已无恨意。这不是东坡先生逃避人生，而是找到了安顿自己内心的境界。如果有人伤害了你，不要太悲伤，也不要感谢伤害你的人，因为他们根本没有做让你成长的事，让你成长的是你的反思和坚强，应该感谢自己和帮助自己的人。对于那些伤害你的人只有一句：老子现在过得好得不得了。

道家学派创始人老子说：“持而盈之，不如其已。”一个盛满水的容器，你端起来就走，水肯定会洒出来。中国人做事特别在意“满”。战国时期魏国国君魏武侯问中山相李克：“吴国那么强大，为什么后来灭亡了？”李克说，因为吴国“数战数胜”。魏武侯不解。李克解释：“连年征战，百姓苦不堪言，心生怨恨。每次都打赢，国君会野心膨胀，继而将财力物力全部投入战争，最后国力被消耗殆尽，必然灭亡。”一位企业家做报告时，有人提问：“你成功的秘诀是什么？”企业家在黑板上画了一个留有缺口的圆：“我不会把事情做得很圆满，就像这个有缺口的圆，让下属去充填它。”做人做事不能太满，这既是生活经验，也是人生智慧。

在岁月中跋涉，每个人内心深处都藏有自己的故事。看淡了，心境才会秀丽；看开了，心情才会明媚。累时歇一歇，随清风漫舞；烦时静一静，与花草凝眸；急时缓一缓，对自己微笑。生活中能够左右快乐与幸福的因素很多，透彻的人懂得放弃，觉悟的人懂得超脱，睿智的人懂得宽容，大度的人懂得牺牲。世上没有什么放不下的，也没有什么过不去的，尽力了就不必遗憾，尽心了就无怨无悔。网上有一段话：“有一种智慧叫放下，有一种心态叫放宽，有一种善待叫放手，有一种表达叫放声，有一种快乐叫放达，有一种处世叫放弃，有一种轻松叫放逐，有一种自在叫放心。”若能真正做到这“八放”，人生就会安然无恙，轻松自在。因为人生除了健康，其他都是浮云。

如何应对宵小

有人问作家余光中："该怎样应对那些天天找你茬的、追着你骂的人？"余光中答："他天天骂我，证明他生活中不能没有我。而我不搭理，证明我的生活可以没有他。"对待宵小之徒，最好的处理方式就两个字：不理。你越搭理，对方越肆无忌惮；你越在意，自己越焦虑。正如作家莫言所说："我们风尘仆仆地来到这个世界上，不是为了不喜欢的人而活。"

禅院里，小和尚看到一棵树快枯萎了，问师父："怎样才能救活它？"师父说："不用救，让它自由离开就好。"小和尚不甘心，每天坚持浇水，可树叶还是落了。小和尚顿悟：在错误的事情里挣扎，即使你付出得再多，最后也没有结果。仔细想想，生活中遇到的那些糟糕的人和事，就像那棵枯萎的树，不管用什么办法，都无法改变事情的结局。既如此，何必苦苦纠缠，不如尽快忘记。

对别人的嘲弄和讽刺，最有效的办法也是两个字：装傻，让他的嘲弄和讽刺变成对牛弹琴、对驴唱歌。作家扎西拉姆·多多在《喃喃》中写道："有人尖刻地嘲讽你，你马上尖酸地回敬他；有人毫无理由地看不起你，你马上轻蔑地鄙视他；有人在你面前大肆炫耀，你马上加倍证明你更厉害；有人对你冷漠，你马上对他疏远。结果你讨厌的那些人，轻易就把你变成你自己最讨厌的样子。这才是‘敌人’对你最大的伤害。”与一个“三观”不同、认知相左的人争论，除了浪费时间，消耗精力，别无所获，甚至还会将自己拉到和对方一个层次上。与小人计较，你会变成矬子；与无赖对骂，你会变成痞子。俗话说“宁渡七月鬼，不惹三季人”，你跟一个三季人说一年有四季，他打死也不会相信。因为到冬天他就冬眠了，哪能知道一年有四季呀。新东方高级教师李笑来讲过一段话：“这个世界上，有一群人坚信地球是平的，还为此成立了地平协会。当你拿着地球仪跟他说地球是圆的时，他会说这是人为造出来的。当你把宇航员在太空拍的照片拿给他看时，他会继续辩解，照片明明就是平的嘛。他非要把黑的说成白的，就算把事实摆在面前，他也不承认，存心给你添堵。”与这样的人较劲，你永远是输家。

电视剧《军师联盟》中有个情节：曹爽毫不顾忌同为辅政大臣的司马懿，逼郭太后迁宫，以此架空幼帝。司马昭忿忿不平地对父亲说：“曹爽太过分了，忍无可忍无须再忍。”司马懿问儿子：“曹爽比诸葛亮如何？”司马昭回答：“蝼蚁尔。”司马懿告诉儿子：“与愚蠢硬碰硬拼个头破血流，岂不更愚蠢？人这一生，难免和愚蠢为伍，要学会向愚蠢低头。”向愚蠢低头，不是懦弱，不是无能，而是能让自己全身而退。

人生在世，用别人的错误惩罚自己，是最不值得的行为。作家平开顺讲过一个真实的事：一天，有个年轻人把车停在他家楼门口的人行道上，路过的人不得不绕道走。平开顺的父亲好心劝说年轻人挪一下车子。可年轻人不但不挪，还骂老人“滚一边去！”他父亲瞬间血压升高，回家没多久就中风住院了。每当提及此事，平开顺就感慨：“我父亲犯的最大错误，就是试图用道理感化一个无赖。”感化一个无赖很难，但放过自己很容易。

鬼谷子是中国历史上一位极具神秘色彩的人物，被称为“千古奇才”。他曾说：“觉人之伪，不形之于色；吃人之亏，不动之于口。”讨厌别人虚伪，不要表现在脸上，心里明白就好；知道自己吃了亏，不用针锋相对，长经验就好。人这一生，从来都是君子易处，小人难缠。《管子·立政》中曰：“宁过于君子，而毋失于小人。过于君子，其为怨浅；失于小人，其于祸深。”宁可得罪君子，不能得罪小人。因为君子胸怀宽阔，不会计较，事了心即空；小人斤斤计较，伺机报复，让你防不胜防。据《史记》记载，公元前607年，郑国与宋国交战，宋军主帅华元为了鼓舞士气，出征前杀羊犒劳将士，忘了给自己马夫羊斟分一份，羊斟怀恨在心。交战时，羊斟把战车直接赶到郑军阵地，宋军主帅就这样被郑军活捉了。华元的被俘，印证了一句老话：“宁负十君子，不惹一小人。”

大唐名将郭子仪为大唐中兴立下了赫赫战功，他不仅打仗智勇过人，而且善于对付小人。一天，卢杞求见。郭子仪让家眷回避，郑重地接待了比自己官职小得多的卢杞。卢杞走后，儿子不解：“文武百官来访，您都是半躺在椅子上说话。一个小小的卢杞，何必如此隆重？”父亲说：“卢杞面容丑陋，但才华出众，更重要的是他为人刻薄记仇。让家眷回避，是担心她们见到面貌丑陋的卢杞会忍不住嬉笑。若得罪卢杞这种小人，哪天他得志了，咱们全家都要遭殃。”多年后，卢杞果然做了宰相，上位后立即报复那些曾经嘲讽过他的人，同为宰相的杨炎被他害死，著名书法家颜真卿被他陷害，唯独郭子仪幸免于难。有一年，郭子仪家的祖坟被掘，家人怒不可遏。可郭子仪却上奏唐代宗，说自己多年领兵打仗，杀人太多，今受天谴，还说“但臣为国之心，虽死无悔”。皇帝听了很受用。如此处理，家人和同僚都想不通，其实这正是他的高明之处。郭子仪一生历经七朝，辅佐四代皇帝，北宋史学家司马光评价他：“权倾天下而朝不忌，功盖一代而主不疑。”堪称中国历史上官场的一大奇迹。

《左传》有云：“人心之不同，如其面焉。”百人有百态，千人有千面，若心不同，就永远走不到同一条道上。日常生活中，不是所有人都讨你欢心，总有一些人让你看不惯，甚至让你讨厌。当遇到看不惯的人时，无须多说，浅交就行；当讨厌一个人时，不必翻脸，远离就好；当看透一个人时，不必揭穿，心知即可。不怒，不辩，不争，如此，才能化解矛盾，避免冲突，于人是一种善意，于己得一份安心。

南宋禅僧赜藏主编的《古尊宿语录》中记载，寒山问拾得："世间有人谤我、欺我、辱我、笑我、轻我、贱我、恶我、骗我，该如何处之乎？"拾得回答："只需忍他、让他、由他、避他、耐他、敬他，不要理他，再待几年，你且看他。"相传寒山与拾得是佛教史上两位著名诗僧，这段对话精妙绝伦，道出了为人处世的精髓，历经一千多年，至今仍然脍炙人口。别人无论怎么评价你，终究只是飘落的雨点，当你学会为自己打伞，雨再大也湿不了身。

修补心灵缺口

佛语说："物随心转，境由心造。"人们眼中事物的好坏，往往取决于心情。心里有阳光，身处逆境也不会绝望；心里有阴霾，顺风顺水也会翻船。其实，生命本身是纯粹而干净的，只是在成长过程中渐渐沾染了太多的灰尘，遮住了心里的阳光。

据有关资料介绍，中外研究人员曾对1420名百岁老人进行调查研究，发现这些老人之所以能长命百岁，很重要的一个因素是有一个好心态。俗话说"药疗不如食疗，食疗不如心疗"，养生的最高境界就是养心。情绪不好，所有的养生都是徒劳。一生多病的曾国藩，历经惊涛骇浪，活到了62岁。这个年龄在今天看来并不高寿，但在一百多年前，已远远超过了国人的平均年龄。正是这个原因，曾国藩的养生之道才引起了人们的关注。他说："治心以广大二字为药，治身以不药二字为药。"要旨是养生以治心为主，以不药为准。治心的关键是去忿去欲，治身的关键是去暴去慢。修好自己这颗心，就能百病不侵。

其实，每个人的心里都有缺口，若能及时修补，不仅会改善情绪、有益健康，也能改变命运。被称为“白发才女”的张允和，出生时没有哭声，被认为是死胎，还是祖母不舍，用烟呛她才哭出了声。她40岁时患有严重的心脏病，专家诊断“活不过50岁”。可张允和没有心灰意冷，没有沮丧颓唐，而是以积极的心态和坚强的意志与疾病作斗争。她给自己定了三条原则：不拿自己的过失埋怨家人，不拿自己的过失惩罚自己，不拿别人的过失伤害自己。靠着这种心态，不仅跨过了50岁的大坎，还活到了93岁高龄。古人云：“天劳我以形，吾逸吾以心补之。”聪明的人，从不因为生活的苦难而郁郁寡欢，因为与沮丧为伍，生命只会日益憔悴。

教育家陶行知说：“大雨过后有两种人：一种人抬头看天，看到的是蔚蓝和云彩；一种人低头看地，看到的是淤泥和水洼。”决定你是否幸福并不是事情本身，而是对事情的态度。杨绛先生一生跌宕起伏，年轻时经历过牛鬼蛇神的时代之苦，年迈时饱尝天人永隔的锥心之痛，面对过去的痛苦与外界的纷扰，她总能从杂乱的生活里寻找到内心的从容与淡定。她说，人到了一定年纪，最好的活法是：关起门，拉好窗，扫净屋。我再加两句：守低处，自知明。

关起门。20世纪90年代，杨绛的丈夫钱钟书和女儿钱瑗相继离世，原本幸福美满的三口之家，顷刻间独剩杨绛一人。面对生离死别，杨绛并未沉湎在痛苦中，而是尽快修补心灵，收拾情绪，全身心投入创作中，生活丰富而充实。生活中，常常看到有人无休止地抱怨，之所以这样，无非是放不下、看不透、忘不掉。有一个故事：英国前首相劳合·乔治和朋友散步，每经过一道门都会把门关好。朋友不解，乔治解释道：“当你关上身后的门，就意味着把过去的一切抛在了身后，无论是成就还是失误。然后，你又可以重新开始了。”乔治正是凭着这种精神一步一步走向成功，登上了英国首相的位置。爱尔兰共和国前总统玛利亚·罗宾森也说：“没有人可以回到过去，但每个人都可以从现在开始创造全新的未来。”人的一生，一路风雨，一路坎坷，追悔莫及的痛苦、失之交臂的遗憾、无力挽回的辛酸，这一切就像门外的杂草与荆棘，若任它肆意疯长，只会荒芜自己的心灵。当你关起门，它们就无法用带刺的枝杈搅扰你今天的生活。

拉好窗。有的人喜欢打开自家的窗子，窥望别人家的生活。看别人光鲜亮丽，看自己一地鸡毛，一番比较，不是哀叹自己没钱，就是抱怨自己太平凡。杨绛笔下曾刻画过一个受诅咒的小女孩，某天不小心打开窗子，看到外面人的生活既自由又快乐，跑出去一看，并非自己想象的那样。而外面人得知她是受诅咒的女孩，都很羡慕。其实，谁家的锅底没有灰？人生万象，每个人都有自己独一无二的剧本，各有各的好，也各有各的难。别总跟别人比，比美貌，都会老去；比地位，都会失去；比财富，都会散去；比生命，都会离去。你有你的精彩，我有我的平凡，拉好自家的窗，过自己的日子就好。

扫净屋。哈佛大学商学院研究发现了一个有趣的现象：幸福感强的人，往往家居环境干净整洁；而不幸的人，通常生活在凌乱肮脏之中。在特殊年代，杨绛所住的牛棚满地灰尘，梁上挂满了蜘蛛网，晚上睡觉，跳蚤、虱子就在草席间穿梭，时不时叮上她一口。那些日子，杨绛彻夜难眠，人也逐渐抑郁。为了除去这些烦扰，她对牛棚进行了一次大扫除，随着牛棚被打扫干净，杨绛的内心也渐渐回归平静。现实中，工作的烦恼、生活的压力、关系的复杂，时常把人拽入内心烦躁的旋涡。此时不如沉下心来清理内心的灰尘，纷乱的思绪就会中止，堆积的坏情绪也会一并疏解。正如道教《清静经》所言："扫地扫地扫心地，心地不扫空扫地。"当你居住的环境干净了，心境自然也会亮堂起来。一旦内心敞亮了，自会气定神闲。

守低处。作家冯骥才说："低调是为了生活在自己的世界里，高调是为了生活在别人的世界里。"低调的人即便身居高位，即便才华出众，也会深藏几分，在他们身上看不到锋芒毕露的嚣张，有的只是韬光养晦的为人处世。不会因被夸耀就自鸣得意，也不会因被贬低而自我矮化，就像田野里的麦穗，虽低眉垂目，但根枝直挺，颗粒饱满。春秋时期的范蠡曾和文种合力协助越王勾践灭了吴国，范蠡功成身退，隐居江湖，安然无恙。文种贪恋高官厚禄，被人诬告，奉旨自尽。范蠡、文种都是一代名相，为什么结局却截然相反？只因为范蠡深谙高处不胜寒的道理。倘若没有压力，水是不会往高处流的；倘若没有操守，人是不会往低处走的。

自知明。老子在《道德经》中写道："知人者智，自知者明。胜人者有力，自胜者强。"唐开元元年，卢怀慎和姚崇同为朝廷宰相，卢怀慎自知不如姚崇，主动避让，由姚崇全权处理政务。有人讥讽他只吃饭不办事，是"伴食宰相"。卢怀慎虽然处理政务能力欠缺，但识人用人管人是长项。比如，他提出的县令任职不满4年不得提升、对地方官吏要定期考核等主张，至今仍有参考价值。司马光在《资治通鉴》中讲："姚崇是贤能宰相，卢怀慎一心配合，共同缔造太平盛世。"人贵有自知之明，卢怀慎的聪明之处就在于对自己有清醒的认识，从而找到合适的位置。

人间三千事，淡然一笑间。你站在一楼，有人骂你，你很生气；你站在十楼，有人骂你，你听不清，还以为他在给你打招呼；你站在一百楼，有人骂你，你放眼望去，只有风景。很多人过得不好，不是日子太艰难，而是心灵有缺口。不炫耀，不攀比，不强求，不纠结，就能修补这个缺口，活出属于自己的精彩。

圈子决定人生

晋代哲学家傅玄在《太子少傅箴》中写道："近朱者赤，近墨者黑。"很多时候，一个人有着怎样的命运，和他遇到的人有很大关系。与勤奋的人在一起，不会懒惰；与积极的人在一起，不会消沉；与智者同行，会不同凡响；与高人为伍，能登上巅峰。牌友只会催你出牌，酒友只会催你干杯。和谁在一起的确很重要，甚至能改变你的成长轨迹，决定你的人生成败。2024年谍战剧《暗夜与黎明》中的林少白与徐巍本是好朋友，由于阴差阳错，走入了不同的阵营。徐博临死前对林少白说："我错就错在跟错了人，你跟了共产党人陆正阳，我跟了军统特务郑兰亭，我们的结局注定大相径庭。"

科学研究表明：人是唯一能接受暗示的动物。积极地暗示，会对人的情绪和生理产生良好影响，激发一个人的内在潜能，发挥出超常水平，催人奋进。消极的暗示，会让人悲观失望，日渐消沉，变得越来越平庸，甚至走下坡路。给李嘉诚开了30多年车的司机要退休了，李嘉诚要送给他2000万元港币安享晚年。司机很感动："李总，为你这样的大企业家开车是我的荣幸，2000万我就不要了，5个亿的身价我还是有的。”李嘉诚吓了一跳，说：“你每个月的工资就几千港币，怎么会有5个亿？”司机说：“给您开车，我也学到了不少经商的经验，比如您在车里打电话说那个股票要涨，我也会买一些，您说那个地段要涨，我也去买一支，跟了您30年，我也就成了亿万富翁了。”正所谓：“跟着蜜蜂采花朵，跟着苍蝇找厕所；跟着千万变百万，跟着乞丐会要饭。”这就是圈子的功效。

一个人的身份高低，很大程度上是由他周围的朋友决定的。圈子里的朋友品位越高，你的价值就越高，对你帮助也就越大。一身正气积极向上的朋友，是一生不可或缺的宝贵财富，有了他们的相助，你才可能成功。人生就是这样，想和聪明的人在一起，你就得聪明，想和优秀的人在一起，你就得优秀。生活中最不幸的是身边缺少远见卓识和积极进取的人，使你的人生变得无所作为、黯然失色。有句话说得好：你是谁不重要，和谁在一起才重要。古代的“孟母三迁”，就足以说明和谁在一起的重要性。雄鹰在鸡窝里长大，就会失去飞翔的本领，怎能搏击长空、翱翔蓝天？野狼在羊群里成长，也会“爱上羊”而丧失狼性，怎能叱咤风云、驰骋大地？如果你想如雄鹰般翱翔天空，就要和群鹰一起飞翔，而不是与燕雀为伍；如果你想如野狼般驰骋大地，就要和狼群一起奔跑，而不能与鹿羊同行。正所谓“画眉麻雀不同嗓，金鸡乌鸦不同窝”。

朋友不在多少，知音就好。有人做过粗略统计，一个人一生中大概会遇到2920万人，但能够真正留在身边的人少之又少，毕竟每个人的出身、阅历、“三观”、兴趣不同，勉强交往，累人累己。社会学里有个“邓巴数字”理论，提出了一个“圈子定律”：人类智力只允许一个人拥有稳定社交圈子的人数是150人。

朋友不在贵贱，知心就好。爱因斯坦说：“世间最美好的东西，莫过于有几个头脑和心地都很正直的朋友。”人与人之间最大的差距，不在贫富，而在“三观”和认知。志同道合的人必然同舟共济，情投意合的人自然相处融洽。俗话说:“龙交龙，凤交凤，老鼠的朋友会打洞”，此话在自然界其他种族适用，人类亦然。

朋友不在贫富，知己就好。孔子说:“益者三友，损者三友。友直，友谅，友多闻，益矣；友便辟，友善柔，友便佞，损矣。”禽择良木而栖，人择良友而交。比真敌人更可怕的是假知己，交友最大的失误就是错把损友当知己。演员王志文有一段台词:“烧香的不一定是善人，乞讨的不一定是穷人，顺着你的不一定是好人，穿着衣服的不一定是人。凡事不要只看外表，家财万贯也买不了太阳下山，身无分文不代表日后就没有江山。水不试不知道深浅，人不交不知道好坏，人人都有好皮囊，但未必有好心肠！”在乌鸦的世界里，天鹅也有罪。把自己的心放在该放的人和事上，不要和重要的人计较不重要的事，也不要和不重要的人计较重要的事。

普通人的圈子，讲的是闲事八卦，想的是生存；生意人的圈子，说的是经营利润，求的是财富；智慧人的圈子，聊的是格局成长，论的是哲理。不同的圈子，有不同的思维和认知。所以，与优秀的人同行，能打开你的视野和格局，你的生命层次也会不断提升。今天说你笨，明天说你傻，这是亲人；经常批评你，又肯帮助你，这是贵人；思想行为高尚，言论行动高明，这是高人；帮他百次不记恩，一次没帮就记仇，这是小人；道德品质败坏，行为低劣龌龊，这是坏人。人的一生会遇见很多人，大多是匆匆过客，最后留下来的才是挚友。

物理学上有个万有引力定律，自然界任何两个物体都是相互吸引的，人也不例外。澳大利亚人朗达·拜恩在《力量》中写道:“每个人身边都有一个磁场环绕，无论你在何处，磁场都会跟着你，而你的磁场也吸引着磁场相同的人和事。”作家水木然讲过自己的一次经历：在高铁上遇到一位抱着孩子的妈妈，刚上车小孩就哭闹不止。几分钟后，有的人戴上耳机选择无视，有的人面露不满开始嫌弃，有的人责备大人不会带孩子。这时，一位女士递给小孩一个玩具，一位老太太帮忙逗孩子。随着她俩的加入，气氛慢慢缓和，孩子的哭声也渐渐消失了。刚才还散发着负能量的磁场，终于趋于和谐。在这个转变中，有一个被轻易忽视的道理：人与人之间的情绪是会传染的。和负面磁场的人在一起，他们身上的“情绪垃圾”汇聚成一个黑洞，会消耗甚至吞噬正能量。而和正面磁场的人相处，即便遇到不如意的事，他们积极乐观，自己也会阳光。

一个女孩的妈妈在她18岁成人礼时，送给她一块旧手表。女孩问这块表值多少钱，妈妈说你去手表店问问。女孩问完后告诉妈妈，修表店的人说太旧了，只值30元钱。妈妈说，那你再去咖啡店问问，她回来后告诉妈妈，咖啡店的人说表盘很精致，可以作装饰，只给300元钱。妈妈又说，你可以去古董行再问问，女孩问后高兴地告诉妈妈，古董店要用23万元买这块表。妈妈笑着说，你再去博物馆问问，女孩兴奋地告诉妈妈，馆长可以出260万元。妈妈说，我只想让你明白，表和人是一样的，只有放在对的地方，与对的人相处，才能产生真正的价值。如果把自己放在错误的位置和环境中，即使你再有价值也一文不值。

真正看清一个人不是他的身份地位，而是他的层次段位。日常生活中，有的人让你佩服得五体投地，有的人让你鄙视得不屑一顾；有的人让你觉得相见恨晚，有的人让你觉得对牛弹琴；有的人让你感到相见是缘分，有的人让你感到相遇是灾难。西汉史学家司马迁在《史记·伯夷列传》中写道：“道不同，不相为谋。亦各从其志也。”人之所以走着走着就散了，就是因为原本不是一路人。心心相印的人，再疏远终会走到一起；貌合神离的人，再亲近也会分道扬镳。人生旅途，道路坎坷，要与强者同行、与智者同频、与善者为伍。

傲慢是一种病

明代哲学家王阳明在《传习录》中说："人生大病，只是一'傲'字。为子而傲必不孝，为臣而傲必不忠，为父而傲必不慈，为友而傲必不信。"他把"傲"字视为人生之大病，认为"谦者众善之基，傲者众恶之魁"。19世纪英国现实主义女作家简·奥斯汀在《傲慢与偏见》一书也说："傲慢是一种流弊，人性在这一方面极为脆弱，因为我们很少有人不因自己的某种品质或者其他什么而沾沾自喜，洋洋自得，不管这种品质是存在于真实中，还是仅仅存在于想象中。"

一位美国联邦缉毒总署的官员去德州一家牧场："我要检查你的牧场有没有种植毒品。"牧场主说："好的。不过不要去那边。"他用手指了指。这位官员说："我有联邦政府的授权！"随即从口袋里掏出徽章，傲慢地展示给牧场主："这个徽章代表我在这片国土上，可以去任何地方，不得有质疑或拒绝。"牧场主点点头走开了。不久，远处传来呼救声，这位官员被牧场的一头圣格鲁迪公牛追赶，眼看牛角就要顶到官员的后背了。牧场主大喊："赶快给它看你的徽章啊！"这位官员逃过此劫后，终于明白了权力傲慢的后果。

物体在一般状态下，都会热胀冷缩，物理学上的这一规律在社会学上同样有效。人是容易收缩的，一个人无权无势无钱，就会佝偻个腰，变得矮小如侏儒，不敢直视别人，甚至不敢大声讲话。人也是容易膨胀的，但凡给他一定的条件，比如权力、地位、金钱，就很容易膨胀，变得横行无忌、嚣张跋扈，不可一世。自古以来，“官”这个字始终是权力的代名词，不管大小，只要是官，就比平头百姓的状况好很多。所谓人的最大好运就是四个字：升官发财。“升官”排在首位，在中国人的理念里，只有当官才算光宗耀祖。在乡村，一个学子获得博士学位回乡，不会引起太多人的追捧。但一个乡长家里有点事，那是了不得的，他在自己的小小王国里，可以呼风唤雨、为所欲为。而博士只代表学有所成罢了，手中并不拥有权力。

《增广贤文》中说：“上天欲其灭亡困巧，必先令其疯狂。”后简化为：“天欲其亡，必令其狂。”意思是上天想要一个人灭亡，必先让其疯狂。被称为“历史之父”的古希腊哲学家希罗多德，通过对各种文化、习俗、传统和逸事的探讨，认为某些统治者的傲慢，是导致其垮台的根源。权力导致膨胀，膨胀导致傲慢，傲慢导致灭亡。西方宗教中有七宗罪，依次是傲慢、妒忌、暴怒、懒惰、贪婪、暴食、色欲。傲慢排在第一位，受到的惩罚是轮裂，就是把人绑在地上，让马车从身上碾过。内心有多狂妄，态度有多傲慢，权力就有多膨胀，行为就有多任性，其结果也就有多悲惨。

一个人手中掌握了权力，可以膨胀，也可以不膨胀，可以傲慢，也可以不傲慢，关键在于自己的修为和把控，在于法规的威慑和约束。傲慢本质上是权力的天然属性，特别是当一个人唯我独尊时，权力傲慢的嘴脸就会显现出一种变本加厉的狰狞形象，肆无忌惮，只允许自己在台上“胡说”，不允许别人在台下“评说”。当权力被任性和傲慢驾驭，用来满足个人私欲和邪念的时候，说明权力已经失控了。

脑子清醒最为难得，人性把握最为关键。变好不易，变坏很快。许多贪官初入仕途时，肯定不是后来那么嚣张跋扈，横行霸道。这是为什么？其实根本源于这些人对权力本质属性的错误认知，把权力视为身份地位的象征、攀龙附凤的阶梯、作威作福的平台、发财致富的帮手，而非为人民服务的工具。权力傲慢、任性的背后，是问责失之于松、追责失之于软、罚责失之于宽。从某种意义上讲，这也纵容助长了他们的傲慢和蛮横。我们常说法纪是高压线，但高压线不通电就形同虚设，谁都敢碰。只有合上闸通上电，才会对官员形成刚性约束，制度的笼子也才能关住傲慢、任性的权力。

一只老鼠自从在佛塔顶上安了家，不仅能在各层随意穿梭，还能享受丰盛的供品。每当善男信女们烧香叩头的时候，它就扬扬得意："你们之前把我逼得走投无路，现在都给我下跪了。"某天，一只野猫闯了进来，一把将它抓住。"你不能吃我，我代表佛。"这个傲慢的俘虏抗议道。"人们拜的是佛，不是你。"说完，一口咬断了它的喉管。动物如此，人类亦然，别把平台当能耐，也别把运气当实力，更别把位置当本事，自我膨胀、傲慢狂妄，最后倒霉的是自己。

大智者懂取舍

一部智能手机，70%的功能没有用过；一套房子，70%的空间是闲置的；家里旧衣物，70%放在储藏室。日常生活中，常用的物件只占少数。远古时代，环境恶劣，食物短缺，为了生计，我们的祖先只能不断获取，才有安全感。今天，市场繁荣，物资充裕，没有必要囤积那么多物品。据我所知，绝大多数家庭每年都要清理大批不常用的物品，有的进了垃圾箱，有的进了废品站，好一点的衣物捐给了灾区或困难人家。

中国近代著名作家老舍先生，出生在阴历腊月二十三，离春节只差七天，为图吉利，父亲给他取名“舒庆春”。上学后，他把自己的姓分拆，更名为“舍予”，含有舍弃自我亦即忘我的意思。后来他又取“舍予”中的头一字，前面加个“老”字，即“老舍”作为笔名。老舍先生的一生，正如自己的名字，舍弃小我，成就大我，无愧于“人民艺术家”的光荣称号。他去世后，墓碑上刻着自己的一句话：“文艺界尽责的小卒，睡在这里。”

《孟子·告子上》中曰：“生，亦我所欲也；义，亦我所欲也。二者不可得兼，舍生而取义者也。”意思是生命我想要，道义也想要，如果二者不能兼得，那我就牺牲生命选取道义。中国历史上不乏舍生取义的英雄豪杰。戊戌变法失败后，谭嗣同能走却没有走，他要用自己的鲜血唤醒沉睡的国人，留下了“我自横刀向天笑，去留肝胆两昆仑”的名句。狼牙山五壮士为了掩护群众，舍生忘死阻击鬼子，直至弹尽粮绝，宁死不当俘虏，相继跳下悬崖。为了不暴露目标，邱少云放弃自救，任凭烈火烧身，直至壮烈牺牲。部队进攻受挫，董存瑞舍身炸碉堡，用自己的生命为胜利开辟道路。这些中华民族的优秀儿女，舍弃的是自己的生命，取得的是正义事业的胜利。正如鲁迅先生所说：“我们自古以来，就有埋头苦干的人，有拼命硬干的人，有为民请命的人，有舍身求法的人。”“真正的民族脊梁是那些为国家和人民默默付出、无私奉献的人。”

星云大师说过：“凡是大善之人都能舍，凡是大智之人都敢舍。”曾看过一家电视台举办的数钱比赛，游戏规则是：谁数得最多最准，谁就可以得到同样数目的奖金。四个选手一边埋头数钞票，一边回答主持人提出的脑筋急转弯题。比赛结束，主持人先宣布了5836元、4889元、3472元的大数目，当念到第四位500元时，观众席发出一阵哄笑声。但验证结果是这位选手获胜，因为只有他数得正确。贪求数目越大，错误就越多。而看似做得最少，却是做得最好。主持人的最后一番话让人深思：“聪明的放弃，其实就是经营人生的一种策略，也是一种大智慧。不过，它需要更大的勇气和睿智。”

台湾作家林清玄说：“要想得到生命的清欢，就要为生命做减法。”知乎里有条高赞帖子：“舍弃繁杂，极简生活，该有多爽。”楼主因压力太大，焦虑抑郁了，试着开始做减法，砍掉了生活中一切非必需的东西，低配消费，精简社交，简约家居，摆脱物质束缚，腾出精力读书。物少事简，身体也渐渐好了。“唐宋八大家”之一的柳宗元，写了一个叫蝜蝂的小虫子。蝜蝂爬行时，不管看到什么，都抓来背在身上，即使多到背不动也从不放弃，最后被活活累死。人亦如此，懂得舍弃，把生活调到极简模式，是对自己最好的善待，也是最智慧的活法。

我很敬佩樊建川先生，他曾是一名军官，转业不久便升任宜宾市副市长，就在他仕途一帆风顺的时候，34岁的樊建川毅然辞官经商。赚到钱后，他拿出全部家底，修建了五个抗战博物馆。如今，年逾古稀的他立下遗嘱：将全部遗产捐献给国家。如果在仕途即将高升时辞官下海经商，你愿意吗？如果在赚得盆满钵满时倾尽所有去建一个没有收入的博物馆，你愿意吗？如果在名利双收后立下遗嘱将全部遗产捐给国家，你愿意吗？相信大多数人会遵循内心作出否定的回答，毕竟人首先考虑的是生存和生活。樊建川放弃市长位置，舍弃万贯家产，只为保护国家记忆。

有的人喜欢结交各种圈子，以为朋友越多越有能耐，人脉越广越好办事。其实，大多数圈子是饭局上的酒友、牌桌上的麻友或某个场合的一面之交、某次偶遇的擦肩而过。遇到困难时，真正帮扶你的只有自己的家人和为数不多的几位挚友。所以，不要因为追求无用的社交而忽略了家人和挚友。写到这里想起两个人。一位是周润发，作为20世纪80年代香港演艺圈炙手可热的巨星，在最闪耀的时候娶了相貌平平的陈荟莲。几十年来，他除了演戏，大部分时间和妻子在一起。妻子喜欢花，他便经常买花；妻子喜欢吃蟹，他就买来蒸好。另一位是陈道明，除了演技过硬，极少社交也是出了名的。他和妻子杜宪相伴相随，别人追名逐利，他却在家中为女儿捏小糖人，为妻子缝制“陈氏皮包”。60岁时感叹：“我们夫妻俩同坐窗下，她绣她的花草，我裁我的皮包。窗外落叶无声，屋内时光静好。”人这辈子，最温暖的地方是家庭，最可靠的后盾是家人。

哲学上有一个著名的“奥卡姆剃刀”原理，即“简单有效原理”。日常生活中，也需要一把“奥卡姆剃刀”，剪掉一切无关紧要的“尾巴”，化繁为简，减冗增效。杨绛先生在《我们仨》中写道：“我们这个家，很朴素；我们三个人，很单纯。我们与世无求，与人无争，只求相聚在一起，相守在一起，各自做力所能及的事。碰到困难，我们一同承担，困难就不复困难；我们相伴相助，不论什么苦涩艰辛的事，都能变得甜润。我们稍有一点快乐，也会变得非常快乐。”

取是本事和能力，当取其所必需，取其所当有，取其所该有；舍是智慧和勇敢，应舍其不能有，舍其不当有，舍其不必有。取舍有度，是为人处世的最高境界。我很喜欢日本作家山下英子《断舍离》书中的几句话：“无能为力的事，当断；生命中无缘的人，当舍；心中烦郁执念，当离。”

幸福就在身边

人们常常有一个错觉：幸福总是别人的，唯有痛苦属于自己。于是，天天感受着所谓的痛苦，天天寻找其实就在身边的幸福。网上曾做过一个问卷调查：世上什么人最幸福？在上万个答案中，有四个令人印象深刻：吹着口哨欣赏自己刚完成作品的艺术家，哼着儿歌给婴儿洗澡的母亲，在沙滩上堆城堡的孩子，救活一个病人的医生。幸福不在于拥有多高地位和多大财富，在于内心的安定与丰盈。一个下岗工人说，有工作就是幸福；一个失去双亲的人说，父母在就是幸福；一个失明的姑娘说，能看见就是幸福。幸福不在别处，就在你的身边。

有一则故事：一位诗人才华横溢，家境富裕，妻子美丽温柔，儿子聪明伶俐，但他怎么也感觉不到幸福。于是，他请上帝赐予他幸福。上帝先夺去了他的财产，再带走他的妻儿，最后拿走了他的才华，诗人痛不欲生。过了一个月，上帝又把这些还给他。诗人搂着妻儿，双膝跪地，感谢上帝的恩赐。其实上帝并没有多给他任何东西，只是给了他失而复得的感觉而已。很多时候，当我们为找不到幸福而苦恼时，并非幸福远离了我们，而是我们迷失了自己。由于身处福中太久，逐渐变得麻木，以至于对幸福熟视无睹，毫无感觉。当有一天幡然醒悟，蓦然回首，发现原来幸福就在身边，这就是俗话说的“不知福中福，只缘在福中”。

有的人总觉得那些得不到的东西才是最好的，够不着的东西才是想要的。由于被这种错觉所左右，总是在不停地仰望，不停地寻找，始终处在纠结和煎熬之中。看过一个寓言：蜗牛对青蛙很有成见，有一天青蛙问蜗牛：“你为什么讨厌我？”蜗牛说：“你有四条腿可以跳来跳去，我却背着沉重的壳，贴在地上爬行，心里很不是滋味。”青蛙说：“你只看见我快乐，却没看见我痛苦。”这时，老鹰突然来袭，蜗牛迅速躲进壳里，青蛙却被吃掉了。享受你的生活，不必与人比较。羡慕别人徒增苦恼，珍惜拥有知足常乐。

人们总习惯用自己的眼光看问题，拿别人的尺子量自己。殊不知，经纬度不同，同一把尺子是无法丈量的。你认为很好，别人也许没有感觉；你认为不好，可能正是别人羡慕的。陶渊明是东晋著名诗人，陋室之中，只要“有琴有书”，有“清琴横床，浊酒半壶”，能边读边弹边饮，就如他所说“斯晨斯夕”便是“黄唐莫逮”，意思是这个清晨和黄昏，就是生命里最美好的时光，即便黄帝、唐尧也无法比拟。

倘若你想要的东西是挂在树梢上的果子，即使踮起脚尖，搬来梯子，找来竹竿，仍然够不着时，是放弃还是继续？聪明的人会决然离去，贪婪的人会左右徘徊。人生就像一次长途旅行，既会看到美丽风景，得到想要的东西，譬如鲜花、美酒和掌声；也会遇到暴风骤雨，碰到不想要的东西，譬如困难挫折和失败。贪心的人总想把所有的好东西都据为己有，从不考虑这么多东西是否拿得动、受得起。一位年轻人在菩提树下求佛祖赐给他学富五车、家财万贯、妻美子聪、健康长寿。佛祖笑着给他讲了一个故事：“某日，一人口渴，我置一湖，但他滴水未进。我问何故。他解释：湖水太多，我肚子太小，喝不完。”佛祖接着说：“人一生中可能会遇到很多美好的东西，不可得陇望蜀，贪心不足。弱水有三千，只取一瓢饮。”行走红尘，千万别被太多的欲望迷失方向走错了路，也别被物质俘虏当了奴隶，要给心灵腾出一方空间，让那些够得着的幸福安全抵达。

幸福的前提是身体健康。健康不能代替一切，但没有健康就没有一切。没有了健康的体魄和饱满的精神，生命不仅黯淡失色，还会失去原有的光彩。近年来，不少名人英年早逝，他们有钱有地位，但当疾病袭来时，神仙也救不了。爱拼才会赢，失去健康，赢了又如何？所以，要创造辉煌，享受生活，就必须珍惜身体。

幸福的基础是家庭和睦。家庭是心灵的避风港，是遮风挡雨的安全屋。和睦的家庭需要经营，需要呵护，更需要珍惜。一家人过日子，难免会磕磕绊绊，若一味地指责抱怨，只会让家庭分崩离析。兄弟互相怨恨，受害的是父母；夫妻互相怨恨，受害的是儿女；亲人互相怨恨，受害的是全家。《礼记》中说：“父子笃，兄弟睦，夫妻和，家之肥也。”一家人拧成一股绳，遇到事情不责备，遇到困难紧抱团，再苦再难一起扛，泥土也能变黄金。

怎么才能提升幸福指数，过高品质的生活？有人回答：“看见周围的任何东西，都不会羡慕嫉妒恨。”或许每个人对幸福的回答都不同，但无论哪一种答案，都源自一个人内心的认知和感受。幸福不是脸上的虚荣，而是内在的需要；幸福不在别人眼中，而在自己心间。美国哈佛大学推荐了面带微笑、不要较真、自得其乐等20件小事，说明幸福就在身边，就在日常的琐碎小事里。比如，你穷，有人跟着你，就是幸福；你病，有人照顾你，就是幸福；你冷，有人抱着你，就是幸福；你哭，有人安慰你，就是幸福；你错，有人包容你，就是幸福；你累，有人心疼你，就是幸福；你老，有人陪伴你，就是幸福。幸福不是你能左右多少人，而是多少人在你左右；幸福不是你开多豪华的车，而是你开着车平安到家；幸福不是你存了多少钱，而是天天身心自由；幸福不是你的爱人多漂亮，而是你爱人的笑容多灿烂；幸福不是吃得好穿得好，而是没有病没有灾；幸福不是在你成功时喝彩多热烈，而是失意时你听到“兄弟，加油”；幸福不是你听过多少甜言蜜语，而是你伤心落泪时有人对你说“没事，有我”；幸福不是别人的馈赠，而是内心的淡然。

看过很多人生寄语，感到有四个字既可涵盖人生，也能找到幸福。这四个字就是“尖斌卡引”。这不是一个词语，是做人的四大原则，出自中国书画院院士尚廷震的《墨韵书道》。大意是“尖”字能大能小，“斌”字能文能武，“卡”字能上能下，“引”字能屈能伸。社会复杂，人生艰难，能大能小明世态，能文能武乃英才，能上能下淡名利，能屈能伸福自来。为善不执，老死不惧，吃亏不计，逆境不烦，修得平常心，笑看人间事，幸福自然来敲门。

心静百毒不侵

老子在《道德经》中写道："致虚极，守静笃。"追求"虚"，持守"静"，静能修身，亦能生慧。晚清著名政治家、两朝帝师翁同龢曾写过一副对联："每临大事有静气，不信今时无古贤。"两位先哲的思想如出一辙。

公元234年，诸葛亮第六次北伐，以五丈原为基地对魏军展开攻势，但司马懿拒不出战。诸葛亮采用激将法，派人送去一件女人衣服，讽刺他打仗像女人一样胆小。魏军群情激愤，纷纷请战，声言不生擒诸葛村夫誓不罢休。司马懿深知诸葛亮的用意，不为所动，一笑了之。与司马懿的悠游闲适相反，诸葛亮日夜操劳，十分焦虑。两军对峙百余日，不管诸葛亮如何羞辱，司马懿始终不肯应战，而诸葛亮却积劳成疾，未及撤兵就病逝军中。

诸葛亮当年在写给8岁儿子诸葛瞻的《诫子书》中说："夫君子之行，静以修身，俭以养德。非淡泊无以明志，非宁静无以致远。夫学须静也，才需学也，非学无以广才，非志无以成学。"短短几句话，三次提到

"静"。正是凭借这种"致虚守静"的长期修养和历练，诸葛亮才未出茅庐便知三分天下，才功高至伟位居汉相，才以非凡的智慧和高洁的人格垂范千古。他在《出师表》中写道："臣本布衣，躬耕于南阳，苟全性命于乱世，不求闻达于诸侯。"这是当时诸葛亮秉持"虚""静"的真实体现。纵观诸葛亮的一生，无论是人品还是才华，都胜于司马懿。但在最后对决中，却没有熬过司马懿，让人痛惜不已，正如杜甫在《蜀相》诗中所写："出师未捷身先死，长使英雄泪满襟。"

《庄子·外篇》曰："水静犹明，而况精神。"水在静止时，水面是平静的，能够清晰地映照出周边的景物。人亦如此，内心若宁静，就能清楚地看到生活中的人和事。明代思想家洪应明在《菜根谭》中也写道："性躁心粗者，一事无成，沉着冷静者，百福自集。"无论做什么事，都要持守一个"静"字。心若乱，会使人坐立不安，陷入恐惧；心若静，则让人波澜不惊，灵魂舒缓。有时内心焦虑、情绪失控比身体生病更可怕，如果不加以约束和管理，会导致不良后果。

台湾作家林清玄在《人间有味是清欢》中说："以清净心看世界，以欢喜心过生活，以平常心生情味，以柔软心除挂碍。"现实生活中，我们会经常看到有的人由于紧张焦虑、忧心忡忡，在禁情割欲的寺庙求姻缘，向足不出户的方丈问人生，请街头瞎眼的道士看前程，求闺密设局考验丈夫的忠诚，如此荒唐可笑的故事每天都在发生。心静则清，心清则明，心明则灵，心灵则慧。只有心静如止水，才能更客观地面对现实，更深刻地思考生活，更清醒地觉悟人生。

曾子在散文《大学》中写道："知止而后有定，定而后能静，静而后能安，安而后能虑，虑而后能得。"意思是停下才能稳定，稳定才能冷静，冷静才能心静，心静才能深思，深思才能获益。某天傍晚，有位木匠干活时不小心把手表掉到刨花堆里，怎么也找不到，天已经黑了，木匠心想明天再找吧。过了一会儿，儿子跑进屋："爸爸，我找到了。"木匠很好奇："你是怎么找到的？”孩子说：“我在院子里玩，忽然听到嘀嗒嘀嗒的声音，顺着声音找过去，一扒拉就找到了。”一位商人为躲避战乱，把所有家财换成银票，特制了一把雨伞，将银票藏进伞柄回老家。不料途中在凉亭休息时打了个盹，醒后雨伞不见了。商人冷静分析后认为，随身携带的包裹还在，断定拿伞之人不是盗贼，可能是路人顺手牵羊拿走了，此人应该就住在附近。商人决定在此暂住，干起了修伞营生，并打出“旧伞换新伞，换伞不加钱”的招牌。不久，有人夹着一把雨伞匆匆赶来。商人一看，正是自己魂牵梦萦的那把。他不动声色给那人换了一把新伞。

人遇到事的第一反应里，藏着他长期积累的学识、素质和修养，而这个反应也决定了他的生活品质。据我观察，遇事易急易躁易怒的人，生活品质都不高。生活从来不在某个地方，只在当下时刻，而生活品质就是对每一时刻发生的事做出的反应。谁都无法预料下一秒会发生什么，面对突发事件，没有人能思虑周全，但可以让过程没那么艰难和痛苦，至少不让自己的一生败在那几分钟甚至几秒钟里。

遇到难事，以静启智，灵活变通，及时转弯。有的人固执任性，脾气倔强，不懂变通，会害了自己。如果走进了“死胡同”，不妨冷静观察，看旁边有没有出口或岔路，但凡不是“歧路”“末路”，那就走过去。此路不通，另寻他路；他路不通，再创新路。

遇到烂事，以静息怒，挥挥衣袖，继续赶路。古代“破甑不顾”的故事和西方“不要为打翻了牛奶哭泣”的谚语，有着异曲同工之妙。为恼人的烂事和无法挽回的破事一再焦虑，无异于自虐。当断不断，反受其乱。执着于残局，既无法让时光倒流，也无力改变现状。与其深陷忧伤，不如走出困境。避免跌入深渊的最好办法，就是远离深渊。

遇到顺事，以静制躁，内敛低调，谦和待人。古人云：“木秀于林，风必摧之；行高于人，众必非之。”曾国藩在道光年间十年连升十级，当官至三品后，按清制可把蓝色轿子换成绿色，他没有换。不久又升为二品，可以乘八抬大轿了，但曾国藩一直乘坐蓝色轿子。凡有大格局的人，都以低求高，以谦自持，以静待动，因为他们深知：只有低调不张扬，才能走得更稳更远。

人生旅程中，我们似乎总是在不断地“熬”。熬过了艰难的岁月，熬过了危险的时刻，熬过了平淡的工作，熬过了乏味的生活。然而，正是这种“熬”，才养成了淡定与冷静，学会了坚持与勇敢。熬，是对未来的期待与憧憬，是成长进步和自我升华的必经过程。前文所说的五丈原之战，诸葛亮就没有熬过司马懿，病逝时年仅54岁，而司马懿却活到了74岁。作家亦舒说：“做人凡事要静：静静地来，静静地去，静静努力，静静收获，切忌喧哗。”静，是一种成熟，也是一种智慧，更是一种境界。

杨绛先生说：“当你看过世界，见过众生，才发现你要见的世面，是自己内心的勇敢和自信；当你看过四季，见过风云，才发现你要见的美景，是自己内心的淡定与从容。”尘世纷扰，波澜起伏，总有那么一刻会倍感委屈，非常痛苦，甚至绝望。但是，只要宠辱不惊，不嗔不躁，淡然恬静，沉着应对，就会无往不泰。

元代医学家罗天益在《卫生宝鉴》中写道：“心乱则百病生，心静则万病息。”健康的身体需要静养，安稳的生活需要静心，美满的人生需要静修。心动则万物动，心静则万物静，这世间的动与静、好与坏、成与败皆系心念所致。心念通达，心无挂碍，不以物喜，不以己悲，看轻是非纷争，看淡人生起伏，则百毒不侵。

受挫有助长进

每个人都有人生低谷，但不同的人有不同的处理方法。有的人遇到挫折后，能迅速调整心态，迎战困难，扭转颓势；有的人却一蹶不振，得过且过，颓废到底。要永远相信，所有的山穷水尽，背后都藏着峰回路转，无论现在的处境多么困难，面临的挑战多么艰巨，只要有勇气面对，有决心克服，就一定能够找到出路。

近读《曾国藩的正面与侧面》一书，受益匪浅。曾国藩是清末洋务派的重要成员，因为对清朝的杰出贡献，与李鸿章、左宗棠、张之洞并列为“晚清中兴四大名臣”。在“立德立功立言”的评价体系中，有人把儒学创始人孔子称为“大成至圣先师”，把王阳明称为“绝顶之人”，把曾国藩称为“半个圣人”。曾国藩的人生哲学之所以到今天仍然值得借鉴，一个重要原因，就是他面对受挫受辱或失败时，以超乎常人的心态和坚韧不拔的意志扭转颓势，让自己立于不败之地。很多人羡慕曾国藩从一个农家子弟到封侯拜相的荣光，却忽视了他背后的艰辛。《曾国藩的正面与侧面》中讲，曾国藩的弟弟曾国荃消灭了太平天国，被慈禧封为湖北总督，但他得罪了慈禧的宠臣官文，一月之内几次被慈禧斥责，京城官员也说他居功自傲。曾国荃因此精神焦虑，夜不能寐，得了抑郁症，萌生了退朝还乡的念想。看到弟弟如此消沉，57岁的曾国藩在金陵官署给弟弟写了一封长信，痛陈自己一生引以为耻的五次重大教训，他说，自己30多年来宦海沉浮，受挫受辱甚多，主要有五件事令他终生难忘，有两次还差点丢了命。

第一件事是道光十二年考秀才，被主考官当众训斥，说他的文章文理太浅。第二年再次应试，仅中背榜，就是最后一名。这对文才颇为自负的曾国藩来说简直是奇耻大辱。但他没有怨天尤人，反而激起了发奋读书的决心。他说："自古以来确实有一些人的文章鄙陋却侥幸获取功名，但好文章绝不会被埋没。"他给自己定下每天写一篇文、作一首诗、看20页书的学习计划，最终金榜题名。

第二件事是咸丰元年，已是翰林的曾国藩向咸丰皇帝建言献策，为了直观详细地说明情况，从未学过画画的他，连夜绘了一幅图。但这图画得太差，遭到皇帝的嘲讽和满朝文武的耻笑。曾国藩尴尬不已，羞愧至极，感到无地自容。

第三件事是咸丰二年，曾国藩回湖南为母奔丧，其间，太平天国风起云涌，皇帝下旨在籍官员就地组织地方武装，捍卫清王朝。曾国藩遵旨在湖南长沙办团练。一天，麾下士兵发生械斗，有几个绿营兵冲进曾国藩家里打砸抢，还拿刀要砍他。曾国藩在侍卫的保护下才从后门逃走。被自己带的兵追杀，实在不堪，深感羞辱。

第四件事是咸丰四年，曾国藩兵败岳州，损失惨重，欲跳水自杀，幸被幕僚章寿麟救起。带领残兵败将狼狈逃回后，又遭江西官绅鄙夷，感到没脸见人，就搬到城南高峰寺居住。

第五件事是咸丰五年，太平天国将领石达开火烧湘军100多艘战船，曾国藩被俘，后侥幸逃到江西。他看不惯江西官吏对百姓横征暴敛，就向皇帝上书弹劾，结果得罪了江西官僚。翌年他在南昌被围，江西官绅不仅不施救，反而幸灾乐祸。曾国藩在日记中形容当时的处境："一听到春风的怒号，心就要碎了；一看见敌人的战船开过来，就急得绕着房子转圈，没有好办法。"同乡王闿运在《湘军志》中写道："曾国藩在江西实在悲苦，现在想来，仍让人忍不住流泪。"

曾国藩最后写道，我平生的长进全在受挫受辱时，现在虽然侥幸当了大官，也不敢自诩有本领，更不敢自以为是。你一定要咬紧牙关，积蓄力量，千万不要气馁。要想立不世之功，成不世之业，没有"坚忍"二字是不可能的。他在日记中也写道："吾生平长进，全在受挫受辱之时，务须明励志，蓄其气而长其智，切不可恭然自馁也。"其实，任何人的成功都是从磨炼中得来的，受挫受辱或失败并不是人生的意外，而是成长路上的必然。只有调整心态，忍辱负重，知耻而后勇，才能在逆境中翻盘。

在人生路上，有时需要昂首挺胸，以无畏的姿态迎接风雨的挑战；有时则需要韬光养晦，于细微处寻觅生命的真谛与成长的契机。低头是为了抬头，韬光养晦是为了脱颖而出。韩信落魄时被乡间一个恶霸欺负，让他从自己的裤裆下钻过去。一个男人受此大辱，愤怒之下必然奋起反击，但韩信咬牙忍了。这种忍耐并非懦弱，而是在冷静分析和理智判断后做出的抉择，从而避免了当面冲突和事态恶化后对自己的损害。之后若干年，韩信将"胯下之辱"视为一种压力和激励，为自己的成长成功积蓄动力和能量。后来韩信当了楚王，他说："当年的胯下之辱，使我寝不安席，食不甘味，逼迫我发奋努力，才有了今天的成就。"陈平年少时父母双亡，家境清贫，与哥哥相依为命。兄长对他寄予厚望，不让他干活，只管闭门读书。此举为大嫂所不容，对他百般羞辱。陈平忍辱苦读，学成后辅佐刘邦成就霸业，官拜丞相。

做用心的父母

南宋理学家朱熹写了一首《观书有感》:“半亩方塘一鉴开，天光云影共徘徊。问渠那得清如许？为有源头活水来。”大意是池塘清澈明净，云彩映入水面，充满了生机和活力。池塘为何这般清澈？是因为有源头不断输送活水。朱熹的这首诗，给了后人诸多启示。每当读到此，我就联想到这个清澈的源头犹如家庭教育，因为家庭是人生的第一所学校，父母是孩子的第一任老师，家庭教育的成功与否，很大程度上决定着孩子的未来。正如美国教育学家泰曼·约翰逊所说:“成功的家教造就成功的孩子，失败的家教造就失败的孩子。”

“唐宋八大家”和“千古文章四大家”之一的苏轼，不仅是一位具有家国情怀和才华横溢的文人，也是一位成功的家庭教育家。他在教育后辈时，不是居高临下地说教，也不是盛气凌人地训斥，而是循循善诱，寓教于情，悉心引导。

1084年，长子苏迈即将赴任江西德兴县县尉。临行前，苏轼送给儿子一方砚台，砚台底部是他亲手刻的四句铭文:“以此进道常若渴，以此求进常若惊，以此治财常思予，以此书狱常思生。”他告诉儿子：学习圣贤时要求知若渴，谋官取仕时要警钟长鸣，治理财政时要让利于民，审案判决时要宽厚仁慈。苏迈不负父望，成为造福一方的好官，时至今日，他仍被德兴百姓称颂。

当62岁的苏轼被贬到海南岛时，饮食不具，药石无有，苏轼却欣然以对。他在给大儿子的信中只字不提自己生活的困苦，字里行间不乏幽默，乐观风趣溢于言表。苏轼想让儿子明白，背井离乡的窘境已经不可改变，如果一味地悲观抱怨，那么大家都会沉沦在苦海之中。不如活得达观一点，用内心的光亮去驱散笼罩的阴霾。著名作家王朔从小在缺乏爱的家庭里长大，家庭带来的创伤影响了他的一生。他生怕自己重蹈覆辙，在《致女儿书》中写道：“我不记得爱过自己的父母，小时候怕他们，长大后烦他们，后来瞧不起他们，见面就吵架。”世界上最好的父母，是给孩子营造一个良好的家庭氛围，用自己的光照亮孩子，用自己的心温暖孩子，用自己的言行引导孩子。

苏轼的一生，经历了数次大起大落。红的时候，他是朝廷的高官、皇帝的侍读、人人敬仰的大学士；衰的时候，他是狱中的囚徒、流放的罪官、被数次贬谪的沧桑老者。在世事浮沉中，他早已看透人生荣辱不过是过眼云烟。不论你昔日登顶过怎样的风光，终有一天，都会归于平淡；不管你过去的人生如何精彩，终有一天，也会化为浮云。他在给即将出任中山府通判的小儿子苏过的信中，没有讲述自己为官的跌宕经历，也没有传授他做官的要领技巧，而是借着庐山的烟雨，教导儿子不要执着于官场。他说：“我曾经以为庐山的烟雨、钱塘的大潮是世所罕见的美景，可等看到了迷蒙的庐山烟雨和壮阔的钱塘大潮，感觉不过如此。”当初之所以那般向往，是因为一时的执念。苏轼尝尽了官场苦楚，知道儿子即将踏上自己的老路，便写信劝导，以物喻人，以景喻理，寓教于心，谆谆教诲。

教育心理学有一个“詹森效应”，源于美国速滑运动员丹·詹森。詹森是一个实力很强的运动员，在平时训练中，曾多次打破世界纪录。可一到赛场，因太在意得失，屡屡失利，最终与冠军无缘。这种效应在孩子身上也时有发生。有些孩子平时学习挺好，可到了考试，成绩总是不理想，究其原因，就是孩子把自己困在了得失里。如果你不知道如何教育孩子对待得失，不妨看看苏轼在流放海南岛时是怎么开导儿子的。他说："唐代韩愈在水浅处没钓到大鱼，就想去深处钓。殊不知深处也未必能钓到他想要的鱼，就是钓到了也不一定满足。而我虽然失去了功名利禄，却在这里收获了内心的安宁和平静。"苏轼的几个儿子在官场都没有受到重用，但他们活得淡泊宁静、自由快乐。人生就是这样，这处得到的，可能会在那处失去，与其让孩子深陷捉摸不定的得失里，不如教育孩子保持一颗平常心。

西汉文学家刘向说："父母之爱子，则为之计深远。"最深远的教育是教孩子如何做人。苏轼早年曾因才华横溢，性格耿直，锋芒毕露，招致了不少灾祸。他最担心儿子重蹈自己的覆辙。所以，在四子苏遁刚出生时，便写下"人皆养子望聪明，我被聪明误一生。惟愿孩儿愚且鲁，无灾无难到公卿。"只要孩子无灾无难，哪怕本性愚鲁朴直，苏轼也觉得很开心。他在给长子苏迈的信中也写了类似的期许："如果有人说你是一个平庸之人，我会感到高兴，因为这样你才能安稳地度过一生。你要吸取我的教训，谨言慎行，处处小心。还要学会规律作息，节制饮食，保重身体，这才是最主要的。"苏轼的这番话，像极了今天父母对远行孩子的叮嘱。不同的是，天下父母大部分的心愿是望子成龙、望女成凤。而苏轼只盼着孩子们过得平凡、活得平庸。因为他明白，一切聪慧所带来的荣耀，皆有散去的时候。唯有平安健康、无病无灾，才是一个人最大的福分。

德国教育家雅斯贝尔斯在《什么是教育》一书中，阐述了对教育的深刻思考："教育是一场渡人渡己的修行，是一棵树摇动一棵树，一朵云推动一朵云，一个灵魂唤醒一个灵魂。"古希腊哲学家柏拉图也说："一个人从小受的教育把他往哪里引导，决定他后来往哪走。”家庭教育里蕴含着孩子的成长，深藏着孩子的未来。电视剧《狂飙》中的李有田贪婪自私，儿子李宏伟仗着父亲是村主任，横行乡里，在李宏伟的做事风格里，多处可见李有田的影子。高晓晨年幼时学习成绩优异，可后来在家庭的影响下，却成长为一个嚣张跋扈的小混混。父母的样子，就是孩子的样子。父母品行端正，孩子就有教养；父母善良平和，孩子就温柔厚道。真正的教育，离不开父母“三观”和格局的代代相传。好的教育就是播下一个行动，收获一种习惯；播下一种习惯，收获一种性格；播下一种性格，收获一种命运。

一个优秀的孩子，身后必定站着一对用心的父母。何为用心？词典的解释是“认真且细致周密，能体察十分细微的地方”“动作、语言礼貌周到，内心有诚意”。我理解，对于某件事，如果没有感受到“爱”和“不可替代”，就不算用心。教育是用心之道，而非用力之术。作为父母，自己的一言一行都会直接影响孩子，做出的每一个决定都可能改变孩子的一生，唯有用心用情，才不会辜负为人父母的责任。

我退休后，乘坐公交车的机会多了，这也为我提供了观察社会和各种人物表演的机会。有一次我刚上车，有个小男孩起身给我让座。我连忙说：“谢谢小朋友，我不用，你坐吧。”坐在小孩旁边的老人，可能是孩子的爷爷或姥爷，也劝我：“坐吧，孩子站着没事的。”我顿悟：一个人修养里面，往往藏着家族的基因图谱。又一次，一对满头白发的老年夫妇上车，乘务员说：“哪位乘客给老人让个座。”话音刚落，一位姑娘站了起来。谁知没等老人落座，旁边一位30多岁的女士牵着个五六岁的小女孩一屁股坐了下来，全车人面面相觑。我想：你今天抢占了别人的座位，或许会丢掉孩子的未来。

每棵大树的生长，都要依靠阳光和水分的营养；每个孩子的成长，背后都是父母的奋力托举。父母既是一个称呼，更是一种责任，如果说老师负责教书育人，那父母就要对孩子的一生负责。教子之责，重于泰山，为人父母，当尽心竭力。如果你是一个普通的父母，没有太多的资源，没有深厚的文化，也不知道怎么教育孩子，那你就多理解他、鼓励他、认可他、表扬他、支持他。千万不要把自己的认知、焦虑、恐惧、愤怒、委屈转嫁给孩子。孩子若是平凡之辈，那就承欢膝下；若是出类拔萃，那就任其飞翔。要接受孩子的平庸，就像孩子从来没有要求父母出类拔萃一样。

孩子是我们生命的延续，不管我们在外面如何轰轰烈烈，最终还是要回归家庭。培养好自己的孩子，关注他们的成长，多一个成功的孩子，多一个圆满的家庭，就是为社会和谐发展做贡献。

读三国修格局

人们常说：格局决定结局。那什么是格局？格局是指一个人的眼光、胸襟、胆识等心理要素的内在布局，以及看问题的深度和境界。有个故事很形象：三个工人在工地砌墙，有人问你们在干吗？第一位说在砌墙，第二位说在盖楼，第三位说在建一座新城市。十年后，第一位仍在砌墙，第二位成了工程师，而第三位则是前两位的老板。有句谚语说：再大的饼也大不过烙它的锅。人们所希望的未来就像这张大饼，能否烙出满意的“大饼”，完全取决于烙它的那口“锅”——这就是格局。

香港作家金庸曾说：“我国四大名著之一的《三国演义》，其社会影响远远超过了它的文学价值，既写尽了英雄情义，也道尽了浮生百态，其中蕴含的人生哲理穿越千年，深入人心。”网上有篇文章把《三国演义》中前后出现的30多位诸侯的格局分为六层，虽然有人对此不完全认可，但不同层次不同格局的人，最后结局确实不同。

第一层司马懿：忍辱负重，以屈为伸。从郡县小吏到权倾朝野，司马懿用41年蛰伏隐忍的历练告诉人们：能忍别人所不能忍，才能成别人所不能成。所谓大格局，背后都是隐忍和憋屈。太和四年，诸葛亮出兵北伐，剑锋直指长安。司马懿深知诸葛亮老谋深算，难以力敌，任凭蜀军羞辱叫骂，就是不出城应战。两军对峙百日，诸葛亮积劳成疾，病逝军中；司马懿隐忍不发，大获全胜。他凭借一个“忍”字，稳坐魏军第一把交椅。景初三年，魏明帝曹叡去世，命司马懿和曹爽为托孤大臣。曹爽结党营私，处处打压司马懿。司马懿一忍再忍，甚至称病请辞。即便如此，曹爽仍不放心，派李胜前去刺探。司马懿躺在床上，任由李胜用银针在腿上乱扎，一动不动。李胜对曹爽说：“司马懿形神分离，似僵尸一般。”于是，曹爽解除了防备之心，日后的高平陵起事才能一举成功。司马懿胜在审时度势，为鸿鹄大业忍辱负重。逞一时之能，是匹夫之勇，成大事者，必有小忍。北宋文学家苏轼在《贾谊论》中写道：“夫君子之所取者远，则必有所待；所就者大，则必有所忍。”忍不是懦弱，是一种处世哲学。

第二层曹操：海纳百川，胸藏天下。官渡之战前夕，陈琳奉命作《讨贼檄文》，把曹操骂得狗血淋头，读的人都汗如雨下。但曹操觉得这篇檄文文采斐然，称陈琳是个难得的人才。攻下冀州后，对陈琳委以重任。人海茫茫，有志同道合者，就有不相为谋者，若锱铢必较，睚眦必报，就会树敌太多。能容人者，胸怀可纳百川，众人自然叹服。官渡之战后，曹操清点袁绍书信时，发现曹营有人私通袁绍。他没有追究当事者的罪责，而是当众把信全烧了。古人言：非宽大无以兼覆，非慈厚无以怀众。小肚鸡肠的人，凡事斤斤计较，眼里容不下是非，很难有大作为。心胸宽了，路才会越走越宽；格局大了，人生才会越来越顺。一个人心胸的广度，就是他生命的高度。

第三层刘备：心存善念，终有福报。刘备从织席贩履到割据称雄，皆因他温厚善良，深得人心。初平四年，曹操起兵讨伐陶谦，众诸侯都不敢救，只有刘备从青州率千骑舍命相助。陶谦深感刘备贤德，三让徐州。徐庶是刘备早期的谋士，曹操以徐母性命要挟他加入自己阵营，有人建议先拖着徐庶，等曹操杀死徐母。刘备决然道："使人杀其母，而我用其子，不仁也；留之不使去，以绝其母子之道，不义也；我宁死，不为此不仁不义之事。"正因为刘备为他人着想，才有了后来的"徐庶回马荐诸葛""徐庶进曹营一言不发"。诚心待人的刘备，虽然屡战屡败，但身边不乏文臣武将追随。"爱出者爱返，福往者福来。"当你为别人付出"滴水"时，别人也会以"涌泉"回报。

第四层袁绍：小事纠结，大事糊涂。董卓死后，袁绍掌控四州之地，拥兵四十万，是当时最强的诸侯王。但他鼠目寸光，大事糊涂，小事计较。兴平二年，汉献帝逃亡到袁绍地盘，谋士沮授力劝袁绍逢迎天子以制衡四方，但袁绍担心会分化自己的权力，后看到曹操挟天子令诸侯，后悔不已。官渡之战，许攸判断许昌空虚，建议夜袭许昌。袁绍只关心幼子病情，又因许攸与曹操是旧识，竟怀疑许攸是奸细。许攸心寒，决然投曹，乌巢一场大火，烧尽了袁绍一生的心血。曹操评价袁绍："色厉胆薄，好谋无断，干大事而惜身，见小利而忘命，非英雄也。"大成者参与天地，小用者谋利计功。格局大的人考虑的是方向和战略，格局小的人纠缠的是小事和私利。

第五层吕布：唯利是图，声名狼藉。《三国志》的作者陈寿评价吕布："有虓虎之勇，而无英奇之略，轻狡反复，唯利是图。"为了珠宝美色，他先后杀死了义父丁原、董卓。兴平二年，刘备好心收留走投无路的吕布，并将其安置在小沛。没想到吕布趁刘备出城迎战，竟然勾结袁术夺取了徐州城。后来吕布答应与袁术联姻，女儿已经出嫁上路，他却因突然受到汉献帝的封赏立即反悔。随时可以背叛旧主，随时都会背信弃义，这样的人肯定没有好下场，最终被曹操先缢杀后枭首。《论语》中曰："人无信不立，业无信不兴，国无信则衰。"诚信是做人的根基，丢掉人格和信誉，无疑是自掘坟墓。

第六层袁术：兄弟阋墙，众叛亲离。三国时期，袁绍、袁术兄弟实力颇盛，连董卓都十分忌惮。但袁术心胸狭隘，骄奢淫逸，不仁不义。诸侯伐董时，袁术在南阳主管粮草，因担心盟友孙坚攻破洛阳取得头功，竟断其粮草，甚至勾结刘表袭杀孙坚。袁家四世三公，袁术作为嫡子，嫉妒庶子袁绍权倾天下，就造谣说袁绍非袁氏子孙，甚至与公孙瓒结盟袭击袁绍。袁术的所作所为，令盟友相继叛离，最后呕血而亡。南宋史学家裴松之评价袁术："人鬼之所同疾。"世间诸事皆有因果，你如何对待别人，别人便如何回馈你。

鲁迅先生说："每个中国人身上都有'三国气'，每个人心中也都有一个《三国演义》。"年少时看《三国演义》，佩服的是剑走偏锋的胆略、独辟蹊径的计谋；年轻时看《三国演义》，发现逞匹夫之勇只会胜在一时，靠投机取巧只能赢在一刻；年长时看《三国演义》，明白只有掌控情绪才能掌控人生，只有战胜自己才能战胜别人。读《三国演义》，不只要看三国鼎立、群雄逐鹿的英雄事迹，更要在风起云涌、刀光剑影的历史故事里，品味人生的真谛，修炼做人的格局。

一杯酒一世人

美国作家马克·吐温说：“假如世界上没有了酒，那么世界就会寂静得多。”我国那些口碑载道的神话传说和脍炙人口的历史故事，无不氤氲着酒香。

假若不喝酒，“四大名著”都得改写。《西游记》里的孙悟空就不会大闹天宫，借不来金箍棒，炼不成火眼金睛，岂敢自称齐天大圣，只能留在天庭当他的弼马温。猪八戒就不会调戏嫦娥被贬下凡，更不会投错了猪胎，还在天河里做天蓬元帅。没有猴哥和八戒一路护送，唐僧早被妖精吃了。《水浒传》中宋江这种怯懦之人，哪敢在浔阳楼题反诗。武松没有酒壮胆，就不敢过景阳冈，打不死大虫。鲁智深就不会暴揍山门怒打金刚，还在寺里当和尚。一百零八位好汉，还未到梁山就散伙了。《三国演义》中的刘关张就不会在桃园三结义，自然也就没有蜀汉集团。周瑜就用不了反间计，曹操也不会误杀两员水军大将，赤壁之战会反转，吴国也会被消灭。三国只剩一国。《红楼梦》中的贾雨村就遇不到冷子兴，宁荣二府的故事也开不了头。刘姥姥一个乡野老妪，哪敢睡到贾宝玉的卧房里。史湘云也不会醉卧芍药边。金陵十二钗的判词也得重写。

假若不喝酒，历史就不会按剧情走。商纣王不会不理朝政，听信谗言，滥用酷刑。荆轲不会刺秦王，也就吟不出那句千古绝唱："风萧萧兮易水寒，壮士一去兮不复还。"汉高祖刘邦不会斩白蛇起义，还在沛县做泗水亭长。楚霸王项羽就不会设下鸿门宴，项庄也不会在席间舞剑。太子李建成不会给秦王李世民下毒，玄武门之变就找不到发动的借口。

假若不喝酒，唐诗宋词就得减半，语文课本也会变薄。"诗仙"李白流传下来的1000余首诗中，提到酒的有170多首；"诗圣"杜甫的1400多首诗中，"含酒味"的有300多首；才女李清照有近60年的酒龄，诗词中展现的醉酒记录就有16次。无论是月下独酌，还是与友人豪饮，随着几杯酒下肚，吟诗写词、对酒当歌的雅兴自会呼之欲出。在古代文人看来，饮酒饮的不仅是酒，更是一种人文风雅。正是这微醺止醉的状态，才激发出饮者不俗的灵感，成就了旷世佳作。

既反映社会重大问题，也感叹离情愁绪，以酒入词，抒发在词作中的首推范仲淹。他的《渔家傲·秋思》："塞下秋来风景异，衡阳雁去无留意。四面边声连角起。千嶂里，长烟落日孤城闭。浊酒一杯家万里，燕然未勒归无计。羌管悠悠霜满地，人不寐，将军白发征夫泪。"还有他的《苏幕遮·碧云天》："碧云天，黄叶地，秋色连波，波上寒烟翠。山映斜阳天接水，芳草无情，更在斜阳外。黯乡魂，追旅思，夜夜除非，好梦留人睡。明月楼高休独倚，酒入愁肠，化作相思泪。"边塞荒寒之景物、军中悲壮之号角、战事危急之情状，跃然而出。范公借酒抒怀，既有满腔报国之志，又有不尽愁肠别绪。范仲淹的上两首，介于婉约和豪放两派之间，可算中间派吧。但基本上仍属婉约，既苍凉又优美，使人不厌读。范仲淹少有大志，苦读饱学，为官清廉，用一生实践着自己在《岳阳楼记》中写的"先天下之忧而忧，后天下之乐而乐"的为人准则。

1941年冬的上海，一个大雪纷飞的夜晚，李叔同的好友许幻圆来访，站在门外神情黯然："叔同兄，我家破产了。"说完挥泪而别。素有"酒肉穿肠过，佛祖心中留"的李叔同，含泪填写了一首数十年后仍传唱不衰的《送别》："长亭外，古道边，芳草碧连天……"当年在俗的李叔同与后来在僧的弘一法师，一生"为翩翩之佳公子，为激昂之志士，为多才之艺人，为严肃之教育者，为戒律精严之头陀"。学生丰子恺称他为"一个十分像人的人"。

公元1524年，明代文学家杨慎上书皇帝，历数当朝弊端，明世宗一怒之下把他发配云南充军。途中遇到一渔夫和一樵夫在江边煮鱼喝酒，谈笑风生。杨慎突发感慨，写下了《临江仙·滚滚长江东逝水》，也就是电视连续剧《三国演义》的片头曲。刀光剑影、鼓角争鸣已经远去，黄尘古道、烽火边城早已荒芜。兴亡谁人定，盛衰岂无凭，一页风云散，聚散皆是缘，担当生前事，何计生后评。"一壶浊酒喜相逢，古今多少事，都付笑谈中。"纵然有多么辉煌或落魄，最终都在历史的长河中回归尘埃。

酒以水为形，以火为性，得风雨雾露之滋润，吸山水日月之精灵，经心手情性酿制，望之柔，即之厉，在杯中是风景，在肚中是人生。人的一生，起伏与淡定相伴，失意与得意相间，苦涩与醇香互联，涅槃与重生转换。沉浮随意，是人生的姿态；苦香随缘，是生命的滋味。只有那些栉风沐雨、饱经沧桑、历经坎坷、跌宕沉浮的人，才能笑看风云变幻，舞动生命精彩。纵有烦恼三千，红尘百味，我有酒一杯，足以慰风尘，不管浓淡绵甜，不问春花秋月，只品云淡风轻一杯酒，只做清清爽爽一世人。

喝酒是一种礼节、一种文化、一种风度、一种修养，喝得开心、喝得尽兴、喝出风格、喝出品位，就是不能喝出麻烦。所以，喝酒喝的并不是酒，是一种氛围、一种感情、一种需求。如果是为了喝醉，那就每人一瓶"吹"完散伙。为什么还要费心地踩点定店、确定人员、悉心点菜、精选酒品，这些都不是小事，稍有疏忽就会功亏一篑。特别是请了主宾不喜欢的人，说话不投机，气氛不融洽，喝酒没兴致，甚至剑拔弩张，导致酒局不欢而散。

在中国，喝酒是人际交往的媒介，是文人创作的灵感，是将士出征的豪气，是文官论道的陪衬。从曹孟德煮酒论英雄，到赵匡胤杯酒释兵权，酒自古就被赋予了许多不同的味道。在现代，酒宴上的隐晦表达也被称为“潜台词”，会说能懂，心照不宣，是酒桌上的社交技巧。“醉了”“没醉”，说没醉的人其实已经有点醉了，说醉了的人其实还能喝点；“今天开车”，想喝酒的人，找代驾也要喝，不想喝酒的人，会立刻变出一盒头孢；“酒量一般”，嘴上说一般，其实不一般；“今天喝到位”，意思是既爱喝又自律，潜台词是喝尽兴了，要是不够后备箱还有；“喝得差不多了”，这是说话的艺术，觥筹交错间，维护着饮者的兴致与酒桌的气氛。

中国是白酒的故乡，不论是逢年过节、亲友聚会，还是红白喜事、社交应酬，处处可见它的身影。杯小乾坤大，壶中日月长，酒局有时不仅是吃饭喝酒那么简单，里面藏着大学问。酒不仅是饮品，更像一种载体，是人与人沟通的润滑剂。几杯小酒，感情就能加深几分；把酒言欢，烦恼就如过眼云烟。人生如酒，一饮一酌是人生常态，我们虽无古人那样的文才，却也可以于微凉秋日或春雨过后，约三五好友，提一瓶好喝不上头的酒，浅酌细饮，品味入口后丝丝绽放的绵甜，推心置腹畅谈人生，回忆往事抒发情谊，感受古人同款之愉悦，自是妙不可言。

《宋史·邵雍传》中记载：“旦则焚香燕坐，晡时酌酒三四瓯，微醺即止，常不及醉也。”清代方文在《梅朗三招同刘长倩龚孟章集天逸阁》中也说：“置酒此高阁，群花发幽丛，微醺立池上，仰视天宇空。”“诗仙”李白似乎永远都保持着微醺的状态，酒兴高涨之时，趁着三分醉意挥毫落笔；自号“醉翁”的北宋大文豪欧阳修，请人修亭子也不忘小酌几杯，酒后更是大抒情怀；大才子苏轼乐观豁达，返乡时触景生情，以饮酒憧憬柳暗花明。可见古人也是很享受微醺所带来的放松感觉的。微醺是饮酒的最佳状态，是偶尔给生活的一点仪式感，给自己一个取悦的机会。

古人喝酒有十重境界：一重小酌，“晚来天欲雪，能饮一杯无”；二重微醺，“拼却日高呼不起，灯半灭，酒微醺”；三重浅醉，“九环宝带光照地，不如留君双颊红”；四重沉醉，“明月几时有，把酒问青天”；五重酣醉，“我醉欲眠卿且去，明朝有意抱琴来”；六重烂醉，“三更酒醒残灯在，卧听萧萧雨打篷”；七重酩酊，“酩酊醉时日正午，一曲狂歌垆上眠”；八重癫狂，“呼儿将出换美酒，与尔同销万古愁”；九重骇俗，“天子呼来不上船，自称臣是酒中仙”；十重梦幻，“醉后不知天在水，满船清梦压星河”。你是第几重？

人生就像酒杯，若不知克制不断添酒，就会杯满外溢。懂酒之人，从酒中得到快乐；贪杯之人，在酒里迷失自己。少喝多吃，少说多听，不搬弄是非，不胡说八道，这是一种酒德，更是一种修养。酒本身无所谓好坏，我也没有特别喜欢或特别讨厌酒的意思，而是不愿看到有的人喝酒把控不住，酒后乱性，酒场失德，造成不良后果。世间万物，用之有度，诸事皆好，喝酒亦然，小酌怡情，大饮伤身。《中国居民膳食指南》建议，成年男性每日饮用酒的酒精量不超过25克，相当于啤酒750毫升、葡萄酒250毫升、高度白酒50克。酗酒或饮酒成瘾都有害健康，甚至危及生命，所以饮酒不能过量。

一壶老酒一支烟，半醉半醒看人间；人生百态皆一笑，自言我是酒中仙。小时候，看到村里老人坐在小板凳上，桌上放着从供销社打来的一小壶散酒、几粒花生米，细斟慢酌，谈天说地，无忧无虑。他们虽然贫穷，但活得有滋有味，快乐而满足，简单而丰盈。我喜欢闲时独坐阳台，斟一杯酒，烈也好，淡也罢，不为附庸风雅，不为解馋消瘾，只为心性随意。在酒香氤氲中，喧嚣的尘世渐渐散去，浮华的俗套慢慢消逝。轻抿慢品，啜饮生活的芳醇，排解心中的烦恼，对话生命的清欢，品味清浅的人生，岂不快哉！

借力借势借智

古人云："借力者强，借势者智，借智者王。"曹雪芹在《红楼梦》中也写道："好风凭借力，送我上青云。"在人类发展的历史长河中，无数智者和成功者都深谙一个道理：一个人终其一生，即使再努力再优秀，凭一己之力也很难跨越阶层。只有借助他人的力量、资源、智慧乃至平台，找一个靠得住的支点，才能撬动未来，撑起人生。正如毛主席所说："把别人的经验变成自己的，他的本事就大了。"

借力，可以集聚力量。《荀子·劝学》中说："君子性非异也，善假于物也。"意思是君子的资质天性与常人没有什么不同，只是善于使用和借用他物而已。《三国演义》中的诸葛亮，草船"借"箭，不用一兵一卒，不到3天就向曹操借来10万支雕翎箭；"借"东风火烧赤壁，10万曹兵被烧得丢盔弃甲，创造了以少胜多的典型战例；刘备的第一块地盘荆州，也是由他出谋划策"借"来的，并且一借不还，为建立蜀国奠定了基础。再看刘备，不过是一个贩卖草鞋的小贩，文不及孔明，武不及关张赵。可诸葛亮再聪明，关张赵再勇猛，最后也都为刘备所用。正是因为刘备能够文借诸葛孔明、武借关张赵等武将，成为最善于借力的执行团队“主管”。

春秋时期，鲁国有个单父县，孔子推荐巫马期任县长。他上任后披星戴月，废寝忘食，兢兢业业干了一年，单父县治理得挺好，但巫马期因劳累过度病倒了。孔子又推荐宓子贱接任，宓子贱身不下堂，终日鸣琴，生活很惬意，一年后单父县大治。巫马期不解，宓子贱说：“你殚精竭虑，呕心沥血，但个人的力量毕竟有限，虽能勉强支撑，还是累垮了身体。我是识人用人，依靠大家，自己也落个轻松。”今天，面对复杂严峻的形势，靠个人单打独斗很难应对各种挑战。只有发挥集体的智慧和力量，打出“组合拳”，才能战胜困难，取得成功。

借势，可以顺势而为。正确分析形势，准确把握时机，顺势而为，借势而进，乘势而上，才能达成自己的目标。大家所熟知的圣诞老人，永远穿着一件红衣服，留着一把白胡须，是谁给他穿上大红衣服的呢？1931年冬，可口可乐卖不出去，因为人们认为那是夏天喝的饮料。为了促销，商人挖空心思想出了一个广告点子：“圣诞老人也喝可口可乐。”由于当时的可乐外包装是大红色，所以演绎这个广告的圣诞老人，就穿了一件红色的衣服。那时还没有电视机这么高科技的东西，只能靠满大街发海报宣传造势。这次广告宣传，让红衣圣诞老人的形象家喻户晓，从此在美国人心中定了型。后来，可口可乐公司的生意越做越大，遍及世界各地，圣诞老人的红衣服也就成了国际通用形象。所以，圣诞老人的服装源于可口可乐的借势宣传。现今许多商家，不也借助电视热播剧做广告吗？《孙子兵法》曰：“故善战人之势，如转圆石于千仞之山者，势也。”一块石头从山顶滚下，由于借助了“滚”的势能，才形成了震耳欲聋的磅礴气势。在人类社会发展中，许多英雄豪杰也是顺应历史潮流，借时代大势才成就了伟业。

作家古典在《跃迁》一书中写道：“基于个体的精进太慢，只有借势跃迁，才能赶上这个时代的速度。”许多创业者就是借助市场发展趋势和用户需求热点，推出自己的产品和服务，提高了成功的概率和效益。比如，阿里巴巴在创建初期，顺应互联网的发展趋势，抓住市场机遇，推出了淘宝网，短短几年间就迅速崛起，成为电商行业的领军企业。看到一个故事，每年秋末，成群结队的乌鸦飞来拾拣落在地上的核桃，奈何核桃壳太硬啄不开。情急之下，它们看到公路上来往的车辆，灵机一动，将核桃衔起甩在公路上，只要有车经过，核桃便被碾开，它们很快就吃到了美食。人这一生，有时会陷入困境，即使咬牙死扛也很难改变。聪明的人会最大限度地利用外部资源，顺势而为，借势跃进，突破瓶颈，走出困境，还有可能弯道超车跨越发展。

借智，可以集思广益。《论语》中有句名言："三人行，必有我师焉。择其善者而从之，其不善者而改之。"英国物理学家牛顿也讲过一句经典的话："如果说我看得比别人更远些，那是因为我站在巨人的肩膀上。"善于利用他人的智慧和经验，就意味着站在了更高的起点上，离成功就更进一步。现代社会中，很多领域成立了专家组或聘请顾问，以汲取更多的智慧，获取更优的方案。有一句富有哲理的话：专业的事找专业的人做。术有专攻，业有所长，世界上没有全才，更没有天才，擅长和专业不同，能懂会做的事也就不同。不懂或不擅长的，就要不耻下问，虚心请教。善于借智的人，才能点亮智慧之光。

秦末汉初的刘邦和项羽，从整体实力看，楚军远胜于汉军，但为什么最后自刎乌江的不是刘邦而是项羽呢？刘邦的话足以说明原因："我文不如萧何，治国不如张良，排兵布阵不如韩信，但三人皆为我用。"再看项羽，手下纵有范增、英布等文臣武将，但最终还是一败涂地。只因为他不像刘邦那样借人之智，而是固执己见，刚愎自用。比如，他听不进范增的苦谏，在鸿门宴上放走刘邦；不听大臣们的劝阻，为了一个"西楚霸王"的虚名，致使众诸侯倒戈相向；不听众将领的忠告，坑杀已经缴械投降的30万秦军。如此操作，不败才怪。

汉语成语中，有很多与“借”有关的成语：借鸡生蛋、借花献佛、借水行舟、借题发挥、借水推船、借坡下驴，等等，说的都是借助外力来达到自己的目的。当然，借智、借力、借势并不是全盘否定自己，什么事都依赖他人，而是要在借的过程中，不被外界的干扰和诱惑所左右，始终保持自己的特色和独立性、主动性。

思则睿　睿作圣

“思则睿，睿作圣”出自宋代诗人周敦颐的《通书》，大意是经常思考才能使人思想活跃，思想开阔了，就可以达到圣人的境界了。那什么叫思考？思考是思维的一种探索活动，通过对事件的分析、综合、归纳、演绎，从感性认识上升到理性认识的过程。思考力则是在思维过程中产生的一种具有积极性和创造性的作用力。

人类一切有意义的活动，都是从思考开始的。可以说，思考是社会进步的阶梯。人类发展到今天，就是因为有人在不断思考。比如，牛顿发现苹果从树上掉下来，没有捡起来吃掉，也没有立即走开，而是站在树下思考它为什么会掉下来，进而深入研究探索，发现了万有引力定律。思考能改变事情的结局。《史记·孙子吴起列传》中记载的田忌赛马，从总体实力看，田忌绝对处于劣势，而且已连输三局。但经孙膑点拨，马还是原来的马，只是调换了一下出场顺序，田忌就转败为胜，赢了齐威王。思考也能改变人的命运。许多人曾对生活怀揣朴素的梦想，希望通过奋斗改变命运，让子女接受更好的教育，让家人过上更好的生活，可最后拼尽全力也不能如愿。究其原因，就是懒于思考，得过且过，长期陷入低质量、低层次、低价位的劳作之中。无数事实证明，思考比勤奋更重要，没有深度思考，所有的努力都是白费。作家叶修在《深度思维》里写道："像野草一样的普通人，想出人头地简直难于登天。对我们而言，人生角逐的入场券仅剩一张，那就是思考力。"只知埋头苦干不会思考的人，不可能改变命运，更不可能有所作为。

爱因斯坦有一段名言："如果给我一个小时去解一道题目，我会用五十五分钟去思考，只要思考正确，那么五分钟足够给出答案。"一个人最快的成长方式，就是摆脱日常琐事的羁绊，跳出周而复始的简单劳动，勤动脑，善思考，积极主动地寻求正确的发展路径。香奈儿前CEO莫琳·希凯在《深度思考》中写道："人之所以脱颖而出，首先必然是思考力的出类拔萃。"有个故事，一位员工在公司里脏活累活抢着干，大家都叫他"老黄牛"。几年后，一起入职的人都升职加薪，他仍原地踏步。他向老板抱怨："我一直很努力，为什么不能升职加薪。"老板说："你做的都是简单的劳动，就是天天加班，也拿不了高薪。"这话很扎心，但很真实。这个社会，财富一定不是靠盲目拼命赚来的。一味赚辛苦钱，只能满足温饱，不会改变境遇。

美国普林斯顿大学教授丹尼尔·卡尼曼说："重复且长时间的无尽忙碌，只要条件具备，大部分人都可以做到。难的是思考，没有深入的思考，勤奋就没有意义。"有位年轻人高考落榜后靠打工维持生计，做过搬运工也干过印刷工，当过保安也摆过地摊。当他尝试过各种艰辛后，发现再怎么辛苦也赚不了多少钱，而且稍不注意，就被老板训斥甚至谩骂。有一天，他因为太疲惫打了个盹，左手被卷进印刷机的两个滚筒间，中指和食指的指甲被硬生生拔掉。惨痛的教训让他开始思考：如此赚的血汗钱有意义吗？他下决心改变现状，参加成人自考，自学剪辑和配音。两年后，他拿到了南京师范大学中文系专科文凭。因为有了剪辑和配音技能，很快进入江苏卫视成为一名摄影师助理。后来，他从助理做到了记者，又从记者做到了主持人，最后成功跻身主持界的金字塔尖。这位年轻人就是江苏卫视著名主持人孟非。真正影响一个人发展的，不是干了多少辛苦的工作，而是思想有没有发生突破。努力不值钱，努力用对地方才值钱。

1853年，无数人奔赴旧金山淘金。一个犹太人没有盲目加入淘金大军，而是通过仔细观察，发现淘金者的衣服经常被磨破。于是，他把一批滞销的帆布做成裤子拿到工地上推销，大受淘金者的欢迎。这就是牛仔裤品牌“李维斯”的发家史。对于那些加入淘金大军的人来说，淘到金子是偶然，淘不到是必然。而李维斯通过观察和思考，另辟蹊径，他的成功就是必然。

一家牙膏公司老板提出年销售额增长20%，大部分员工表示反对，也有领导建议提升质量或降低价格，还有的主张研发新产品，希望以此促销，但都收效甚微。后来一位实习生通过调研发现，牙膏市场竞争激烈，通过降价或研制新品很难取得优势，提出将原有牙膏口径扩大到6毫米，让客户提高每次牙膏的平均用量，这个想法既简单易行又省钱省力。一年后，该公司牙膏销量增长了32%。这位实习生不仅获得了10万元的奖金，还晋升为部门经理。

斯坦福大学教授卡罗尔·德威克曾将思维模式分为感性思维、逻辑思维和结构思维。感性思维属于点状思维，对事件没有延伸思考，只是基于某个情绪点进行主观判断，如牙膏公司员工只知宣泄负面情绪，注定一事无成。逻辑思维是线性思维，由一个原因推出一个结果，比点状思维有进步，但思考维度过于单一，像牙膏公司有人提出通过提升质量、降低价格增加销量，同样难有作为。结构思维则是一种面状思维，主动挖掘更多的可能性，最终给出最优方案，如牙膏公司实习生提出的解决办法，而这就是深度思考的能力。

月嫂是近年来非常吃香的一个行业，可大多数普通月嫂薪资也就几千元。有位月嫂在别人辛苦工作的时候，考取了中级育婴师证、金牌月嫂证和营养师证，优秀的专业技能，不仅让她成为行业里的香饽饽，工资也是其他人的好几倍。新东方学校创始人俞敏洪说："很多人一辈子有两个追求，一个是有钱，一个是值钱；有钱的人不一定值钱，但值钱的人一定会有钱。"随着社会的发展，行业分工越来越细，那种技术含量低、门槛也不高的工作谁都能做，价值自然不高。可如果你把专业做到了极致，无论何时都会有立足之地。

我去过一家火锅店，店内只有一名收银员和几名后厨，其余工作都由机器人承担。这就意味着未来社会将不再是人和人的竞争，而是人和机器的竞争。大部分简单、重复、刻板、辛苦的工作，都会逐渐被机器取代。但是，计算机博士李开复说："AI虽然强大，但是依然有无法克服的短板和弱点。"所以，只有保持思想的敏锐和活跃，不断提升自身的思考力和创造力，才能在快速发展的社会中占据一席之地。

尤努斯是孟加拉国的一位成功企业家。一次外出看到几个妇女在公路上晒沙子，收入甚微。尤努斯提议投资建工厂，大家一起赚钱。可妇女们认为建厂既要投资还要时间，会少赚几个月的钱。尤努斯无奈地说："穷人发不了财，根本原因就是思维局限。"富人思来年，穷人顾眼前。穷人之所以穷，是因为他们满足眼前的蝇头小利，宁愿辛苦原地打转，也不愿另辟蹊径赚更多的钱。"老干妈"麻辣酱创始人陶华碧，1989年用省吃俭用攒下的一点钱，在贵阳市南明区龙洞堡的街边开了一家路边店。她虽然只有小学文化，也没有经过专业培训，但勤于观察，善于思考，最终创出了名扬海内外的知名品牌。贵州有个坡老村，交通不便，村民们只能挑着生姜到30里外的镇上去卖。后来有了基站，因收网费，纷纷摇头。只有一个叫杨秀高的人，在网上建立了销售渠道，坐在家里就有源源不断的卡车上门收货，短短一年，收入就增长了好几倍。善于思考的人，不会一直穷下去。想深一点，看远一点，延展的不仅是思维边界，还有财富边界和成长边界。

有一个牧羊人，每天在烈日下放羊，生活贫困。有人问他这么辛苦为了什么？牧羊人说："娶媳妇。"又问："娶媳妇为了什么？"牧羊人答："生娃。"再问："生娃为了什么？"牧羊人说："放羊。"这就是牧羊人的循环人生。人一旦习惯赚辛苦钱，子孙后代都会受其影响，在贫穷的困境中沉沦下去。身体上的勤劳永远无法弥补思考上的懒惰。唯有从辛苦的劳作中跳出来，用智慧的头脑去赚钱，才能从根本上改变命运。

能扛事方成事

有人问农夫："今年种麦子了吗？"农夫回答："没，我担心天不下雨。"又问："那你种棉花了吗？"答："没，我担心被虫子吃。"再问："那你种了什么？"农夫："什么也没种，我要确保安全。"一个不敢担当、不想作为的人，必定一事无成。鸡蛋从外打破是食物，从内拱破是生命；人生从外打是压力，从内挤是成长。一个人的成长和成功，在很大程度上取决于有没有敢于担当、勇于扛事的胆魄和本领。有人说，平庸的人有一条命，叫性命；优秀的人有两条命，叫性命和生命；卓越的人有三条命，叫性命、生命和使命，分别代表着生存、生活和责任。这段话，道出了人生的三种境界。能扛事的人，都有强烈的责任感和使命感，遇到困难不低头，受到委屈不抱怨，判断是非不含糊，承担责任不推诿，面临危险不畏惧。

人活一辈子，扛住了，出众；扛不住，出局。孟子云："天将降大任于斯人也，必先苦其心志，劳其筋骨，饿其体肤，空乏其身，行拂乱其所为，所以动心忍性，曾益其所不能。"晚清名臣左宗棠写了一副名联："能受天磨真铁汉，不遭人嫉是庸才”，这也是他一生的真实写照。40岁前，他是落魄书生，三次落榜，一贫如洗，只能去“倒插门”。随后10年，他凭着过人的才识和一身硬气，从一介布衣跃升为一品大员，成为晚清中兴四大重臣之一。垂暮之年更是抬棺西征，收复了中国六分之一的领土，让列强闻风丧胆。他被后世称为“晚清第一铁血硬汉”，梁启超盛赞他是“五百年以来的第一伟人”。生活就是试炼场，担起责，扛住事，就能长进。而在其中磨炼的心智，亦会成为人生的勋章。

能扛事的人，处变不惊，能控制事态发展。现实生活中，困难就像大海里的波浪，不是一个浪头过去就风平浪静了，而是一浪接一浪。面对惊涛骇浪，必须有镇静自若的心态、灵活机动的策略、行之有效的办法，才能控制事态。有的人遇到突发事件，惊慌失措，畏缩不前，错失良机，致使发生二次伤害或次生灾害。有一个名词叫“积极的悲观主义”，意思是遇事要有最佳心态、做最坏打算、抱最大希望、想最好办法、争最好结果，不管前面有多少艰难险阻，都要保持高昂的斗志，敢于作为，勇于担当。

能扛事的人，目光敏锐，能抓住有利时机。生活中总有许多不可控的因素，严重时会使人陷入困境、险境甚至绝境，战场上尤其如此。如果此时六神无主，心中无数，手中无招，就不可能抓住有利时机脱离困境，更不可能摆脱险境、逃出绝境。能扛事的人，心理素质过硬，始终明白自己想要的是什么，无论环境如何恶化，都会意志坚定，初心不改。无论境遇多么糟糕，都能稳住局势，尽快止损，并寻机破局突围，集聚力量，东山再起。

能扛事的人，充满自信，能遏制消极情绪。有的人遇到事，就变成了鲁迅小说《祝福》中的祥林嫂，见人就喋喋不休地陈述自己的伤痛，这样做除了让人生厌，对解决问题毫无帮助。遇到再大的事，也要控制情绪，不被焦虑拽着跑，并尽力遏制消极情绪蔓延。伟人之所以伟大，是因为他与别人共处逆境时，别人失去了信心，他却矢志不渝。毛主席就是这样的人，他一生经历过无数艰难险阻，从未丧失必胜的信念，正如他所说："我们的同志在困难的时候，要看到成绩，要看到光明，要提高我们的勇气。"

能扛事的人，勇敢坚强，能取得更大成就。美国作家纳西姆·塔勒在《反脆弱》一书中写道："脆弱的对立面，叫反脆弱。它超越了复原力和强韧性，能应对未知的事情。"一个反脆弱的人，是可以做到保全自我，甚至还能挑战自我、创造自我。2003年，被提名为"澳大利亚年度青年"的尼克·胡哲，患有先天性海豹症，无手无脚，经常被人嘲笑和欺侮。但他忍辱负重，以非凡的坚韧和强大的意志获得了双学位，还学会了冲浪、踢足球。这些看似不可能的事情，在他身上都成了可能。他在自传《人生不设限》中写道："没有健全的身躯，没有过人的情商，也完全可以依靠耐力和信念扛过那些漫长而痛苦的黑夜。"唯有勇敢地面对事，坚强地扛住事，人生才能柳暗花明。

能扛事的人，诚实可信，能结为莫逆之交。余秋雨说："一个人最大的魅力，就在于懂得承担责任。"能扛事的人，做事靠谱。事情来了，不怕不躲，勇于担当；事情了了，深藏功名，拂袖而去；答应的事，一诺千金，说到做到。如果出现失误，也会负责到底，从不推卸责任，甚至还会主动为别人担责受过。这样的人，忠诚可靠，值得信赖，应当深交。不愿也不敢扛事的人，事情办砸了，把责任都推到别人身上，锅底都是别人的，把自己摘得干干净净。这样的人，很难共事，慎重交往，最好远离。

能扛事，是做人的根本。人生在世，要想活出体面、活出滋味、活出精彩，就不能少一个"扛"字。作家当年明月在《明朝那些事儿》里写道："只有真正了解这个世界的丑陋与污浊，被现实打击，被痛苦折磨，遍体鳞伤，无所遁形，却从未放弃对光明的追寻，依旧微笑着坚定前行的人，才是真正的勇者。"一个人若能经得起磨砺，顶得住压力，扛得起责任，就是最了不起的本事，也最受人尊敬。

什么是能扛事？是山间明月竹杖芒鞋，是卧薪尝胆坚韧不弃。法国电影编导杜拉斯讲过一个真实的故事：有一户人家住在铁路边，因拖欠水费被停水，女主人带着孩子没有水喝，没法做饭。丈夫下班后不是想办法解决问题，而是带着全家人一起卧轨自杀了。人生在世，不一定要做什么惊天动地的大事，而是遇到事能顶得上、扛得住、担得起，小到一次偶然事件，大到一场天灾人祸。扛住了，若干年后这些经历都是下酒菜；没扛住，过往与未来都是一场空。

能扛事并非心血来潮，故作勇敢，而是“明知山有虎，偏向虎山行”，即使遭受再大的打击，也满怀信心，乐观向上，积极作为。1996年，马云到北京推销“中国黄页”，纪录片《书生马云》中讲：身材瘦小的马云，背着单肩包挨家挨户敲门，逢人便说“我是来推销中国黄页的”。但没人听他讲解所谓的宏图大业，有个编导甚至给记者说：“这个人有问题，不像好人。”吃了无数个闭门羹，但他没有灰心，坐在出租车上信心满满：“再过几年，北京就不会这么对我了。”2000年是资本寒冬年，他忍痛裁掉了很多员工。马云哭着问朋友：“我是不是个坏人？”这样的落魄不止一次出现在马云的创业路上，倘若他在其中任何一个节点倒下，就不会有今天的马云。正如他说：“今天很残酷，明天更残酷，后天很美好。但绝大多数人死在明天晚上。”历史是公平的，给过每个人的机会，也许你曾看到了那点光亮，却没有扛过黎明前的黑暗，因此也就失去了看日出的良辰美景。

张爱玲在散文《非走不可的弯路》中写道：在青春的路口，曾经有那么一条小路若隐若现，召唤着她。母亲拦住她，说那条路是自己曾经走过的弯路，走不得。她不相信，非要去试一试。母亲虽然心疼她，却还是选择放手。后来的事实证明母亲是对的。于是，她又阻止其他人走那条弯路，然而，那些人和她曾经的反应一样。她只好像母亲那样表达自己的关心，同时也表达自己的无奈，说一句“路上小心”。后来她终于明白，在人生路上，有一条路每个人非走不可，那就是年轻时候的弯路。不摔跟头，不碰壁，不撞个头破血流，怎么能炼出钢筋铁骨，怎么能长大呢？“过来人”给“后来人”指路，是想让后来人少犯错误，少走弯路。可是没有现实的磨炼，就永远扛不起这漫长的一生。有些弯路非走不可，有些磨砺非经不可，被动地接受命运和现实的安排，只会在慌乱中徒留一身疲惫，得到的是残缺的经验。只有主动扛起人生的苦楚和责任，在黑暗与泥泞中脱胎换骨，才能坦然应对生活中的每一次考验。

逆境易闯，顺境难守。能扛事不仅指在困难中奋进有为，还指在成就中守住本心。北宋政治家范仲淹说：“不以物喜，不以己悲。”取得成绩不能得意忘形，更不能意乱情迷走上歧路。人生之路有很多分岔的小道，稍不注意就会走歪走错。遇到困难时，不妨向下看一看，还有人比你更难，比你更苦；取得成绩时，不妨向上看一看，还有人比你更优秀，比你更出色。

人生在世，旦夕祸福在所难免。有的人在风雨中低头叹息，有的人在泥泞中昂首挺进。这个世界从不相信运气，只青睐实力。马云说：“你能挺过多少坎，就能成就多大事。”真正的强者，不是没有眼泪，而是满含泪水依然奔跑；不是没有受伤，而是遍体鳞伤依然前行。

要想过好这一生，就要记住三件事：能扛事，少惹事，不怕事。能抗事是气魄，是孟子说的“虽千万人吾往矣”；少惹事是谨慎，是孔子说的“不以言举人，不以人废言”；不怕事是胆量，是庄子说的“知穷之有命，知道之有时，临大难而不惧”。如此，才能看得通透，活得明白，过得坦然。

应摆脱无助感

1967年，美国心理学家赛利格曼做了一项叫“习得性无助”的实验。他把一只狗关进笼子，只要狗有出逃的举动，蜂鸣器就会响起，狗因此受到电击。多次实验后，赛利格曼改变了做法，他按响蜂音器后就打开笼门，但狗并没有逃跑，而是直接倒地呻吟，全身颤抖。狗之所以选择待在笼子里，是因为它在接连逃跑失败后，产生了一个错觉，认为再怎么努力逃跑都会被电击，于是，它习得了无法脱逃的无助感，不再进行新的尝试，选择绝望地等待痛苦的来临。

有一个故事：一个城里人在乡间小路上散步，看见一头牛被拴在一个小木桩上，他提醒老农：“小心牛跑了。”老农笑道：“它不会跑的。”城里人不解：“这么小的木桩，牛只要稍稍用力，不就把它拔出来了吗？”老农解释道：“这头牛很小的时候，我就把它拴在这个木桩上了。当时它力气不够，折腾好长时间也只能在原地打转，慢慢就蔫了。现在它长大了，有力气挣脱了，但还是和以前一样，老老实实待在原地不动。”

上述现象在人类身上同样存在，当一个人连续遭遇挫折或失败后，就会怀疑甚至否定自己，再做任何事情都会感到无能为力，从而放弃努力。挫折带来的惯性，会给人以巨大阻力。很多时候，人就像关在笼子里的狗或拴在木桩上的牛，从经历过的挫折中逐渐丧失了勇气，觉得再怎么努力也做不好，就慢慢丢掉了生活的主动权。一个人最内耗的思维方式，莫过于“习得性无助”。之所以会产生无助感，不仅与个人的经历有关，也与对失败的归因有关。如果将失败归因为内在的、不稳定的、不可控的因素，比如知识不够、能力不足，就容易产生无助感。反之，若将失败视为外在的、不稳定的、不可控的因素，比如学习不努力、进取心不强，那就不太可能陷入无助状态。

仔细想想，我们身边的一些人不也是这样吗？本想通过奋斗改变自己的命运，因为遭到挫折甚至失败，就灰心丧气，自暴自弃，宁愿退回去继续受苦，也不愿克艰纾难争取好的生活。这几年网上流行一个词叫“摆烂”，意思是既然事情已经无法变好，那就任其向糟糕的方向发展吧。当人消极“摆烂”时，就像鸵鸟遇到危险把头埋进沙子里，自欺欺人。也像服用一剂上瘾的麻醉药，可以暂时止痛，却让未来失控。

美国前总统林肯曾讲过他童年时的一件事：父亲低价买了一个地里有许多石头的农场，母亲建议把石头搬走，父亲却认为石头之所以未被搬走，一定是因为太重搬不动。等父亲出远门后，母子俩开始搬石头，发现并不重。经过这件事，林肯意识到，很多事情并不是想象中那么困难，是人为在心中预设了一座难以跨越的高山。

美国心理治疗师珍妮弗·香农在《跳出猴子思维》中说：“大脑就像一只胆小的猴子，遇到一点点危险，就会恐惧不安，想要逃避。”当我们面临困难时，大脑会一边放大困难，一边放低自己，并提醒“太难啦”“做不到”“放弃吧”，于是就心安理得地退回舒适区。但一味顺从这种意愿，就会不断消磨自信和斗志，随之而来的就是对自己的内耗和对外界的焦虑。其实，当你迈出第一步时就会发现，那座看似险峻的大山，并没有那么高不可攀。

《肖申克的救赎》中的主人公安迪，本是银行精英，却被诬陷为杀害妻子的凶手而锒铛入狱。起初他也很委屈，但没有一蹶不振。精通金融的他，教狱警如何避税、如何理财，因此得到狱警们的信任。他在狱中还自学地质学和气象学，摸清了监狱下水管道的布局，用一个鹤嘴锄，耗时19年挖通了墙壁，爬出150多米的污水管道，在一个风雨交加的深夜顺利越狱。假如安迪入狱后因冤枉而消沉下去，又怎么能重获新生呢？台湾作家蔡康永说："一个人的自愈能力越强，才越有可能接近幸福。"最难跨过的那道坎，不是沟坎是心坎。当逃出了内心的樊笼，便再没什么可以束缚你的枷锁，有朝一日，回首望去，轻舟已过万重山。

樊登曾说："如果你的生活出现了烦恼，相信我，一定是你的思维方式出了问题。"挣脱习得性无助的根本方法，就是改变自己的思维方式。听过一个故事：一个盲人和一个健全的人，一起通过悬崖上的铁索桥。这里山势险峻，水流湍急，稍不留神就会丧命。盲人没有犹豫就过了桥，健全人却因为恐惧在桥头徘徊不定。他好奇地问盲人："为什么你看不见，还敢去走那么危险的铁索呢？"盲人回答："正因为我看不见，所以能够忽略险峰急流，只顾走好脚下的路。"许多人就像那个健全人一样，面对困难，瞻前顾后，犹豫不决，总回想曾经失败的教训，陷入习得性无助，变得畏首畏尾 。人一旦被未知的恐惧支配，就会走得跌跌撞撞。与其过度担心，不如迈出双腿，一切美好都会如约而至。

有的人追求完美是为了活得更好，有的人追求完美是害怕失去或失败。前者会踔厉奋发，开拓创新，不断提升自己；后者则会纠结每一次的判断，做出保守的选择，守护自己的形象。完美主义有时会阻碍前进的步伐，生怕犯错误，大到选择职业，小到买个水杯，都会一再复盘过往的失误，然后为自己抱残守缺寻找理由。生活和工作中，肯定有失误和不足，也允许有失误和不足，先开始再完善，先完成再完美，尽力就好，即使未能如愿，也积累了经验教训。

世事无常，每个人都要面对生命的不确定性。能掌控会让人有安全感，不确定性会使人焦虑。普通人追求安全感，高手谋求不确定性。其实安全感并不安全，比如，某人想学英语，收集了很多英文书籍和学习方法，但不知从哪儿入手，因为他不确定哪本书和哪种方法最好；有人稍不舒服，就上网搜索相似症状，担心万一是绝症怎么办？无法忍受不确定性的人，往往很难做出决定，因为无论做哪种选择，都会面对未知的可能，哪怕是选择一双鞋子，也会不断权衡利弊。这样的人，把生活当成了一种威胁，只敢待在自己的舒适圈内，一旦有出圈的可能，便会寝食不安，在他们的潜意识里，把未知设想成困难模式。如果你梦想有一个与众不同的未来，晚上想了千条路，白天仍然走老路，继续过以前的生活，那梦想永远只会在梦里。

美国心理学家罗伯特·麦基说："一个人相信什么，他未来的人生就会靠近什么。"人生其实就是一个自证预言的过程，选择相信什么，就会得到什么。如果总是暗示自己"做不到""我不行"，结果就真的不会太好。令人绝望的不是深渊，而是面对深渊的绝望和无助。试着多给自己一些正向的鼓励，相信自己有追逐的能力。

慎小事尽精微

《资治通鉴》记载：公元前140年，汉武帝下诏，令大臣举荐贤良方正直言极谏的人才，策问古今治道。董仲舒在答对时说："尽小者大，慎微者著。"意思是做好小事的人，才能成就大业；注意细节的人，才能德行显耀。《道德经》中有"合抱之木，生于毫末；九层之台，起于累土；千里之行，始于足下"，教导人欲成大事，须从基础做起。《中庸》中也有"致广大而尽精微"，提醒人们既要致力于达到广博深厚的境界，又要尽心于精细微妙之处。天下大事，必作于细，一切伟大的思想或行动，都有一个微不足道的开始。把小事做好，小事就能成就大事；把细节做精，细节就能成就完美。在关注大事的同时不忽视细节之要，在追求远大志向的同时不忘记微末之功，重小处、重细行、重微末，是中华文化中修身养性、为人处世的重要内容。白居易任杭州刺史期间，因从天竺山取了两片石头而感到十分愧疚。晚年离任后，仍心有介怀，专门赋诗："三年为刺史，饮冰复食檗。唯向天竺山，取得两片石。此抵有千金，无乃伤清白。"道出了"勿以恶小而为之""君子慎其微"的感叹。

1934年冬，红34师成功完成湘江战役后卫任务后重返湘南。一个雪天，农民何颐燕发现自家红薯地里趴着一个人，已没有了气息。此时，两个人匆匆赶来，看到此景悲痛不已。原来，逝去的是他们的战友，他们三人都是红34师的战士，因饥寒交迫掉队。实在饿极了，本想从地里挖个红薯吃，同时在薯坑里放些铜钱，可三人身上都没有钱。他俩只好去附近村里讨吃的，留下最小的战士守在薯坑边。还没等到食物，小战士就牺牲了，直至饿死也没有动一个红薯。这绝不仅仅是一个红薯，即使在紧张的战斗行军中，即使在饥饿难耐的情况下，即使在面临牺牲的情境中，始终坚持铁的纪律。这充分昭示了人民军队不仅是英勇之师，也是仁义之师、文明之师。正是从这些小得不能再小的细节里，人民群众看到了国家的希望、民族的未来。

20世纪80年代，青岛电冰箱总厂负责人张瑞敏收到客户的一封投诉信。在那个冰箱供不应求的年代，这类信件一般都会被忽视，大多数商家都抱着“你不买有人买，不差你一个”的想法。但张瑞敏很重视。为了弄清楚是否还有类似问题，他突击检查了仓库的所有冰箱，发现有76台不合格。按惯例，这76台冰箱可作为福利奖给有贡献的员工或降价处理。但张瑞敏坚决反对，当众把76台冰箱全部砸毁。这一举动，砸醒了全厂职工的质量意识，使他们明白不能放过任何细微的瑕疵。这个工厂就是后来闻名遐迩的海尔公司。正是着眼抓细节、抓质量，张瑞敏带领一个濒临倒闭、资不抵债的集体所有制小厂，发展成为一家现代著名的大型企业。伏尔泰说：“使人疲惫的不是远方的高山，而是鞋子里的一粒沙子。”看似不起眼，却决定你能走多远、走多久。那些不经意的细节，正是拉开距离的关键。

《史记》记载：公元前227年，荆轲前往秦国刺杀秦王，临行前，燕太子丹、高渐离等多人在易水边为荆轲送行，“风萧萧兮易水寒，壮士一去兮不复还”。场面十分悲壮。行前周密谋划，充分准备，把所有可能遇到的情况以及采取的对策都想到了。但图穷匕见，刺杀失败了。原因是刺杀秦王的匕首短了，荆轲一刺不中，反被秦王所杀。如果匕首再长两寸，结局就会反转，历史也得重写。陶渊明感叹："其人虽已灭，千载有余情。"

1485年，英王理查三世与亨利伯爵在波斯沃斯展开决战，此役将决定王位的新得主。战前，理查三世令铁匠给自己的战马钉掌，由于一只掌缺了一枚钉子，导致冲锋时马掌脱落，理查三世连人带马跌倒在地。不明原因的士兵误以为国王中箭身亡，纷纷逃命，受伤的理查三世最终命丧对手。战后，有民谣说："少了一枚铁钉，掉了一只马掌；掉了一只马掌，失去一匹战马；失去一匹战马，败了一场战役；败了一场战役，毁了一个王朝。"1%的错误导致了100%的失败，一个庞大的王朝就这样被毁掉了。

2003年2月1日，美国东部时间上午9时，哥伦比亚航天飞机升空80秒后爆炸，机上7名宇航员全部遇难。调查结果表明，造成这场灾难的"凶手"竟是一块脱落的泡沫击中了飞机左翼前的隔热系统。应该说，飞机的各项指标和整体性能都是一流的，但一小块脱落的泡沫毁了价值连城的航天飞机和7条无法用金钱衡量的生命。对细节是否重视，是否做到位，确实关系重大。

《韩非子》里写道："千丈之堤，以蝼蚁之穴溃；百尺之室，以突隙之烟焚。"千里大堤，狂风巨浪未能移其毫厘，可谓牢不可破，若蝼蚁入侵，日削月割，最终会倒塌；百年巨树，雷击山崩不能毁其生命，可谓顽强不屈，小小甲虫却能咬破树皮，吃空树干。那些不起眼的细节，经过长年累月的积累，会成为压垮骆驼的最后一根稻草。一只南美洲亚马孙热带雨林中的蝴蝶，偶尔扇动几下翅膀，就可以在两周后引起美国得克萨斯州的一场龙卷风。原因是蝴蝶扇动翅膀的运动，导致身边的空气系统发生变化，并产生微弱的气流，而微弱气流的产生，又会引起四周空气或其他系统产生相应的变化，由此引起连锁反应，最终导致其他系统的极大变化，这就是著名的“蝴蝶效应”。

我们不缺少雄韬伟略的战略家，缺的是精益求精的执行者。现实生活中，想干大事的人多，愿干小事的人少；眼高于顶的人多，脚踏实地的人少；急于求成的人多，精雕细刻的人少。秦代李斯在《谏逐客书》中写道：“泰山不拒细壤，故能成其高；江河不择细流，故能成其深。”清代王夫之在《读通鉴论》中也写道：“不虑于微，始贻于大；不防于小，终亏大德。”纵览古今中外史，凡成大业者，无不始于小事，成于慎微。

与时偕行（跋）

披阅四载，增删六次，《凡夫心语》终于付梓了。

写作是一门“遗憾的艺术”，永远不可能完成一部令自己满意的作品，只要再看一遍，就能发现瑕疵和错误。说来也是自己水准不够，却又执着于此，用现在流行的话说是“又菜又爱玩”。我想，有了遗憾，才会有惦念，才会去弥补，才会在一次次不完美中走向完美。

本书成稿后，为了尽量减少遗憾，曾请几位老首长、老战友斧正，他们提出了一些很有见地的看法，指出此书弘扬真善美，传播正能量，许多文章属于“心灵鸡汤”，并说这盆“鸡汤”好喝又营养，滋补不油腻。我想也是。每个人在成长过程中，总会遇到困难和挫折，也会有困惑和迷茫。这个时候，精神很可能已经陷入消极困顿状态，需要一种外力给予心灵上的抚慰和鼓励，使之重拾信心和勇气。被称作“心灵鸡汤”的文章，作用大概如此。

“心灵鸡汤”这个词源于1993年的美国，英文叫“Chicken Soup for Soul”。当时有一个叫杰克·坎菲尔的人，写了一系列温情励志的故事，结集成书后取名《心灵鸡汤》，受到了美国人的追捧，销量超过几千万册。这个词传入国内后，《读者》《知音》等杂志都曾是人们追求的“心灵鸡汤”的“集散地”。既然是“鸡汤“，发挥作用应该是在人生遭遇“寒冷冬日”或碰到“伤风感冒”而导致“困乏无力”时。读了，是励志格言；信了，可启迪心智；做了，能丰富阅历。

但是，鸡汤味道再好也是汤，不吃饭只喝汤是活不下去的。所以，不能指望读几篇文章就能迈向成功，“有志者事竟成”是因为“有志”，而不是把这句话挂在嘴边；也不能指望听几句励志经典就能疏解心结，毕竟外因是变化的条件，内因是变化的根据，外因通过内因才能起作用。“心灵鸡汤”不是打鸡血，励志格言也不是催熟剂，而是在信念衰弱、意志消沉时的一丝滋润，在心情郁闷、迷茫困惑时的一点开悟，在步履蹒跚、身心疲惫时的一些鼓励。

在历史的长河中，有无数先哲留下了光辉璀璨的印迹和精辟睿智的言论，本书引用了一些国内外名人贤士的嘉言懿行，虽然事过境迁，但若能读懂悟透，亦大有裨益。对待中外优秀传统文化，应学会寻找和分辨，学会提炼和利用，学会创新和发展。一个人跟不上时代，不是时代的错，而是你失去了学习的能力；一个人埋怨世界变化太快，亦不是世界的错，而是你拒绝了适应。躺平摆烂不是生存法则，与时偕行才是不二选择。

掩卷沉思，言未犹尽，闲言赘语，权当跋尾。